U0099398

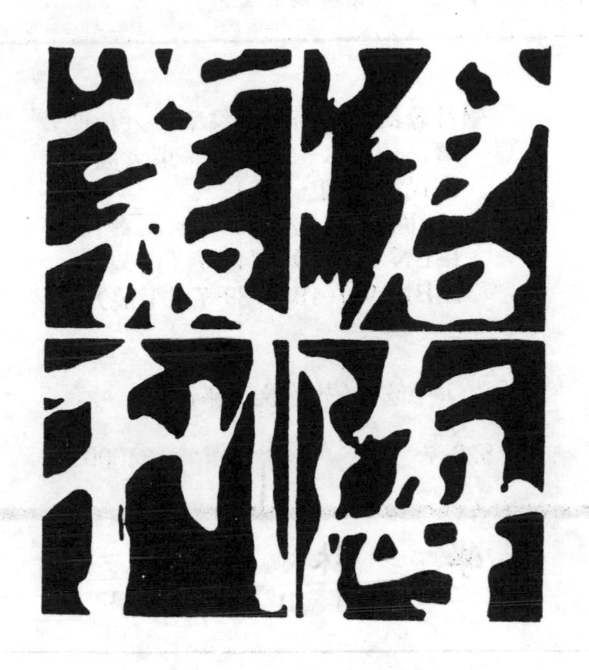

學林尋幽

黃慶萱 著

東大圖書公司 印行

國立中央圖書館出版品預行編目資料

學林尋幽：見南山居論學集／黃慶萱
著.--初版.--臺北市：東大發行：
三民總經銷，民84
面；　　公分.--(滄海叢刊)
ISBN 957-19-1742-7（精裝）
ISBN 957-19-1739-7（平裝）

1.中國文學-論文，講詞等

820.7　　　　　　　　　84000111

 學　林　尋　幽
——見　南　山　居　論　學　集

著作人　黃慶萱
發行人　劉仲文
著作財產權人　東大圖書股份有限公司
臺北市復興北路三八六號
發行所　東大圖書股份有限公司
地　址／臺北市復興北路三八
郵　撥／〇一〇七一七五一
印刷所　東大圖書股份有限公司
總經銷　三民書局股份有限公司
門市部　復北店／臺北市復興北
重南店／臺北市重慶南
初　版　中華民國八十四年三月
編　號　E 80099①
基本定價　陸元貳角貳分
行政院新聞局登記證局版臺業字第〇一九七號

ISBN 957-19-1742-7（精裝）

學林尋幽
編號 E 80099①
大圖書公司

學林尋幽——見南山居論學集

目次

一

四

五

中國文字面面觀

在師大，當年學的是國文，現在教的是國文。無論求學期間或者教學時候，總是常常聽到同學抱怨：中文不科學、不好學。中文眞的不科學、不好學嗎？下面，我要說說個人的看法。

壹・從行為方面來看中國文字

把自己的意見寫出來，別人讀了你所寫的，了解你的意見。溝通意見，原是文字功能之一。寫、看、溝通意見，都屬於行爲。

讓我先說明一件有趣的事實。日本名古屋到神戶高速道路完成的時候，發覺使用羅馬字做道路標示，讀起來要花一・五秒；用假名要〇・七秒；漢字只要〇・〇六秒就夠了。從秒速二十公尺以上急駛的車內，要讀出羅馬字與假名是不容易的，這才決定採用漢字。一九六八年十一月六日《中央日報》副刊有〈漢字足以啓迪智慧〉，石井勳作，許極燉譯，是根據日本《朝日新聞》摘要稿譯成的，曾記載這件事。但未列正確數字。茲據日本講談社出版石井勳原著補列正確數字。

爲什麼漢字在辨認速度上具有如此驚人的力量呢？這就要了解漢字辨認行爲的生理和心理雙方面的基礎。

就生理基礎而言。人的視覺是這樣產生的：由物體上反射來的光線，集焦點在視網膜上，網膜上黃斑的感光作用，刺激了裡面的視神經，再傳達於大腦，產生視覺。黃斑是一直徑爲二公厘的斑點，裡面密佈著能夠感光的圓錐形細胞。方形的漢字遠比長條的拼音文字和黃斑有密切的配合。

而且漢字是見形知義的，不必把字形先拼出聲音，然後才知道意義。由於光速遠超於音速，人的視覺也遠較聽覺靈敏。所以直接由形得義，要比間接由聲得義快得多。根據日本山鳥重博士在英國醫學會會刊發表的〈失讀症中的漢字閱讀〉一文記載：日本神戶大學附屬醫院，有一位中風病人，假名忘得一乾二淨，而漢字仍然能看能寫。似乎也可以用這種理由去解釋。

就心理基礎而言。我們辨認一種物體，總是先注意到全部的輪廓，然後才分析它所屬的部分。電視上常把一位明星的嘴巴、鼻子、耳朵、眼睛分別露出，然後要人猜她是夏台鳳或是崔苔菁。這簡直是整人！所有音標文字的辨認全是先認一個個字母，然後拼出文字來，這種先部分而後全體的辨認法，實不合完形心理學派的理論。只有漢字，像個小小的建築物，有平衡、有對稱、有和諧，具有最高的完形性。

所以，漢字辨認起來最快速！

貳•從語言方面來看中國文字

記錄語言是文字的另一功能。語言不能傳之於異地異時，但是，當語言通過了書面符號成為文字後，就能突破時空限制，到達語言所無法到達的領域。所以文字除了記錄語言之外，還使語言再生，而永恆不朽。

說到記錄語言，我想到一九七二年張系國設計成功的中文電腦注音輸入法。程式是這樣的：把中文注音符號三十七個，四聲符號四個，數目符號九個，標點符號九個，以及全詞符號「○」，包含符號「⚹」，組成符號「⺊」，共六十二個，構成電腦的鍵盤。把漢字化為注音符號，在鍵盤打入。由於國語同音字很多。以「ㄓㄨㄥ」來說，它到底是「中國」的「中」？或者是「鍾情」的「鍾」？輸入時固無疑問，輸出譯回漢字就難確定了。於是張系國發明兩個補救的辦法。

一爲「詞的檢字法」，以「中國」一詞的第一音節代表「中」，寫作「ㄓㄨㄥ·ㄍㄨㄛ／1」；「鍾情」一詞的第一音節代表「鍾」，寫作「ㄓㄨㄥ·ㄑㄧㄥ／1」。於是，「梁山伯祝英台」輸入電腦，便是注音符號的「高粱2」「山脈1」「伯父1」「慶祝2」「英雄1」「臺灣1」。另一爲「形聲檢字法」，例如「的」作「ㄉㄜ·ㄅㄞ／亻」，表示「的」內有「白」的成分。

但是我們怎樣知道「ㄓㄨㄥ·ㄑㄧㄥ／1」是「鍾」而不是「衷」「中」「忠」？鍾情固然是熟語，衷情、中情、忠情也是熟語呀！「高粱」對「短柱」固然成辭，但是兩個字的注音符號，在我，卻以爲是「大豆高粱」的「高粱」呢！這就替「粱兄哥」改姓了。而「臺灣」的「臺」，也不一定是「祝英台」的「台」。至於說「的」有「白」的成分，在文字學上也可商榷。

這個由中文電腦爆發出來的問題，啓示我們，中國的方塊字，實在有它的道理在。因爲文字是記錄語言的，語言的特性決定了文字的形式。中國語言多是單音節的。以國語來說，不計四聲，拼法僅四百十九種；乘上不全的四聲，也不過一千二百種左右。因此不能避免地有許多同音異義的字。以「一」音爲例，據《國音標準彙編》所收，讀陰平的有「衣依伊」等二十個；讀陽平的有「移宜夷」等三十七個；讀上聲的有「以倚已」等十八個；讀去聲的有「易義意」等八十五個；總計一百六十個字之多。這些同音異義的字，在說話時，由於當時情境的配合，還不至於讓聽者誤會；可是形於文字，卻必須在聲符之外，添加形符以表示其類別方能使意義確定。中國文字不能像印歐多音節語言走上拼音的道路，而必須於少數象形、指事、會意字之外，百分之九十以上利用形符加聲符的辦法來造字，如「江河」等等，原因在此。

感謝我們老祖宗創造了這種最適合記錄有太多同音的漢語的方塊字。使我們不會把「氰」當作「氫」，把「烯酸」當作「硒酸」，把「肺癌」當作「肺炎」，把「壺水」當作「湖水」，把「琵琶」當作「枇杷」，把「漁民政策」當作「愚民政策」。而「看了一課書」也不必寫作「Kanliao yike shu」，別人還以爲你「砍了一棵樹」呢！「又有油又有鹽」，也不必寫作「You you you you yan」，「有有有有有」了半天，不知有的是「煙」？是「鹽」？是「眼」？還是「雁」！

方塊的漢字實在是記錄多同音的漢語最佳方式！

叁、從學習方面來看中國文字

在學習心理學方面，有一種重要的理論，叫「學習遷移」。賈德（C. H. Judd）認爲，新舊學習間的正向遷移基於「共同原則」；桑代克（E. L. Thorndike）卻以爲基於「共同元素」。

就「共同原則」說，中國文字的構造只有四種方式：象形，例如日象太陽之形，月象月亮之形。指事，例如上在一畫上面加指示的符號，下在一畫的下面加指示的符號。會意，例如武從止戈會意，信從人言會意。形聲，例如江從水工聲，河從水可聲，其他的文字都可依此旁推，文字的構造具有相當簡單的共同原則。所以學起字來，觸類旁通，十分方便。

就「共同元素」說，中國文字有獨體的「文」，包括象形、指事；有合體的「字」，包括會意、形聲，都是單詞。有些詞由兩個或兩個以上的單字構成，叫作複詞。合文成字，合字成詞，中間具有最高的共同元素。舉例來說：「言」代表「言語」。所以可以聯想到從言得形的字，如：談、話、講、說、誦、讀……等等，都與言語有關。「侖」音ㄌㄨㄣˊ，有條理層次的意思。所以可以聯想到從侖得聲的字，如：倫、淪、棆、綸、輪……等等，讀音近ㄌㄨㄣˊ，也可能有條理層次的意思。所以「論」音ㄌㄨㄣˋ，代表有條理層次的語言。再以「論」爲基礎，可以推想許多複詞，如論證、論學、論據、論次、論述……及言論、高論、謬論、理論、辯論……等複詞的大概意思。你說，中國文字中共同元素有多高，學習有多方便！懂得英文二千個詞彙，仍舊像瞎子啞巴，英文不會看不會說；懂得漢字二千個單字，無論看說寫作，全行了。因爲二千個單字，經排列組合，可以形成千千萬萬的詞彙呀！

「這裡附帶提一提簡體字問題。簡體字最大缺憾在對構字原則的破壞，使字形失去標音明義的效果。寫的時候雖然可以少寫幾筆，學習和辨認卻麻煩多多了。

肆・從效果方面來看中國文字

《舊約・創世紀》第十一章有這麼一個故事：挪亞的子孫，往東遷移，到達了示拿平原。於是燒磚石，製灰泥，建城造塔。耶和華看了，說：「看哪！他們成爲一樣的人民，都是一樣的言語。如今既做起這事來，以後他們所要做的事，就沒有不成就的了。我們下去，在那裡變亂他們的口音，使他們的語言彼此不通！」自此以後，天下人的口音，被上帝變亂，產生了種種不同的語言，情意無法彼此溝通了。

當然，這只是一個神話，象徵著先民對於語言分歧此一事實的解釋。但是人類由於語言之分歧，從而導致情意之隔閡，合作之困難，甚至使民族分化，國家分裂，卻也是不爭的事實啊！以印歐語系來說：波斯語、印度語、希臘語、拉丁語、斯拉夫語、日耳曼語……既有大別。同屬日耳曼語的英語、德語、冰島語、丹麥語；同屬拉丁語的西班牙語、法語、意大利語、羅馬尼亞語，亦有小異。又因西方文字是拼音的，於是由語言之異，進而有文字之異。歐洲的人口與面積，略與中國相近。卻分化爲許多民族，分裂成十幾個國家。語言文字的不同，是最主要的原因。至於古今音變，諸如現代英國人沒有多少能讀古代英文，更不在話下了。

中國人眞聰明，儘管境內方言複雜，但是形諸文字，卻無古今南北的區別。於是，口頭上不同的語言，在書面的文字上統一了。北方人寫的字，南方人懂；古代人的字，現代人懂。中華民族所以能有五千餘年不絕的文化，融合成十億人口的民族，文字之功，實不可沒。否則，閩語與粵語之別不下於英語與德語；方言與官話的歧異更可比之於梵語與法語。假如造字之初，中國人就採用拼音文字。那麼，福建有福建的文字，廣東有廣東的文字，中國不分裂成十幾個國家，來個英法百年戰爭才怪！上帝變亂了天下人的口音，阻撓人類的合作，但是中國人卻以適合於記錄各種方言的統一文字，團結了整個民族。而全世界具有這種與上帝抗衡的大智慧的人，也唯有中國人！

中國文字具有使文化綿延、使民族團結的功效。

伍• 從藝術方面來看中國文字

這裡所說的藝術，包括空間藝術、時間藝術、和一種綜合藝術——即生活的藝術。

在形體上，中國文字由依類象形進而爲形聲相益，循繪畫直系而發展。所以字字如圖，富有藝術上的意味。古篆隸楷行草，各具美妙的姿態，非但可以入畫，或題在畫面上作爲整體藝術的一部分。而且本身也可製成中堂、單條、橫幅、對聯、四掛等等，作爲獨立的藝術品而出現，成爲空間藝術的一種。

在聲音上，中國文字一字一音，又有平仄的不同，陰平陽平爲平，上去入爲仄。所以對仗起來，「仄仄平平仄」「平平仄仄平」，本句平仄相間，上下句平仄相對。節奏十分美感。英語是以輕重音爲要素的語言，但是英詩雖然也講究輕重的相間，而有「輕重律」「重輕律」之說，但是英詩要作到「輕輕重重輕，重重輕輕重。」卻無可能。同理，以長短音爲要素的拉丁語，也作不到「短短長長短，長長短短長。」只有單音節的漢語，要整齊，就整齊；要活潑，便活潑。可作變化自如的各種平仄排列法，表現出漢語的節奏旋律，成爲時間藝術的一種。

在意義上，中國文字隱藏著一種高深的哲學。從「人言爲信」「止戈爲武」的會意字中，我們可以體會到一種要求言行一致跟講求和平的大國民風度。甚至在許多形聲字裡，例如：「從心如聲」的「恕」字，別人的心和自己的心是一樣的，萬事替別人想想，就能寬恕別人了。又如：「從心奴聲」的「怒」字，一個人失掉理性才會生氣，這時他的心已變成情緒的奴隸了。

辨認方便，學習容易，最適合記錄單音節的語言，具有使文化綿延、使民族團結的功效，且特富形音義之美感。我想：中國文字沒有對不起中國人的地方。至於中文輸入電腦的困難、科學名詞中譯的困難等等，可以由文字學家和科學家共同研究解決。對中國文字的這些小缺點，我們可以改進；但不必因此而否定中國文字。也許，現在是要求中國人如何對得起中國文字的時候。

(本文為一九七八年在臺東師範三十週年校慶典禮的演講詞，並發表於《國教之聲》第十一卷第五、六期，一九七八年六月出版。)

漢語中屈折現象初探

壹●漢語在語言分類中的位置

語言分類法就是依照某些特定的標準對語言加以分類的方法。最著名的有：形態學分類法和發生學分類法。形態學分類法，依詞的語法構造的特點爲標準，分語言爲：孤立語、黏著語、屈折語、複綜語。發生學的分類法，依語言的共同始祖和親屬關係爲標準，分語言爲若干語系。雖然這兩種分類法都不能妥善地概括世界上所有的語言；但是，世界語言仍可依此二法粗略地加以分類，略如下述：

一、孤立語

這類語言的特徵是：一個詞只有詞根，沒有詞尾變化，因此各種詞類在形態上缺乏明顯的標誌。句子裡詞與詞之間的關係，常由詞序、輔助詞等語法手段來表示。漢藏語系的漢語、洞臺語、苗傜語、越南語、藏緬語，都是孤立語。

二、黏著語

黏著語的語詞，由表示詞彙意義的語根和表示語法意義的附加成分黏合而成。詞根和附加成分的形式都很固定，而且有相當大的獨立性。包括烏拉·阿爾泰語系、南島語系、南亞語系的各種語言。

三、屈折語

屈折語的語詞，由表示詞彙意義的詞根和表示語法意義的附加成分緊密結合而成。詞的語法形式由詞根音位的替換或附加成分的變化而形成。印歐語系的各種語言，都屬屈折語。

四、複綜語

複綜語常在動詞詞根上加進各種附加成分，可以表達類似句子的完整的意思。美洲印第安語系的各種語言，和古代亞細亞語中的部分語言，屬於複綜語。

漢語，依形態學分類法，是道地的孤立語。但是，在漢語中，仍然可以發現一些屈折現象，包括內部屈折和外部屈折。這種現象如何發生的？在語言分類和語言演進上有些什麼重要意義？我們要如何評估這些現象？便成爲作者撰寫此文的興趣所在了。

貳●漢語的內部屈折

由詞根內部音位替換作語法標誌所形成的屈折變化，叫做內部屈折。例如英語的foot，由一個詞根構成，是單數的「足」；元音u用i來替換，變成 feet，是複數的「足」。又如德語的dich，也由一個詞根構成，是「你自己」的意思；輔音d用s來替換，變成 sich，便是「他自己」的意思了。

一、現象

漢語中不乏內部屈折的現象，包括：

1.元音替換

如善惡的惡，音ㄜˋ（ɤ∨），是名詞；厭惡的惡，音ㄨˋ（u∨），是動詞。法度的度，音ㄉㄨˋ（tu∨），是名詞；忖度的度，音ㄉㄨㄛˋ（tuo∨），是動詞。午覺的覺，音ㄐㄧㄠˋ（tɕiau∨），是名詞；感覺的覺，音ㄐㄩㄝˊ（tɕye˧˥），是動詞。城塞的塞，音ㄙㄞˋ（sai∨），是名詞；阻塞的塞，ㄙㄜˋ（sɤ∨），是動詞。都以元音替換作爲詞性改變的標誌。

2.輔音替換

如傳記的傳，音ㄓㄨㄢˋ（tʂuan∨），是名詞；傳播的傳，音ㄔㄨㄢˊ（tʂʻuan˧˥），是動詞。寶藏的藏，音ㄗㄤˋ（tsaŋ∨），是名詞；藏書的藏，音ㄘㄤˊ（tsʻaŋ˧˥），是動詞。車騎的騎，音ㄐㄧˋ（tɕi∨），是名詞；騎馬的騎，音ㄑㄧˊ（tɕʻi˧˥），是動詞。瓜蔓子的蔓，音ㄨㄢˋ（uan∨），是名詞；滋蔓的蔓，音ㄇㄢˋ（man∨），是動詞。都以輔音替換，特別是送氣與不送氣的替換，作爲詞性改變的標誌。

3.聲調替換

在漢語中，聲調以具有辨義作用成爲音位之一。而聲調替換在漢語內部屈折現象中，是最習見的一種方式。如：刀把的把，音ㄅㄚˋ（pa∨），是名詞；把酒臨風的把，音ㄅㄚˇ（pa∧），是動詞。背部的背，音ㄅㄟˋ（pei∨），是名詞；背負的背，音ㄅㄟ（pei˥），是動詞。噴飯的噴，音ㄆㄣ（pʻən˥），是動詞；噴香的噴，音ㄆㄣˋ（pʻən∨），是副詞。店鋪的鋪，音ㄆㄨˋ（pʻu

ㄨ∨），是名詞；鋪張的鋪，音ㄆㄨ（p'u˥），是動詞。身分的分，音ㄈㄣˋ（fən∨），是名詞；分別的分，音ㄈㄣ（fən˥），是動詞。縫隙的縫，音ㄈㄥˋ（fəŋ∨），是名詞；縫紉的縫，音ㄈㄥˊ（fəŋ˦），是動詞。例子多得不勝枚舉，上面各例僅舉雙唇音調變之明顯常見者。

這裡必須申明的是：不是漢語中所有的一字多音的現象都可視為內部屈折。語音和讀音不同，以及又讀，如胖，讀音ㄆㄢˊ（p'an˦），又讀ㄆㄢˋ（p'an∨），語音ㄆㄤˋ（p'aŋ∨），不是內部屈折。古今音變，如曹大家的家，音ㄍㄨ（ku˥）；家庭的家，音ㄐㄧㄚ（tɕia˥）。《詩經》伐木丁丁的丁，音ㄓㄥ（tʂəŋ˥）；丙丁的丁，音ㄉㄧㄥ（tiŋ˥）：也不是內部屈折。因假借而異讀，如說話的說，音ㄕㄨㄛ（ʂuo˥）；借為喜悅的悅，音ㄩㄝˋ（ye∨）。著作的著，音ㄓㄨˋ（tʂu∨）；借為時態助詞，音·ㄓㄜ（·tʂɤ）：仍不是內部屈折。只有作為語法標誌的「破音」，才可視為內部屈折。

二、功能

漢語內部屈折的語法功能，歸納如下：

1.辨別名詞和動詞

如炮彈的彈是名詞，音ㄉㄢˋ（tan∨）；彈琴的彈是動詞，音ㄊㄢˊ（t'an˦）。聲母有t與t'之別。聲調有去聲與陽平之別。句讀的讀是名詞，音ㄉㄡˋ（tou∨）；讀書的讀是動詞，音ㄉㄨˊ

(tu˧˥)。韻母有ou與u之別，聲調有去聲與陽平之別。播種的種是名詞，音ㄓㄨㄥˇ(tʂuŋ˨˩˦)；種豆的種是動詞，音ㄓㄨㄥˋ(tʂuŋ˥˩)。聲調有上聲與去聲之別。處所的處是名詞，音ㄔㄨˋ(tʂ'u˥˩)；處世的處是動詞，音ㄔㄨˇ(tʂ'u˨˩˦)。聲調有去上之別。

2. 辨別名詞和形容詞

如兄弟的弟是名詞，音ㄉㄧˋ(ti˥˩)；孝弟的弟是形容詞，音ㄊㄧˋ(t'i˥˩)。聲母有t與t'之別。爲厲的厲是名詞，音ㄌㄞˋ(lai˥˩)；俱厲的厲是形容詞，音ㄌㄧˋ(li˥˩)，韻母有ai與i之別。放假的假是名詞，音ㄐㄧㄚˋ(tɕia˥˩)；眞假的假是形容詞，音ㄐㄧㄚˇ(tɕia˨˩˦)。聲調有去聲與上聲之別。遇難的難是名詞，音ㄋㄢˋ(nan˥˩)；難易的難是形容詞，音ㄋㄢˊ(nan˧˥)。聲調有去聲與陽平之異。

3. 辨別動詞和形容詞

如重疊的重是動詞，音ㄔㄨㄥˊ(tʂ'uŋ˧˥)；沉重的重是形容詞，音ㄓㄨㄥˋ(tʂuŋ˥˩)。聲母有tʂ'與tʂ之別；聲調有陽平與去聲之別。殺戮的殺是動詞，音ㄕㄚ(ʂa˥)；豐殺的殺是形容詞，音ㄕㄞˋ(ʂai˥˩)。韻母有a與ai之別，聲調有陰平與去聲之別。散花的散是動詞，音ㄙㄢˋ(san˥˩)；散沙的散是形容詞，音ㄙㄢˇ(san˨˩˦)。聲調有去聲與上聲之別。勉強的強是動詞，音ㄑㄧㄤˇ(tɕ'iaŋ˨˩˦)；強壯的強是形容詞，音ㄑㄧㄤˊ(tɕ'iaŋ˧˥)。聲調有上聲與陽平之別。又強脾氣的強也是形容詞，音ㄐㄧㄤˋ(tɕiaŋ˥˩)。聲母有tɕ'與tɕ之別；聲調有上聲與去聲之別。

4. 辨別動詞與副詞

如暴骨的暴是動詞，音ㄆㄨˋ（p'u˥˩）；暴跳的暴是副詞，音ㄅㄠˋ（pau˥˩）。聲母有p'與p之異，韻母有u與au之異。還家的還是動詞，音ㄏㄨㄢˊ（xuan˧˥）；還要的還是副詞，音ㄏㄞˊ（xai˧˥），韻母有uan與ai之異。噴飯的噴是動詞，音ㄆㄣ（p'ən˥）；噴香的噴是副詞，音ㄆㄣˋ（p'ən˥˩）。更改的更是動詞，音ㄍㄥ（kəŋ˥）；更好的更是副詞，音ㄍㄥˋ（kəŋ˥˩）。東漸的漸是動詞，音ㄐㄧㄢ（tɕian˥）；漸進的漸是副詞，音ㄐㄧㄢˋ（tɕian˥˩）。聲調都有陰平與去聲之別。

5. 辨別動詞之細目

甲、辨別內動與外動：如掙扎的掙是內動的，音ㄓㄥ（tʂəŋ˥）；掙錢的掙是外動的，音ㄓㄥˋ（tʂəŋ˥˩）。聲調有陰平與去聲之異。自言自語的語是內動的，音ㄩˇ（y˨˩˦）；吾語汝的語是外動的，音ㄩˋ（y˥˩）。聲調有上去之別。

乙、辨別自動與被動：如探聽的聽是自動的，音ㄊㄧㄥ（t'iŋ˥）；聽天由命的聽是被動的，音ㄊㄧㄥˋ（t'iŋ˥˩）。聲調有陰平與去聲之異。耳聞的聞是自動的，音ㄨㄣˊ（uən˧˥）；聲聞於天的聞，音ㄨㄣˋ（uən˥˩）。聲調有陽平與去聲之異。

丙、辨別主動與使動：如飲酒的飲是主動的，音ㄧㄣˇ（in˨˩˦）；飲馬的飲是使動的，音ㄧㄣˋ（in˥˩）。聲調有上去之異。食祿的食是主動的，音ㄕˊ（ʂʅ˧˥）；食之的食是使動的，音ㄙˋ

(ʂʅ∨)。聲母有ʂ與s之異，聲調有陽平與去聲之異。

丁、辨別主動與助動：如得意的得是主動的，音ㄉㄜˊ (tɤ˦)；不得無禮的得是助動的，音ㄉㄟˇ (tei⊿)。韻母有ɤ與ei之異，聲調有陽平與上聲之異。應答的應是主動的，音ㄧㄥˋ (iŋ∨)；應當的應是助動的，音ㄧㄥ (iŋ˥)。聲調有陰平與去聲之異。

6. 辨別多種不同的詞性

如數量的數是名詞，音ㄕㄨˋ (ʂu∨)；不可勝數的數是動詞，音ㄕㄨˇ (ʂu⊿)；數罟的數是形容詞，音ㄘㄨˋ (ts'u∨)；數見的數是副詞，音ㄕㄨㄛˋ (ʂuo∨)。或聲母有ʂ與ts'之別，或韻母有u與uo之別，或聲調有去聲與上聲之別。又如音樂的樂是名詞，音ㄩㄝˋ (ye∨)；樂群的樂是動詞，音ㄧㄠˋ (iau∨)；快樂的樂是形容詞，音ㄌㄜˋ (lɤ∨)。聲母韻母也都有所不同，爲全音變。

叁、漢語的外部屈折

由詞內詞根之外部分的音位替換或添加後綴作語法標誌所形成的屈折變化，叫做外部屈折，一般是指詞尾變化。在拉丁語裡，動詞出現大約 125 個屈折形式。例如 amāre 是「愛（不定式)」，amō 是「我愛」，amās 是「你愛」，amat 是「他愛」，amāmus 是「我們愛」，amem是「我可能愛」，amor 是「我被愛」等等❶。在英語裡，詞形變化包括一個基礎詞和某些含有這個基礎詞的派生詞，作爲進一步的派生結構和複合結構的組成成分。因此，英語具有詞的屈折（word-inflection），詞的派生（word-derivation），和詞的複合（word-composition）❷。例如：boy 是單數「男孩」；添加 s，成 boys，是複數「男孩們」；添加 's，成 boy's，是所有格「男孩的」。又如：eat，是現在時態的「吃」；第三身單數主語之後現在式作 eats；過去時態作 ate；過去分詞作 eaten；進行式作 eating。以上都屬詞的屈折。由boy而生boyish，是「孩子氣的」意思；由eat而生eater，是「吃者」的意思；而生eatable，是「能吃的」意思。都屬於詞的派生。至於像 devilmaycare，這個形容詞是「無所顧慮的」意思。由名詞 devil（惡棍），動詞 may（可能），動詞 care（操心）合成，便是詞的複合了。

漢語中某些添加詞尾的現象，可視爲外部屈折，茲析爲兩類，分別舉例探討於下。

❶ 參閱布龍菲爾德著，袁家驊譯《語言論》，頁二七八。商務印書館。

❷ 同❶，頁二八〇。董同龢名「屈折」爲「蛻生」，名「派生」爲「滋生」。見所著《語言學大綱》，頁九八。中華叢書編審委員會。

一、純作形態標誌而少詞彙意義

者：東漢許愼所作《說文解字》，說是「別事詞」。每置於判斷句主語之後，成爲名詞的標誌。如：元者、亨者、師者、孟子者等等。現代漢語用於動詞、形容詞、方位詞之後，以指其人或物。如：作者、來者，「者」置於動詞之後；老者、強者，「者」置於形容詞之後；前者、後者，「者」置於方位詞之後，都成爲名詞的標誌。

子：用在名詞下作爲語法形態標誌。如眸子、瞳子、丁子、刀子。動詞、形容詞、量詞加詞尾「子」，則成爲名詞。加在動詞下的如：拍子、耗子；加在形容詞下的如：老子、辣子；加在量詞下的如：個子、分子。都成名詞，通常還帶著「小稱」或「輕鬆的口吻」。

兒：也是名詞的形態標誌。如水兒、船兒、貓兒、詞兒。加在動詞下如：畫兒、蓋兒；加在形容詞下如：亮兒、空兒；加在量詞下如：片兒、粒兒。也都成名詞，通常也含有「小稱」或「輕鬆的語氣」。

頭：仍是名詞的形態標誌。如眉頭、心頭、木頭、石頭。加在動詞下如：念頭、來頭、看頭；加在形容詞下如：準頭、甜頭、苦頭。都成名詞。

們：是複數的人稱名詞和代名詞的形態標誌。如先生們、姐妹們、我們、你們、他們中的「們」。

的：用在名詞或代名詞後，表示所有格。如「中國的領土」、「我的書」。用在名詞、形容詞、動詞、以及詞語結構後，作爲修飾關係的標誌，如「鐵的碗」、「美麗的花朶」、「烙的餅」、「愛說話的人」中的「的」。在「甲的乙」形式的詞語結構中，假如省略了「乙」，「甲的」往往變成了名詞。如「這碗是鐵的」、「這花朶是美麗的」、「這餅是烙的」、「這人是愛說話的」中，鐵的、美麗的、烙的、愛說話的，都成爲名詞了。

著：是動詞進行時態的標誌。如吃著、走著、想著、唱著。名詞、形容詞下加「著」，常成爲動詞，如標誌著、意味著、熱著、斜著。許多介詞由動詞變來，所以亦可以「著」作標誌。如向著、憑著、爲著、對著。

了：是動詞完成時態的標誌。如穿了、碰了、掉了、學了、寫了。

得：是動詞和形容詞下帶補語的形態標誌。如贏得、累得、懶得、快樂得。

然：是副詞的形態標誌。如忽然、自然、當然、徒然。名詞加詞尾「然」，如岸然、油然；動詞加詞尾「然」，如喟然、截然，都成副詞。

麼：是副詞的形態標誌。如只麼、怎麼等。稱代詞這、那，形容詞多，加詞尾「麼」，成「這麼」、「那麼」、「多麼」，都是副詞。

地：是副詞的形態標誌。如恁地、霍地、驀地、特地等。在名詞、動詞、形容詞、詞語結構後加「地」，如希區考克地、批判地、快樂地、大刀闊斧地，都成副詞。

二、既作形態標誌亦具詞彙意義

士：本爲男士之通稱，轉爲爵位之名，尤指能任事的讀書人或武士。逐漸成爲人稱名詞的標誌。如博士、進士、人士、女士等。動詞護、居等，形容詞義、勇等，詞語結構傳教、郵務等，下加「士」，皆成名詞。

師：具有專門知識或技術者的人稱標誌。如律師、技師、工程師等。動詞醫、講，詞語結構理髮、攝影等，下加「師」，也成爲名詞。

手：擅長某種才能者的人稱標誌。如水手、國手、敵手、神槍手等。動詞幫、助、打、扒，形容詞新、老、快、好等，下加手字，也成爲名詞。

棍：帶有鄙斥語氣的人稱標誌。可加在名詞、動詞、形容詞之下而成爲名詞。如土棍、賭棍、惡棍等。

家：既作單數人稱的標誌，通指一般人或具有專門知識的人；也作集體人稱的標誌，常指學派。前者如：親家、寃家、東家、行家、老人家、女人家、專家、文學家等；後者如：儒家、道家、墨家、法家等。

性：是名詞的標誌。可以加在名詞之下，如民族性、藝術性等。也可以加在動詞、形容詞、副詞之下，如彈性、可能性、普遍性、重要性、酸性、必然性等。

品：是名詞的標誌。可以指物品，也以指人物的等級。前者如食品、產品、商品、印刷品，後者如人品、酒品、極品、下品等。

氣：有時是名詞標誌。如天氣、才氣、習氣。有時是形容詞標誌。如客氣、小氣、俗氣。有時兼作名詞和形容詞標誌。如福氣、運氣、神氣。

化：大致上作動詞標誌。如腐化、僵化。有些名詞或形容詞下加「化」會變成動詞。前者如科學化、電氣化、具體化、物化、奴化。後者如美化、綠化、硬化、尖銳化。有時也作形容詞的標誌，如惡化、白熱化。

且：作副詞或連詞的標誌。如姑且、聊且、苟且、並且、尚且、況且等。

切：是形容詞與副詞的形態標誌。如剴切、急切、警切、深切、熱切、殷切、親切、淒切等。

其：是形容詞、副詞與連詞的形態標誌。如淒其、極其、更其、何其、尤其、與其等。

肆・漢語屈折現象的檢討

在這個標題下，我們要討論的項目有二：漢語屈折現象是如何發生和演變的？對於這些屈折現象，我們要如何評估？

一、漢語屈折現象的起因與演進

先說漢語內部屈折。最早談到這問題的是東漢末年的鄭玄。唐陸德明作《經典釋文》，序嘗引鄭康成云：「其始書也，倉卒無其字。或以音類比方，假借為之，趣於近之而已。受之者非一邦之人，人用其鄉，同言異字，同字異言，於茲遂生矣。」這就是說「同字異言」源於「音類比方」，借語音屈折的區別，使字義分別得更清晰。《經典釋文》序下更云：「夫質有精麤，謂之好惡（並如字）；心有愛憎，稱為好惡（上呼報反，下烏路反）。當體即云名譽（音預）；論情則曰毀譽（音餘）。及夫自敗（蒲邁反）敗他（蒲敗反）之殊，自壞（呼怪反）壞撤（音怪）之異：此等或近代始分，或古已為別，相仍積習，有自來矣。」❸可見這些「同言異字」具有區別詞性的功能。周法高在《語音區別詞類說》中，結論指出：「根據記載上和現代語中所保留的用語音上的差異（特別是聲調）來區別詞類或相近意義的現象，我們可以推知這種區別可能是自上古遺留下來的；不過好些讀音上的區別（尤其是漢以後書本上的讀音）卻是後來依據相似的規律而創造的。」❹漢語內部屈折現象，就是這樣發展起來的。

---

❸ 《經典釋文》卷一，頁三至五。通志堂經解本。

❹ 據杜其容譯高本漢著《中國語之性質及其歷史》附錄二，頁一五一至一七三。中華叢書編審委員會。

再說漢語外部屈折，先秦兩漢卽已出現。《孟子・離婁上》有「眸子」，《莊子・天下》篇有「丁子」，《史記・項羽本紀》有「瞳子」。這些「子」，都是名詞後綴。《史記・袁盎傳》有「侍兒」，《漢書・金日磾傳》有「弄兒」，杜甫詩有「細雨魚兒出」，金昌緒〈春怨〉詩有「打起黃鶯兒」。這些「兒」，也都是名詞後綴。清翟灝《通俗編》指出稱代詞複數後綴「們」，北宋時代作「懣」，南宋時作「們」，元曲中作「每」，近代又作「們」❺。可見漢語外部屈折其來有自。而近百年來，有很多新興的後綴。據趙元任《中國話的文法》所列，有機械化工業化的「化」，科學的政治的的「的」，可能性必然性的「性」，唯心論唯物論的「論」，主觀客觀的「觀」，速率效率的「率」，分析法比較法的「法」，教育界政治界的「界」，腦膜炎、盲腸炎的「炎」，數學醫學的「學」，作家科學家的「家」，教員演員的「員」等❻。而且多重後綴也時常出現。如「石」加後綴「頭」，成爲「石頭」，再加後綴「子」與「兒」，變成「石頭子兒」。又如「樂」加後綴「觀」而有「樂觀」；再加後綴「論」與「者」而有「樂觀論者」；甚至再加前綴「反」而有「反樂觀論者」。漢語外部屈折，正加速流行著。

❺ 翟灝《通俗編》卷三十三，《語辭》，頁七三三。國泰文化事業公司影印商務本。

❻ 據丁邦新譯，趙元任著《中國話的文法》，頁一一三至一二四。香港中文大學出版社。

二、漢語屈折現象性質的評估

雖然光緒三十年（一九〇四）初版的《馬氏文通》，在實字卷指名代字目已注意到「吾我予余，爾汝若而，彼其夫之」的各種用法❼；胡適更在民國八年（一九一九）十二月二十三日發表於《新青年》七卷三號〈國語的進化〉一文，指出「吾字常用在主格，我字常用在目的格。」「名詞之前的形容代詞應該用爾。」「之字必須用在目的格，其字必須用在領格。」❽但正式把這些現象視之為屈折變化的，則是瑞典漢學家高本漢。一九二〇（民九）年在《亞細亞》雜誌發表的題為〈原始中國語乃一屈折語〉的論文中，高本漢用統計法，列舉：

《論語》	吾	主格九十五次	領格　十五次	目的格　三次
	我	主格　十六次	領格　四次	目的格二十六次
《孟子》	吾	主格七十六次	領格四十七次	目的格　0次
	我	主格六十八次	領格　十四次	目的格五十三次

---

❼ 據《馬氏文通校注》，頁三七至五一。世界書局。

❽ 據《胡適文選》，頁一九三至二一一。遠東圖書公司。又參胡頌平編《胡適之先生年譜長編初稿》第二冊，頁三八八。聯經出版事業公司。

《左傳》	吾	主格三六九次	領格二二三次	目的格 四次
	我	主格二三一次	領格一二六次	目的格二五七次

於是，他認爲古漢語吾 (nguo) 用在主格和領格；而我 (nga) 用在目的格。語音有 -uo 和 -a 的屈折變化。

高本漢又舉：

《論語》	女	主格十四次	領格0次	目的格二次
	爾	主格九次	領格三次	目的格六次
《孟子》	女	主格三次	領格二次	目的格0次
	爾	主格五次	領格二次	目的格三次

於是，他又說古漢語女 (ńźi̯wo) 用在主格領格上；而爾 (ńźi̯a) 用在目的格。語音有 -i̯wo 和 -i̯a 的屈折變化❾。

❾ 高本漢此文，馮承鈞譯作〈原始中國語爲變化語說〉，刊於民國十八年（一九二九）出版《東方雜誌》二十六卷五號。玆自高名凱《漢語語法論》轉引，頁五五至六九。開明書店。

另外，在〈漢語字群〉一文中，高本漢還以為古漢語中，由於輔音清濁送氣不送氣的不同，可以分辨名詞、動詞或形容詞⑩。

高本漢的意見，許多研究漢語的學者並不贊同。例如高名凱，便在〈中國語的特性〉一文中，抨擊高本漢論漢語人稱之異格，僅據《論》、《孟》、《左傳》而未據甲骨金文，材料有所未當；而且高本漢所列數據，僅在二六一個目的格中，「我」佔二五七個，「吾」只有四個，尚有可說；其他數字相近，實不足以為證據⑪。王力在《中國文法學初探》也舉出許多反證，說明高本漢此論為「不能令人相信」的「成見」⑫。至於「讀破」現象，高名凱在同文也說：「讀破的確存在，而由形聲的引申也確可以創出許多音相似而義亦相近的字。然而這只是一個新語詞的創作問題，並不是語法詞品的分別。」⑬董同龢在其《語言學大綱》論及複詞的內部音變時，舉長之音 tʂ'aŋ˧˥又音 tʂaŋ˨˩˦，見之音 tɕian˥˩又音 ɕian˥˩，好之音 xau˨˩˦又音 xau˥˩為例，說：「如這樣的都是孤零零的現象，不能成為一種例。而且，最要緊的是：我們並沒有基本的複詞構

---

⑩ 高本漢此文，有張世祿譯本，名〈漢語詞類〉。民國二十六年商務印書館。參高名凱《漢語語法論》。

⑪ 高名凱此文，先發表於民國三十五年（一九四六）三月出版之《國文月刊》四十一期。後入《漢語語法論》書中，頁五五至六九。

⑫ 王力《中國文法學初探》，頁七至一一。商務印書館。

⑬ 見《國文月刊》四十一期頁四。《漢語語法論》刪去此數句。參⑪。

成的程序和他們平行。」[14]

儘管異議如此，我個人卻認爲：高本漢的意見深具啓發性，值得認眞探討。

在本文之貳，我曾指出漢語中不乏內部屈折現象，包括元音替換、輔音替換、聲調替換。從而申明並非漢語中所有的一字多音的現象均可視爲內部屈折；只有作爲語法形態標誌的「破音字」，才可以視爲內部屈折。我願意進一步說明：這些破音字不僅創造了新詞，同時也標誌著詞品的改變。新詞創作正幫助了詞品分別，兩者相輔相成，絕非互相排拒不得兩兼。高名凱的駁議似不免於訴諸成見和情緒的謬誤[15]。而且這些破音字，據何容主編的《國語日報破音字典》所收，約有四千字左右，證明它不是「孤零零的現象」。周法高有〈語音區別詞類說〉一文，根據宋初賈昌朝《群經音辨》，有所增減，歸納其規律凡七：「一、非去聲或清聲母爲名詞，去聲或濁聲母爲動詞或名謂式。二、非去聲或清聲母爲動詞，去聲或濁聲母爲名詞或名語。三、非去聲爲形容詞，去聲爲他動式或使謂式。四、非去聲或清聲母爲動詞，去聲或濁聲母爲既事式。五、非去聲爲自動式，去聲爲使謂式或他動式。六、非去聲或清聲母爲使動式或他動式，去聲或濁聲

[14] 《語言學大綱》，頁一〇一。參[2]。

[15] 《漢語語法論》，頁五九，高名凱說：「高本漢先生這種意見胡適之先生也曾提過，不過是沒有那樣煞有介事的拿出統計來而已。」頁六二，又說：「高本漢卻以他的語言學家的天才發現西門的錯誤。」句中「煞有介事」、「天才」等語詞，皆意含諷刺。又全書類似「我們又得批判高本漢先生」（頁六二）的話屢見。

母爲自動式。七、主動受動關係之轉變。」⑯可見宋代前後漢語語音區別詞類相當具有系統，在本文之貳，我也曾歸納現代漢語仍然保留的內部屈折現象，指出其功能有：1.辨別名詞和動詞。2.辨別名詞和形容詞。3.辨別動詞和形容詞。4.辨別動詞與副詞。5.辨別動詞的內動和外動，自動與被動，主動和使動，主動與助動。6.辨別多種不同的詞性。同樣表明了這些內部屈折具有其一定的作用。雖然我們不能因這些現象而說漢語是屈折語，或古代漢語曾經是屈折語；但是，我們也不能不承認：在屬於孤立語的漢語中，確曾有過並且繼續保存著不少內部屈折的現象。

在本文之叁，我又指出漢語中不乏外部屈折現象，包括純作形態標誌而少詞彙意義的後綴，如：者、子、兒、頭、們、的、著、了、得、然、麼、地等。和既作形態標誌亦具詞彙意義的後綴，如：士、師、手、棍、家、性、品、氣、化、且、切、其等。當然，上述後綴僅爲舉例性質，事實上是不勝枚舉的。

問題可能在：純粹的後綴，本身是不能獨立存在的；而漢語後綴卻以方塊字的形式孤立存在。而且純作形態標誌的後綴雖略近詞的屈折；而帶詞彙意義的後綴卻大似詞的派生或詞的複合，屈折形態少而黏著形態多。對這兩個問題，我的看法是這樣的：一、漢語後綴以方塊字形式孤立存在，只是文字書寫方式，並不意味著這些後綴可以單獨去形成自然語，它是必須附著在別

---

⑯ 同❹。

的詞根之後，才能形成自然語的。二、現代漢語有單詞複詞化，和實詞虛化的現象。許多複詞的後一詞素已逐漸失去詞彙意義，而成爲屈折語的後綴形態。這一點，似可借重趙元任的話作爲答案。在《中國話的文法》一書第四章〈構詞類型〉的〈概說〉裡，他說：

> 可是在現代中國話裡，詞多半變成雙音節或多音節，而且很多以前是單音節的獨用語位，現在都成了連用語法，只出現在複合詞裡。還有一小部分複合詞裡的連用語位，已經失去詞根的意義，而變成附加詞，用來標示所造成的詞的功能，因此就有了各類的派生詞。⓱

單音詞一變而爲多音詞，再變而爲標示詞的功能的附加詞（語綴），這種屈折傾向，正是形成許多派生詞的原因。

此外，我們也要認清漢語屈折的不規則性和不確定性。例如「種」(tʂuŋ∠) 讀上聲是名詞，讀去聲是動詞；而「處」(tʂ'u∠) 讀上聲是動詞，讀去聲反是名詞。語音與詞性關係恰好相反。這種例子很多，可以作爲漢語屈折的不規則性的證明。又如名詞後綴「兒」，有時用在量詞之後，像「份兒」、「朵兒」，意思不變，依然爲量詞。這種例子也很多，可以作爲漢語屈折

⓱ 同❻。

的不確定性的證明。

曾經有這麼一種論調：世界語言是依孤立、黏著、屈折進化著的，漢語是一種至今仍然停留在孤立形態的落伍語言。德語言學家施來格爾(A Schleicher，一八二一～一八六八)就是這樣說的⑱。但是丹麥語言學家葉斯柏孫(Otto Jespersen，一八六〇～一九四三)卻以爲世界語言有從綜合趨於分析的傾向。作爲分析語的極致的中國漢語，便是全世界最進步的語言了⑲。高本漢在《中國語與中國文》一書中也說：「現代的英語，在這方面，或者是印歐語系中最高等進化的語言；而中國語已經比它更爲深進了。」⑳我們從前面對漢語內外屈折的探討和評估中，可以發現：作爲孤立語的代表的漢語，實在不乏屈折現象。語言形態學分語言爲孤立、黏著、屈折、複綜四種，只有程度上的差異，實非本質上的不同。並不是絕對恰當的分類法。漢語的內部屈折起於上古；漢代以後依例而有所創造；到了近代，由於漢語依句辨品的特質，加上一字多音造成學習上的困擾，這種「讀破」的內部屈折逐漸停頓，甚至在實際語言中有「應破不破」的現象。漢語的內部屈折，已成爲「非能產性」的語言陳迹。而漢語的外部屈折，由於漢語單詞複詞化和實詞虛化，加上文化交流激盪，卻有風起潮湧的勢態，其「能產性」似正與日俱增。「看頭」變爲「可看性」，

---

⑱ 見施來格爾《達爾文理論與語言科學》。參高名凱《中國語的特性》。見⑪。

⑲ 參閱張世祿《語言學原理》，頁一一五至一一八。商務印書館。

⑳ 見張世祿譯，高本漢著《中國語與中國文》，頁一七。長安出版社影印商務本。

「讀頭」變成了「可讀性」，這些現象表明了漢語的屈折有正負兩面的消長，並非內外齊頭的發展。再參考例如英語等語言由綜合趨向分析的現象，可以斷定語言發展並沒有一成不變共同一致的方向。我們當然不必因施來格爾的說法而自卑；也同樣不可因爲葉斯柏孫和高本漢的話而自大。憑藉外人之說來肯定自己，正是另一種方式的自信喪失。我們也許可以這麼說：漢語是歷經數千年歷史考驗，正由十多億人口使用，保留下無以數計的書面記錄，現在仍然不斷演進著的一種豐富而實用的語言。

（本文為一九八七年在世界華文教育協進會第十四次會員大會中宣讀的研究報告，並發表於《華文世界》第四四期，一九八七年五月出版。）

《說文》的圈點和整理

在一九七六年九月十五日臺北《中央日報》副刊〈寫給新鮮人〉一文中，我建議大學同學們「以學校每年所開科目爲圓心，以自己的精力時間爲半徑，適度擴展自己學習的圓周。」接著舉中文系爲例，說明「學文字學的時候，你就不妨趁機讀讀文字語言學方面的書籍；同時儘可能把《說文解字》從頭到尾圈點一遍。」十月十三日中副，刊出周質平先生〈從圈點《說文》談起〉，以爲《說文》「不過是古代的一本字典」，因而認爲「一般中文系學生，對《說文》這本書的態度，應該和他們對《辭海》、《辭源》、《中華大字典》或任何其他字典的態度是相同的」。而且由於「圈點既累積不了研究的成果」，所以，與其「圈點《說文》」，倒不如「整理《說文》」。

並非因爲周先生的意見與我有相當大的出入，而是由於這些意見對中文系的同學可能產生某種程度的影響，所以我還是略加補充說明爲是。

首先，我們應該認清《說文解字》絕不僅僅是一本普通的「字典」。在字形方面：《說文》採取「今敍篆文，合以古籀」的方法。以小篆爲主，附古文經典上的古文寫法，以及太史籀〈史籀〉篇上的寫法，連「於山川得鼎彝」上的「銘文」也注意到了。可說集東漢人所能見到的古代文字形體之大成。然後標舉六書的理論，說明了每一個文字的構造。今天，我們所以能夠了解中國文字結構的淵源，並且進一步認識三代彝器、殷墟甲骨上的文字，實賴《說文解字》爲階梯。《辭海》、《辭源》、《中華大字典》能承擔這種任務嗎？在字義方面，《說文》「博采通人」，引用了楚莊王、韓非子、司馬相如、淮南王、董仲舒、劉歆、揚雄等許多人對某一文字的解釋，並且參考了古文學派對經典的訓詁，又集東漢人所能知的文字本義之大成。爲中國文字假借引申的基礎。這種有根有據地說明文字本義，又豈與《辭海》、《辭源》、《中華大字典》相同？

原本《說文解字》所解釋的篆文，計九千三百五十三字；又重文(卽小篆下所附古文和籀文)一千一百六十三字。加上解說十三萬三千四百四十一字，一共只有十四萬三千九百五十七字。今傳大徐本總字數尙少於此數。中文系同學如以一年的時間圈點《說文》，每天只要圈點四百字就夠了。而經過了這番工夫之後，無論對進一步作古文字學的研究，或從事語文教育工作，都十分必要。不過，我尊重中文系同學個人興趣。因此，在〈寫給新鮮人〉文中，僅建議「儘可能把《說文解字》從頭到尾圈點一遍」。所謂「儘可能」，原無「強迫」之意；而且圈點的只是《說文解字》，原不包括段玉裁的《注》在內。至於圈點《說文》之外，更建議「趁機讀讀文字語言學方面的書籍」，那更是希望同學擴充自己知識廣度的意思了。但願周先生不會認爲這也是「中文系一種根深蒂固、保守而不講求效率的治學態度」才好。

周先生說：「圈點累積不了研究的成果。」誠然誠然。可是，不經過一番「圈點」工夫，對《說文解字》的內容一無所知，又怎能從事「整理」呢？我們可以說：希望中文系同學「圈點《說文》」，正是替周先生所建議的，讓中文研究所研究生做整理《說文》等古籍的工作，奠定一個堅實的基礎。

歷史上，整理《說文》的工作做得也相當多了。以有清三百年爲例。據林明波先生〈清代許學考〉所著錄：計校勘類凡五十五種；箋釋類凡四十九種；專考類凡一百五十一種；雜著類六十四種；六書類四十六種；辨聲類五十二種，總計四百一十七種書之多。清末民初江蘇無錫人丁福保，嘗聚大小徐等各家《說文》以及各文集筆記中討論《說文》的文章，照《說文》原來次序，逐字類聚，成《說文解字詁林》一書。以大徐本爲第一類，凡考訂大徐各家計二十種附後；以小徐本爲第二類，凡考訂小徐各家計五種附後；以段玉裁《說文解字注》爲第三類，凡補訂段注的專著計十種附後；以桂馥的《說文義證》爲第四類；以王筠的《說文句讀》及《釋例》爲第五類；以朱駿聲《說文通訓定聲》爲第六類；以各家學說之有關《說文》者爲第七類，包括章太炎先生《文始》等計一百零七種；以各家引經考證及古語考爲第八類，計二十一種；以各家釋某字釋某句爲第九類；以各家金石龜甲文字爲第十類，計七種。以各書之原敍及例言，與各書之總論

《說文》或六書等文字，放在全書之前，爲《前編》；以《說文》逸字之考釋附錄於書後，爲《後編》。對《說文》的搜集整理，厥功至偉。

國內近二十年來，對《說文》讀若、聲訓、重文諧聲、形聲字衍聲、字根衍義、語原分析等之研究整理，成績斐然；根據古文字學來考訂《說文》及段《注》，亦頗可觀。索引注音本《說文》，早已有蘭臺書局印行。至於白話注解、新式標點，則尚待努力。

謝謝周質平先生給我一個澄清問題的機會；同時對於周先生平心靜氣討論學術的態度，謹致感佩之意。

（本文寫於一九七六年，曾寄中央日報副刊，因故而未發表。）

「底」、「地」、「的」、「得」考辨

壹．問題的發生

「底、的、地、得」四字，它的讀音都是輕聲・ㄉㄜ，它的詞性也全為虛詞；可是仔細分別，文法上的功能卻微有不同。因此，實際寫作人的筆下，文法學家的意見，就都很不一致了。

一、實際寫作人用法的分歧

1.「底、的、地、得」劃分例：

我看爸爸「底」手册裡夾著許多「的」零剪文件；他也是像你一樣：不時「地」翻來翻去。（許地山：〈補破衣服底老婦人〉）

除那班愛鬧「的」孩子以外，萬物把春光領略「得」心眼都迷矇了。（許地山：〈春底林野〉）

在前例，名詞「爸爸」下統屬性介詞用「底」；形容詞「許多」下語尾用「的」；副詞語「不時」下語尾用「地」。在後例，形容語「愛鬧」下語尾用「的」；動詞「領略」下引副介詞用「得」。

2.「的、地、得」劃分；「底」併入「的」例：

他們「的」浴室造「得」很好，冷熱浴，蒸氣浴都有；場中存衣櫃，每個浴客一個，他們可以舒舒服服「地」放心洗澡去。（朱自清：〈蓬培故城〉）

那年冬天，祖母死了，父親「的」差使也交卸了，正是禍不單行「的」日子。（朱自清：〈背影〉）

在前例，代名詞「他們」下介詞用「的」；動詞「造」下引起副詞「很好」的介詞用「得」；

副詞「舒舒服服」語尾用「地」。在後例，名詞「父親」下介詞用「的」；形容句「禍不單行」下語尾用「的」。如果儘可能地分，「他們」和「父親」下介詞都可用「底」字。

3. **「的、得」劃分；「底、地」併入「的」例：**

那邊有「的」天然「的」是地毯，草青「得」滴「得」出翠來，樹綠「得」漲「得」出油來。（徐志摩：〈巴黎鱗爪〉）

遠近「的」炊煙，成絲「的」，成縷「的」，成捲「的」，輕快「的」，遲重「的」，濃灰「的」，淡青「的」，慘白「的」，在靜定「的」朝氣裡漸漸「的」上騰，漸漸「的」不見。彷彿是朝來人們「的」祈禱，參差「的」翳入了天聽。（徐志摩：〈我所知道的康橋〉）

在前例，形容語「那邊有」下的聯接代名詞，跟形容詞「天然」下的語尾，都是「的」；「青」「綠」下引副介詞，跟「滴得出」「漲得出」中表可能的助動詞，都用「得」。在後例，名詞「人們」下介詞用「的」；副詞「漸漸」「參差」下語尾也用「的」；其他十個形容詞語尾，仍一例用「的」。如果要分，「人們」下介詞可用「底」；副詞「漸漸」「參差」下語尾可用「地」。

4.「底、的、地、得」不分例：

半空中起了一團大火，像天上隕了一顆大星似「的」直掉下地去，我們「的」志摩和他「的」兩個同伴就死在熱燄裡了！我們初得他「的」死信，都不肯相信，都不信志摩這樣一個可愛「的」人，會死「的」那麼慘酷。（胡適：〈追悼志摩〉）

在前例，代名詞「我們」跟兩個「他」下，介詞都是「的」；形容詞「可愛」下語尾用「的」；副詞句「像天下隕了一顆大星似的」語尾也用「的」；「死」下引副介詞仍用「的」。如果儘可能地分，「我們」和「他」下可用「底」；「像天上隕了一顆大星似」下可用「地」；「死」下引副介詞用「得」（胡氏助動詞仍用得，詳下。）。

由上面例證，可以發現：

許地山先生：「底、的、地、得」分用。

朱自清先生：「的、地、得」分；「底」併入「的」。

徐志摩先生：「的、得」分；「底、地」併入「的」。

胡適之先生：只用一個「的」。

從這四位頗負盛名的文學家筆下，我們不難發現「底、的、地、得」用法的分歧。

二、文法學家意見的紛紜

文法學家研究文法，原以實際使用那種文字的人寫的文章作材料，加以分析歸納，才能獲致若干通則跟變例。由於實際寫作人的習慣既然如此不同，於是，研究中國文法的學者們，對於「底、的、地、得」應分應合，意見也就很紛紜了。

1.以爲可分用「底、的、地、得」四字：

黎錦熙先生便是代表。他在《新著國語文法》(臺灣商務印書館本)上表示：

一般文學界，介詞作「底」，形容詞語尾作「的」，副詞語尾作「地」，在漢字上就都有了區別了。

引起副詞的特別介詞，依《水滸傳》成例，漢字一律用「得」，字音就用ㄉㄜ。

2.以爲可分用「的、地、得」三字：

王了一先生便是代表。以爲「的、地」可分，「得」不與「的」同類，自然更可分用了。他在《中國現代語法》(西南聯大講義)上表示：

「的」字在翻譯英文的時候，有三種用途：甲、用來譯英文的of及做領格的記號；乙、用來做形容詞和次品句子形式的記號；丙、用來做末品的記號。甲、乙兩種「的」字仍寫作「的」，丙種寫作「地」。

3.以爲引副介詞應用「的」、助動詞仍用「得」：

胡適之先生便是代表。他在〈國語文法概論〉（臺灣遠東圖書公司印行《胡適文存》第一册卷三）上表示：

白話書裡「得」「的」兩字亂用，鬧不清楚，差不多有現在「的」「底」兩字胡鬧的樣子。「的」「得」兩字所以亂用，完全是一種歷史的陳跡。我們便可以依著這個自然趨勢，規定將來的區別：凡「得」字用作表示可能的助動詞時，一律用「得」字；凡動詞或形容詞之後的「得」字，用來引起一種狀詞或狀語的，一律用「的」字。

4.以爲「底、的、地、得」不必強分：

方師鐸先生便是代表。他在〈輕聲「的」的多種功能〉（《東海文薈》第八期）上表示：

我們雖然不贊成過分歐化的把「的」「底」「地」強分為三個字形，但在我們討論「得」與「的」的語法功能時，卻不得不借「得」與「的」這兩個不同的字形，來作對照的研究。「得」與「的」，也是可分而不必強分的。

綜上所述：

黎錦熙先生以爲「底、的、地、得」可分。

王了一先生以爲「的、地、得」可分。

胡適之先生以爲「得」半歸「的」，半可分。

方師鐸先生以爲四字可分而不必強分。

四人的意見，幾乎又成了一個「等差級數」！

實際寫作人的習慣既那麼地紛紜，文法學家們的意見又這樣地分歧。對於「底、的、地、得」的分合，我們應何去何從？這就成爲一個問題了！

要解決這一個問題，必須下兩種工夫：

(1)辨別「底、的、地、得」的用法；

(2)考索「底、的、地、得」的淵源。

從用法的辨別中，可以發現它們在文法功能上有什麼分別，和這些分別是否必要。從淵源的考索中，可以追究它們在語言歷史上是如何發展，和發展的趨向為何。這樣，結論才能有一個比較堅強合理的基礎。

貳・用法的辨別

文法的研究，原不可孤立於實際文字以外，作純理論上的分析；而必須以實際寫作人的文字作材料。因此，關於「底、的、地、得」的用法，我仍舊要從五四以來的白話作家群中，選擇較富代表性的作家，再由這些作家的作品中，選擇較富代表性的句子，加以分析和辨別：

一、虛詞「底」的用法

1.作為統屬性的介詞：

呀，宗之「底」眼、鼻、口、齒、手、足、動作，沒有一件不在花心跳躍著。（許地山：〈醋蘼〉）

我「底」朋友，且等一等，待我為你點著燈，再走。（許地山：〈暗途〉）

在前例「底」介紹名詞「宗之」作「眼、鼻……」的統屬者；在後例，「底」介紹代名詞「我」作「朋友」的統屬者：兩個「底」字都是統屬性介詞。

2. 作爲形容詞語尾：

宗之只笑著點點頭，隨卽從西邊「底」山徑轉回家去。（許地山：〈醚釄〉）

她是一個樂享天年「底」老婆子。（許地山：〈補破衣服底老婦人〉）

在這萬山環抱「底」桃林中……。（許地山：〈春底林野〉）

在第一例：「底」是形容詞「西邊」的語尾；在第二例，「底」是形容語「樂享天年」的語尾；在第三例，「底」是形容句「萬山環抱」的語尾。因爲「西邊」本由名詞轉品，「天年」和「山」也全是名詞，所以許氏下面就都用「底」字了。這種用法是否適當，大有問題。

3. 作爲聯接代名詞：

戴虎兒帽「底」便是我底兒子。（許地山：〈萬物之母〉）

在上例，「戴虎兒帽底」，是「戴虎兒帽底孩子」的省略。「底」一方面聯接「戴虎兒帽」

和「孩子」；一方面又代替省略了的名詞「孩子」。因此它叫聯接代名詞。

4. **作爲助詞：**

我底兒，母親豈有不救你，不保護你「底」？（許地山：〈萬物之母〉）

上例，「底」是句末助詞，表示確定的語氣。

二、虛詞「的」的用法

1. **作爲形容語詞尾：**

女郎，散髮「的」女郎，你為什麼徬徨，在這冷清「的」海上？……女郎，膽大「的」女郎，那天邊扯起了黑幕，這頃刻間有惡風波。（徐志摩：〈海韻〉）

在上例，有三個「的」：第一例「的」是形容語「散髮」的語尾；第二個「的」是形容詞「冷清」的語尾；第三個「的」是形容句「膽大」的語尾。「散髮」和「膽大」後，依許地山先生的用法，可作「底」字。

2. 作爲聯接代名詞：

但是，聰明「的」，你告訴我，我們的日子為什麼一去不復返呢？（朱自清：〈匆匆〉）

在上例，「聰明的」是「聰明的人」的省略，「的」也是個聯接代名詞。

3. 作爲助詞：

幸虧你領著母親和一群孩子東藏西躲「的」。（朱自清：〈給亡婦〉）

在上例，句尾的「的」是助詞，它的功用，在表示確定的語氣。

三、虛詞「地」的用法

虛詞「地」只有作爲副詞語尾一個用法。

太陽他有腳啊，輕輕悄悄「地」挪移了。（朱自清：〈匆匆〉）

鳥兒將窠巢安在繁花嫩葉當中，高興起來了，呼朋引伴「地」賣弄清脆的喉嚨。（朱自

清：〈春〉）

他目不轉睛「地」看著每個走過他面前的人。（朱自清：〈別〉）

在第一例，「地」用在副詞「輕輕悄悄」之下；在第二例，「地」用在副詞語「呼朋引伴」之下；在第三例，「地」用在副詞句「目不轉睛」之下。三個「地」字，都叫做副詞語尾。

四、虛詞「得」的用法

1. 作為助動詞：

本來盼望還見「得」著你，這一來可真拉倒了。（朱自清：〈給亡婦〉）

但河上的風流還不止兩岸的秀麗，你「得」買船去玩。（徐志摩：〈我所知道的康橋〉）

在前例「得」用在動詞「見」的後面，表示動作的可能；在後例，「得」用在動詞「買」的前面，表示動作的當然：都是助動詞。胡適之先生主張仍用「得」的，就是指這一類。

2. 作為引副介詞：

有一所大住宅，是兩個姓魏提的住的，保存「得」最好。（朱自清：〈蓬培故城〉）

他是一個畫家，住在一個A字式的尖閣裡，光線黯慘「得」怕人。（徐志摩：〈巴黎鱗爪〉）

滿山都沒有光，若是我提著燈走，也不過是照著三兩步遠；且要累「得」滿山的昆蟲都不安。（許地山：〈暗途〉）

在第一例，「得」在動詞「保存」後面，用來引起副詞「最好」；在第二例，「得」在形容詞「黯慘」後面，用來引起副詞語「怕人」；在第三例，「得」在動詞「累」後，用來引起副詞句「滿山的昆蟲都不安」。這一類在動詞或形容詞後面的「得」字，是用來引起副詞附加語，以表示動詞或形容詞所到的程度或效果。依胡適之先生的主張，應一律改用「的」字。

上面所舉，是儘量照「底、的、地、得」四字分化後的用法為準，所以「的」字兼「底」兼「地」兼「得」的用法大多省略了。又，黎錦熙先生《新著國語文法》後面「索引」裡「的」條所列用法，有一項叫做「準介詞」，在我個人看來，是多餘的。因為凡「準介詞」為「介散動的，那些被介的動詞事實上已轉品為形容詞了，固然可把「的」看成語尾；為「介形容的語句」的，也應該比照「副詞語句」的語尾，看作「形容語句」的語尾。因此，上面舉例時，將它併入形容詞語尾中了。

現在再依「詞性」，把上面所舉用法歸納於後：

⑴統屬性介詞：用「底」。

⑵形容詞語尾：由名詞轉品的形容詞，或含有名詞、代名詞的形容語句下語尾用「底」；純形容詞語尾用「的」。

⑶聯接代名詞：由名詞轉品的形容詞、或含有名詞、代名詞的形容語句下聯代用「底」；純形容詞下聯代用「的」。

⑷表確定語氣的助詞：名詞、代名詞下用「底」；其他用「的」。

⑸副詞語尾：用「地」。

⑹表可能或當然的助動詞：用「得」。

⑺引副介詞：用「得」。

至於這種分別是否必要的呢？正是留在最後一節再討論的問題。

叁•淵源的考索

中國文法的研究，依周法高先生在《中國語法學導論》上的主張，可分「古代」與「近代」

兩期。「古代」以殷周到南北朝的典籍古文作材料；「近代」以唐宋元明清的語錄、戲曲、小說作材料。現在，就讓我們考索一下，在中國「古代」和「近代」的文學作品中，是怎樣表達「底、的、地、得」等文法關係的？這樣，我們能夠或多或少地看出文法變遷的若干原則，並且針對「底、的、地、得」的劃分，提供一些在比較跟判斷上具有價值的資料。

最先注意到「底、的」等白話虛詞的淵源的，似乎是明末的顧炎武先生，他在《唐韻正》（臺灣廣文書局影印音韻學叢書本）「的」字條下說：

> 按「的」字，在入聲，則當入「藥」，音都略反，灼、酌、杓、芍之類也；轉去聲，則當入「嘯」，音都料反，釣、杓、妁、芍之類也。後人誤音為「滴」，轉上聲為「底」，按宋人書中，凡語助之辭，皆作「底」，並無「的」字，是近代之誤。今人「小的」，字亦當作「底」。《宋史》有：「內殿直小底」、「入內小底」、「內班小底」。《遼史》有：「近侍小底」、「承應小底」、「筆硯小底」。

顧氏把「的」字淵源，上推到「底」字為止，不會超出「近代」的範圍。到了民國初年，國學大師章太炎先生，在他的《新方言》（世界書局影印浙江圖書館校刊章氏叢書本）中，始追溯到「古代」：

《說文》：「只，語已詞也。」〈鄘風〉：「母也天只，不諒人只。」今人言「底」言「的」，凡有三義：在語中者，「的」即「之」字。在語末者，若有所指，如云「冷的」「熱的」，「的」即「者」字；(者音同都，與的雙聲。)若為詞之必然，如云「我一定要去的」，「的」即「只」字。(的字今在二十三錫，凡宵部字多轉入此爲支部之入聲，只在支部，故與的相爲假借。)作「底」者亦與「只」近。(支脂合音。)然「咫」亦可借為「者」字。賈子〈連語〉：「牆薄咫亟壞；繒薄咫亟裂；器薄咫亟毀；酒薄咫亟酸。」「薄咫」即今語「薄的」也。(《莊子‧大宗師》篇：「而奚來爲軹。」則作者作的皆通。)

在這一段話中，我們可以窺知章氏在白話虛詞研究上的二大貢獻：

一、章氏已經知道在「句本位」的基礎上，分析詞性；並且指出「的」字可作統屬性介詞和形容詞語尾(在語中者，的即之字)，可作聯接代名詞(在語末者，若有所指，的即者字)，可作表確定語氣的助詞(若爲詞中之必然，的即只字)。我在上節，根據五四時代的白話文，歸納「底、的」用法，竟完全不能超出章氏的分析。

二、章氏已經知道在「語言史」的基礎上，考索詞源；並且用「聲韻學」上的條例，說明虛字變遷的原因。他指出從「者」變「的」，是雙聲的關係；從「只」變「的」，是韻的轉入；從「只」變「底」，是支脂合音。給白話虛詞史的研究，開闢了一條大道。

現在，就依章氏所用方法的啓示，考證一下虛詞「底、的、地、得」的淵源。

一、統屬性介詞「底」的淵源

在古代，名詞下面的統屬性介詞用「之」：

管仲「之」器小哉。（《論語》：〈八佾〉）

代名詞之下統屬性介詞，也用「之」。不過，有一定要加「之」的，如「誰」「彼」；有可加可不加的，如「我」「余」「予」「朕」「汝」；有必不加的，如「吾」「爾」。現在試舉一例：

厥告之曰：小人怨汝詈汝，汝則皇自敬德，厥愆曰朕「之」愆，允若時，不啻，不敢含怒。（《尚書》：〈無逸〉）

「朕之愆」，翻成白話，是「我自己的過錯」，「之」相當白話「的」字。

在近代，有沿用「之」字的，有改用「的」字的；可是，沒有發現用「底」字的：

僧問：如何是大道「之」源？（釋道原：《景德傳燈錄》）

僧問：如何是大梅「的」旨？（釋道原：《景德傳燈錄》）

二、形容詞語尾「底、的」的淵源

在古代，形容詞很少帶有語尾，而直接加在所形容的名詞上面，成爲一個詞組，如「聖人」「盛德」之類。偶而中間也加個「之」：

今「之」樂猶古「之」樂也。（《孟子》：〈梁惠王下〉）

或者假借「只」、「旨」代「之」：

樂「只」君子。（《詩經》：〈南山有臺〉）

樂「旨」君子。（《左傳》：襄公二十四年）

在近代，「底」先出現，宋人語錄中例子多得不勝枚舉，宋詞中例子也不少：

窮山孤壘，臘盡春初破，寂寞空齋，好一個無聊「底」我。（陸游：〈蔦山溪〉）

到了元朝，「的」又取代了「底」：

少俊呵，與你乾駕了會香車，把這個沒氣性「的」文君送了也。（白樸：〈牆頭馬上〉）

三、聯接代名詞「底、的」的淵源

在古代，聯接代名詞多用「者」字：

有為神農之言「者」許行。（《孟子》：〈滕文公上〉）

滔滔「者」天下皆是也，而誰以易之？（《論語》：〈微子〉）

「有爲神農之言者」翻成白話，就是「有一位提倡神農學說的人」，「者」相當於白話「的人」。「滔滔者」翻成白話，就是「亂糟糟的情形」，「者」相當於白話「的情形」。都是聯代。

胡適之先生認爲「所」字也有類似的功能。（見《胡適文存》第一集卷三〈國語文法概論〉）現試舉例

說明：

孟施舍之「所」養勇也，曰：視不勝猶勝也。（《孟子》：〈公孫丑上〉）

日知其「所」亡，月無忘其「所」能，可謂好學也已矣。（《論語》：〈子張〉）

「孟施舍之所養勇也」翻成白話，就是「孟施舍培養勇氣的要領」，「所」與「的要領」相當。「日知其所亡」翻成白話，就是「每天知道一點自已本不知道的事理」，「所」與「的事理」相當。也可算聯代。

在近代，有用「底」字：

是汝屋裡「底」，怕怖什麼？（釋道原：《景德傳燈錄》）

雜戲打了，戲衫脫與獃「底」。（朱敦儒：〈念奴嬌〉）

也有用「的」字：

賈母深愛那做小旦「的」和那做小丑「的」。（曹雪芹：《紅樓夢》）

那荷花精神顏色無一不像，衹多著一張紙，就像是湖裡長「的」。（吳敬梓：《儒林外史》）

「屋裡底」即「屋裡底人」；「獃底」即「獃底人」；「做小旦的」即「做小旦的戲子」；「長的」即「長的荷花」。因為「底」下省去「人」；「的」下省去「戲子」「荷花」，所以「底」「的」由語尾一變而為聯代了。

四、表確定語氣的助詞「底、的」的淵源

在古代，表示確定語氣的助詞很多，章太炎先生在《新方言》中便舉了例子：

母也天「只」，不諒人「只」。（《詩經》：〈柏舟〉）

牆薄「咫」亟壞；繒薄「咫」亟裂。（賈誼：《新書》）

「人只」即「人的」；「薄咫」即「薄的」。「只」「咫」都為「詞之必然」，是表確定語氣的助詞。

此外，者、焉、也、矣、耳、云等，有時也表確定語氣，如：

古之人有行之「者」，武王是也。（《孟子》：〈公孫丑上〉）

古之人所以大過人者無他「焉」，善推其所為而已矣。）（《孟子》：〈梁惠王上〉）

暴虎馮河，死而無悔者，吾不與「也」。（《論語》：〈述而〉）

樂節禮樂，樂道人之善，樂多賢友，益「矣」。（《論語》：〈季氏〉）

二三子，偃之言是也，前言戲之「耳」。（《論語》：〈陽貨〉）

來也常以夜，光輝若流星，從東南來，集于祠城，則若雄雞，其聲殷「云」。（《史記》：〈封禪書〉）

翻成白話：「古之人有行之者」即「古代的人有這樣做的」；「無他焉」即「沒有別的」；「吾不與也」即「我不贊成的」；「益矣」即「好的」；「前言戲之耳」即「剛才的話跟他說笑的」；「其聲殷云」即「他的聲言是殷然的」。者、焉、也、矣、耳、云，都表示確定語氣，相當白話的「的」字。

在近代，兼用「底」「的」兩字。

我元是笑別人「底」，卻元來當局者迷。（辛棄疾：〈戀繡衾〉）

也有棗兒熬的粳米粥，預備太太們吃齋「的」。（曹雪芹：《紅樓夢》）

「底」「的」兩字，都表示確定語氣。

五、副詞語尾「地」的淵源

在古代，副詞語尾比較複雜，然、焉、乎、爾、如、其，都是：

天油「然」作雲，沛「然」下雨，則苗勃「然」興之矣。（《孟子》：〈梁惠王下〉）

我心憂傷，惄「焉」如擣。（《詩經》：〈小弁〉）

巍巍「乎」，唯天為大，唯堯則之；蕩蕩「乎」，民無能名焉。（《論語》：〈泰伯〉）

子路率「爾」而對曰……（《論語》：〈先進〉）

閔子侍側，誾誾「如」也；子路，行行「如」也；冉有、子貢，侃侃「如」也。（《論語》：〈先進〉）

步棲遲以徙倚兮，白日忽「其」將匿。（王粲：〈登樓賦〉）

「油然」就是「濃密密地」；「惄焉」就是「悲痛地」；「巍巍乎」就是「高大地」；「率爾」就是「魯莽地」；「誾誾如」就是「恭敬地」；「忽其」就是「忽然地」。這些然、焉、乎、爾、如、其，翻成白話都可作「地」，是副詞語尾。

在近代，除了繼續使用「然」字外，多用「地」字，偶爾也用「價」字：

要得此米純「然」潔白，便是唯一意。（徐愛：《王陽明傳習錄》）

問：水灑不著時如何？師曰：乾剝剝「地」。（釋道原：《景德傳燈錄》）

某而今看聖人説話，見聖人之心，成片「價」從面前過。（朱熹：〈自論為學工夫〉）

最有趣的是「恁地」一詞，可作「恁底」或「恁的」，可見「地」「底」「的」混同的現象：

欲復自家原來之性，乃「恁地」悠悠，幾時做得？（朱熹：《朱子語類》）

不會得都來些子事，甚「恁底」死難拚棄？（柳永：〈滿江紅〉）

小官暗想來只得如此，若不「恁的」呵，不濟事！（關漢卿：〈玉鏡臺〉）

六、表可能的助動詞「得」的淵源

在古代，表可能的助動詞用「得」，多放在所助的動詞之上：

聖人吾不「得」而見之矣，「得」見君子者斯可矣。（《論語》：〈述而〉）

到了近代，表可能的助動詞仍用「得」，雖然偶有放在所助動詞前，但有轉放在所助動詞之下的趨勢：

況這件事，原是我照顧你的，不然，老爺如何「得」知你會畫花？（吳敬梓：《儒林外史》）

我今問汝諸人且承「得」個什麼事？在何世界安身立命？還辨「得」麼？（釋道原：《景德傳燈錄》）

「得知」的「得」在動詞「知」前，與上引《論語》「得見」一樣，爲古語的遺跡；變爲口語，當作「曉得」。「承得」「辨得」，「得」字都在動詞「承」「辨」下面，正代表近代語言的趨勢。

這個轉放在動詞之下的「得」字，在很特殊的情形下，也有寫作「的」字的：

拿不「得」輕，負不「的」重。（吳敬梓：《儒林外史》）

連著兩句，上句用「得」，下句用「的」，可能是故意避用同字，在文法功能上並無分別。仍放在動詞上面的「得」，也漸由「表可能」變成「表當然」：

太公到來，喝那後生不「得」無禮！（施耐庵：《水滸傳》）

試比較「不得而見」跟「不得無禮」，前者不「得」就是不「能」，後者不「得」卻是不「當」不「許」。

七、引副介詞「得」字淵源

在動詞或形容詞的後面，如果還有表示程度或效果的副詞語，中間就須有個介詞。古代，這種引副介詞可以用「至」字：

土地之博，「至」有數千里也；人徒之衆，「至」有數百萬人。（《墨子》：〈非攻中〉）

翻成白話，就是「土地大得有好幾千里；人口多得有好幾百萬人。」其中「至」就是「得」的意思。

也可以用「以」或「而」。

其為人也，發憤忘食，樂「以」忘憂，不知老之將至云爾。（《論語》：〈述而〉）

終身訢然，樂「而」忘天下。（《孟子》：〈盡心上〉）

「樂以忘憂」就是「快樂得忘了憂愁」；「樂而忘天下」就是「快樂得忘了世界」。這個「以」「而」的文法功能，都近似白話的「得」字。

在近代，有用「到」字的；有用「得」字的；有用「的」字的：

自古說的：一人拚命，萬夫莫當。正鬭「到」危急之際，賈璉帶了七八個家人進來。（曹雪芹：《紅樓夢》）

史進十八般武藝，一一學「得」精熟。（施耐庵：《水滸傳》）

王冕指與秦老看道：這個法卻定「的」不好，將來讀書人既有此一條榮身之路，把那文行出處都看輕了。（吳敬梓：《儒林外史》）

「危急之際」表示「鬧」的程度，中間介詞用「到」；「精熟」表示「學」的程度，中間介詞用「得」；「不好」表示「定」的「效果」，中間介詞用「的」。這是近代引副介詞的用法。

現在，我把上述「底、的、地、得」的淵源列成一個簡表：

詞別	古代	近代	現代
統屬性介詞	之；	之、的；	的、底。
形容詞語尾	之、只、旨；	底、的；	的、底。
聯接代名詞	者、所；	底、的；	的、底。
表確定助詞	只、咫、者、焉、也、矣、耳、云；	底、的；	的、底。
副詞語尾	然、焉、乎、爾、如、其；	然、地、價、底、的；	的、地。
表可能助動詞	得；	得、的；	得。
引副介詞	至、以、而；	到、得、的；	得、的。

從上面的表中，我們可以很清楚地看出：統屬性介詞和形容詞語尾，自古代到近代，從來沒有分過家。在古代都是個「之」；作「只」作「旨」的很罕見。在近代，多變成「底」「的」；偶然也用「之」，是古語之遺。聯接代名詞跟表確定助詞，古代都不用「之」；但到了近代，卻

也用「底」「的」了。副詞語尾在古代也自成一個系統。在近代，以「地」爲最習見，也有用「然」「價」「底」「的」等字的。表可能的助動詞自古至今都是一個「得」字，偶有《儒林外史》「負不的重」是罕見用「的」的特例。引副介詞依「至」「到」「得」「的」而發展。如再由「字」爲單位，作横的觀察，「的」字在近代用法最廣，無論是統屬性介詞、形尾、聯代、助詞、副尾、助動、引副介詞，都可用「的」；「底」字在近代功用次之，可作形尾、聯代、助詞、副尾；近代的「得」可用爲助動詞跟引副介詞，近代的「地」只有副尾一種用法。

這種歸納結果，對於我們下一節的討論，會有很大的用處。

肆•個人的看法

任何一種語言文字，由於內在的發展，與外來的力量，無論在語音方面、語法方面、語意方面，都在不停地演變著。統屬性介詞，跟形容詞語尾，從古代的「之」，變成近代的「底、的」，這是出於語音變化；「之」字古音讀如「臺」，與近代官話中的「底的」音很相近。而「的」字由本身有意義的「的，明也。」（見《說文解字》）變成表示文法關係的虛詞，這就是語意的變化了。聯代、助詞，在古代都不用「之」。由於聯代實際上是形容語後所帶的語尾，只是下面被形容的語詞省去罷了；句末表確定語氣的助詞，結構又和聯代相近；因此，到了近代都變成了「底、的」。換句話說，聯代跟表確定的句末助詞，都受統屬性介詞跟形尾「類化」了。副詞語尾本來很紛歧，後來也單純化，統統變成「底、的、地」，這也是語法上受形容詞語尾類化的結果。至於「至」一變而爲「到」，再變而爲「得」，語音上演變的軌跡至爲明顯。由「得」而「的」，這也是兩字語音相同的緣故。以上演變，都屬於語言內在的發展，大致上都朝向系統化、單純化的大道前進。直到「五四時代」，忽然發生一百八十度的轉變，由於外國語法的借貸，於是有「底、的、地、得」分化使用的主張跟事實出現，所以四字的分用，並不是中國語言內在發展的結果，而是外來力量所造成。

這個由外來力量造成的分別，是否必要呢？我想提出兩點作爲衡量的標準：

一、在歷史的演變中，是否趨向於分別？

二、在意義的分辨上，是否需要有分別？

個人的意見是這樣的：

一、「的、底」不應畫分

在歷史的演變中，統屬性介詞和形容詞語尾從來不曾分家，在古代都用「之」，「旨」、「只」可看成「之」的通假。在近代，或用「底」，或用「的」，但只是一時的習慣寫法的不同，並不表示兩字文法功能上有何分別。照「的」字發展趨勢來看，非但宋人書中語助之辭「底」字，已變成了「的」，就是聯接代名詞「者、所」，表確定的句末助詞「只、咫、者、焉、也、矣、耳、云」，也都已類化爲「的」。除非找到它已造成語意混淆的證據，實在不必違背語言的潮流，硬把它分開。

在意義的分辨上，也不需要這種分別。對於「統屬」和「修飾」的不同，中國的語言一向用「增字」的辨法去分別，這比形分音不分的「底」「的」區分得更爲徹底，例如：爲了分別Philosophy of Science和Scientific Philosophy，可以把前者翻成「科學中的哲學」，以指從事檢討科學的基本構造、方法型態以及理論假定的哲學的一部門；把後者翻成「科學化的哲學」，以指一種建築在科學基礎上的哲學。前者只加一個「中」，足以表示「統屬」；後面只加一個「化」，足以表示「修飾」。這便功德完滿了。要是用「底」表示「統屬」，用「的」表示「修飾」，把它翻成「科學底哲學」跟「科學的哲學」，由於「底、的」語音相同，講時無法分別，聽的人自然不知所云；即使寫在紙上，字形有分別了，但是，除了少數了解用法而且精通文法的人，大多數人還是莫名其妙的。同時，因爲「統屬性」介詞上面必是名詞跟代名詞，於是許多不是「統屬」關係的名詞跟代名詞下，也有人用「底」。前舉許地山先生的文例，便是個證明。這樣一來：形容詞語尾、聯接代名詞、表確定助詞，都可分用「底、的」，唯其上爲名詞代名詞與否是問。結果造成了「底、的」的大混戰，使人眼花撩亂、意亂情迷了。況且，「底」字另外有個作「底下」解的意義，恰好也用在名詞下面。如果統屬性介詞再用「底」，那麼：一本名叫「海底夢」的書，意義就很費猜疑了。到底是人在海底作了夢呀？還是人作了關於海的夢呢？或者竟是海自個兒作的夢呢？因此，「底、的」的畫分，非但不能使語意明晰，反而造成語意的含混。這是何苦來呢？宋人語助之辭由「底」變「的」，實在不是「近代之誤」（顧炎武語，引見上），而是語言上「生存競爭自然淘汰」的結果啊！

因此，「底、的」不應畫分。

二、「的、地」不宜強分

在歷史的演變中，古代副語詞尾用「然」「焉」「乎」「爾」「如」「其」，和統屬性介詞、形容詞語尾淵源有別。在近代，除了「然」字仍在使用外，多改用「地」「價」等字。我們可以推想得到：在唐宋人實際語言裡，副詞語尾已受形容詞語尾類化變為「的」音；但是文人書寫時，鑒於古代副尾跟形尾淵源有別，於是假借「的」的音近字「地」作副詞語尾。關於「價」，可能是「象聲詞」，也可能是方言，作用和「地」完全一樣。至於「恁地」又作「恁底」「恁的」，更證明了副詞語尾作「地」是與「底、的」類化的結果；所以才有人乾脆把「恁地」的「地」寫成「底、的」了。總之，「地」在近代只有作副詞語尾一個用法，這是主張「的」「地」可分唯一理由；但是副詞語尾卻不只「地」一字，也有用「底」「的」的，可見「地」的獨特性早受到破壞和揚棄。語言的大流總是趨向單純化，「的、地」是不宜強分的。

在意義的分辨上，帶語尾「的」的形容詞和帶語尾「地」的副詞都是用來形容事物的，只是形容詞形容的對象是實事實物，副詞形容的對象是動作狀態罷了。既然都是用來形容，爲什麼一個叫形容詞，一個叫副詞？可見這種分法實在很不妥當。因此業師許詩英先生在《中國文法講話》中，把這種表示事物德性的詞，不管它形容的對象是名詞代名詞，或者動詞形容詞，都叫作形容詞；而那些只能表示程度、範圍、時間、可能性、否定作用的詞，原來也叫副詞的，改稱爲「限制詞」。這樣一來，那些帶語尾「地」的副詞，全應歸入形容詞類，「的、地」的畫分便根本失去了文法上的需要。這正是我認爲「的、地」不宜強分的最大的理由了。

所以，「的、地」不須強分。

三、「的、得」必須畫分

在歷史的演變中，助動詞「得」字，無論古代、近代、現在，始終是一個「得」。「拿不得輕，負不的重」是罕見的例外。這一類表可能的助動詞，包括胡適之先生在內，大家都以爲仍應用「得」字。作引副介詞的「得」，大致上由「至」「到」變過來，並且把「而」「以」等字部分用法類化了。在《紅樓夢》、《儒林外史》等書中，引副介詞開始有時用「得」，有時用「的」。這是「的、得」音同，作者假借使用的關係。另外也可能是文字上有省略，如「娘說的是」是「娘說的話是」的省略。這一類引副介詞「得」字，胡適先生主張改用「的」；而黎錦熙堅持要用「得」。在語言發展史上觀察：近代白話文學作品中，有引副介詞專用「得」的，如《水滸傳》；有引副介詞雜用「得」「的」的，如《紅樓夢》跟《儒林外史》；卻無法舉出一部引副介詞專用「的」的書來。足見「得」字經得起時代考驗，未被淘汰。

在語義的分辨上，如果引副介詞使用「的」字，不致引起混淆，當然可以隨它使用下去。語言的演變有的是弄假成眞、積非爲是的例子。可是事實上它卻混淆了語意。例如：「他的冷得索索地顫動的身體」一語，它的語意是很易了解的。要是改成「他的冷的索索的顫動的身體」，非但四「的」疊用，覺得嚕嗦，而且語意也含糊了。讀者不知到底是說「他的身體冷到索索地顫動的程度」？或者是說「他的索索地顫動的身體」是「冷的」？而且在文法結構上，一來引副介詞和表可能助動詞關係近，宜於都用「得」字。如：「這高俅，我家如何安『得』著他？」（《水滸傳》）「你但凡立『得』起來」（《紅樓夢》），「自古及今，那一個是看『得』破的？」（《儒林外史》）三個「得」字，在形式上是引副介詞；在實質上是表可能助動詞。如果引副介詞用「的」，助動詞用「得」，那麼這三個「得」該仍用「得」呀？還是改用「的」呢？便成問題了。二來引副介詞和形尾、副尾結構截然不同，宜有「的、得」的分別。引副介詞總是用在被形容的語詞後面；形尾副尾總用在被修飾的語詞前面。例如：「慢慢地走」，副尾「地」字在被形容的語詞「走」之前；「走得慢慢的」，引副介詞「得」卻在被修飾的語詞「走」之後。假如將引副介詞和結構截然不同的形尾副尾合爲一類，都用「的」字，讓表可能助動詞單獨用「得」字；實在不如將引副介詞跟關係密切的表可能助動詞合爲一類用「得」，讓屬介、形尾、副尾、聯代、助詞用「的」字。

所以，「的、得」必須畫分：凡統屬性介詞、形容語尾、副詞語尾、聯接代名詞、表確定句末助詞，都用「的」；凡引副介詞、表可能助動詞，都用「得」。

語言演變的大流，總是朝向簡捷明潔的方面前進。爲了說的人方便，它必須儘可能單純，可簡便簡，可併就併；爲了聽的人方便，它必須儘可能明晰，該繁就繁，該分便分。把「底、的、地、得」硬分爲四，憑添許多麻煩；或硬是合併成一個「的」，弄得語意不明，都不是合理的辦法。

（本文文法術語，以黎錦熙《新著國語文法》爲準。原刊於一九六八年三月出版的《慶祝高郵高仲華先生六秩誕辰論文集》。）

「之」的用法

問：「之」連詞不等於「的」，何義？

國中課本第五冊後面附錄「文言常用虛詞淺釋」，所列「之」字詞性，其中例舉「吾資之昏，不逮人也」（〈為學一首示子姪〉），關於「之」字，解為「連詞」≠的，不知何義？究竟應等於（＝）什麼？是否能當「助詞，無義」用？（讀者·林美珍）

師大國文系教授黃慶萱答：「吾資之昏」的「之」，沒有詞彙意義，只有語法功能：化造句結構（或稱「詞結」）「吾資昏」爲主從式造句結構（或稱組合式詞結），作謂語「不逮人也」的主語。譯成白話，不是「我天資的糊塗，趕不上別人。」而是「我天資糊塗，趕不上別人。」所以句中「之」不等於「的」；而且不必譯出。也就是說，在白話中沒有相等的詞彙。這個「之」的詞性，有「介詞」「連詞」「助詞」三說，文法學界，尚無定論。來信問，是否能當「助詞，無義」？是十分具有想像力和能深思的見解。茲分述如下：

一、介詞說：《文通》作者馬建忠定爲「介字」，定義是：「凡虛字用以連實字相關之義者，曰『介字』。」到了黎錦熙寫《新著國語文法》，以爲介詞「是用來介紹名詞或代名詞到『動詞或述說的形容詞』上去，以表示他們的時間、地位、方法、原因種種關係的。」如「太陽從東方出來」，介詞「從」介紹方位名詞「東方」到動詞「出來」的上面，以表示地位關係。而「之」，卻是用來介紹名詞或代名詞到旁的「名詞或代名詞」上去的。而且位置在所介紹的名詞代名詞之後（如「之」在「吾資」之後）；與其他介詞都在前不同（如「從」在「東方」之前）。由於這些特別，所以在《比較文法》一書中，定此類「之」爲「特別介詞」。何容先生的《簡明國語文法》，七十五年新編《國中國文教科書第五册》附錄〈文言常用虛詞淺釋〉，都從「介詞說」。

二、連詞說：日本兒島獻吉郎《漢文典》以「之」爲連詞。楊樹達在《高等國文法》連詞章中，舉「而子之壯」的「之」爲陪從連詞。所謂陪從連詞，是「連結輕重異等之詞者」。呂叔湘《中國文法要略》雖然合介詞與連詞爲「關係詞」，爲許世瑛先生《中國文法講話》之所從；但呂書詞語索引卻明白指出「組合式詞結」中的「之」爲「連繫」而非「介繫」。戴璉璋先生《文言文教學上值得注意的文法問題》也名之爲「連詞」。七十四年之前的《國中國文教科書第五册》附錄〈文言常用虛詞淺釋〉採「連詞說」。

三、助詞說：楊樹達《詞詮》附錄〈名詞代名詞下「之」「的」之詞性〉，列舉「連詞說」「語尾說」「助詞說」，以「助詞說尤其近眞」。但是似乎未包括「吾資之昏」之類的「之」在內。趙元任著，丁邦新先生譯《中國話的文法》定這類「非語彙性詞組的記號」爲「語助詞」。王仁鈞先生作〈駕八龍之婉婉兮載雲旗之委蛇——「實詞」、「虛詞」以及詞類區分〉，載於本刊第三期，以爲助詞是「用以附著在詞、語或句的各個位置裡，顯示語法作用如結構、語勢、音節的詞類」。而以「智能之士」的「之」爲「結構助詞」。七十五年新編《高中文法與修辭教科書》，把「智能之士」「吾資之昏」「其疾之憂」等類的「之」，統統認作「結構助詞」，都從趙著的「助詞說」。

至於「一室之不治」的「之」，舊國中教科書已認爲「句中助詞」；「菊之愛」的「之」，新國中教科書也認爲「句中助詞」；「久之」的「之」，新舊國中教科書都認爲「語尾助詞」，與高中文法教科書就相當一致了。

（本文原刊於一九八七年五月《國文天地》二十四期之〈解惑篇〉。）

儒家人性論之探究

壹•前　言

中國的哲學和西方的哲學有一個很顯著的差別：西方的哲學大體上是以「知識」為中心而展開的。它有很嚴密的邏輯，有反省知識的知識論，有客觀的分解的本體論和宇宙觀；但是，它沒有淋漓盡致的人生哲學。中國的哲學卻不然。它不是一種以知識為中心的哲學；而是以「生命」為中心，由此展開了教訓、智慧、學問和修行。中國的哲學不是以理智的遊戲為特徵的；而是由「人生」出發，把成聖的實踐和成聖的學問合而為一。因此，我們可以說：西方的哲學是重客體的，以知識的探究為主要內涵；而我們中國的哲學重主體，以人性的探討為主要內涵。所以，關於「人性」的問題，也成了中國哲學的重心。

貳•孔子的「仁」論

說到中國哲學，勢不得不把孔子放在最重要的位置；可是，對於中國哲學最主要的問題：「人性」，孔子卻不曾作直接了當的說明。所以子貢有「夫子之文章，可得而聞也；夫子之言性與天道，不可得而聞也。」的感歎。不過，就此認定孔子絕對不談性與天道，卻大可不必。孔子的教訓往往很平實，比較地說來，性與天道有些玄妙深奧，孔子自己到五十歲才「知天命」，又如何可以對青年學子大談「性與天道」呢？而子貢所說「不可得聞」，並不是指孔子根本不談「性與天道」，而是指孔子「性與天道」之論比較高深，不是每個學生的悟力都能了解的，因而子貢才發出衷心的崇敬與讚歎。

我們知道：孔子五十而讀《易》，以至「韋編三絕」。《易經》講的，正是「性與天道」，我們可以想像得到孔子對此曾花過一番心血的。如果我們以《易經》上所說的「人性」作線索，再與〈中庸〉《論語》論性論道的話比較一下，問題便豁然開朗了。

《易經》有好幾處提到「性」，最重要的是《易・繫辭》裡的：「一陰一陽之謂道，繼之者善也，成之者性也，仁者見之謂之仁，智者見之謂之智。」這段話可說是研究孔子人性論的主要線索。上三句是演繹的：說明了「性」「道」「善」三者的關係；下二句是分析的：說明了「道」的內容包括了「仁」與「智」。

〈中庸〉上不是說：「天命之謂性，率性之謂道，修道之謂教。」嗎？「道」既由「率性」而來，可見「成之者」必爲「性」；「道」既須時時「修」治，所以「繼之者」必須「善」。〈中庸〉首三句與前引《易．繫辭》上三句實在是表示同一內容的語言。

《論語》中，孔子兩次提到「吾道一以貫之」，一是對曾子說的，曾子以爲「夫子之道，忠恕而已矣。」一是對子貢說的：「女以予爲多學而識之者與？」子貢回答說：「然！」所謂忠恕，不正是「仁」嗎？所謂多學而識，不正是「智」嗎？曾子是仁者，所以看出孔子之道爲仁；子貢是智者，所以看出孔子之道爲智。這不就是《易．繫辭》所說的「仁者見之謂之仁，智者見之謂之智。」嗎？

現在試把《易．繫辭》上的話，和〈中庸〉《論語》上的話，用圖表之於下，便可非常清楚地看出二者內容的相同。

雖然孔門弟子，對「道」有見仁見智之異，可是，在孔子的意思，這個「道」，只是一個「仁道」。因爲道德生命的發展，必然要以「仁」作主體，而「知」只是用來輔助支持的。孔子說：「仁者安仁，知者利仁。」便證明「知」對「仁」的扶持作用。子貢起先不了解「多學而

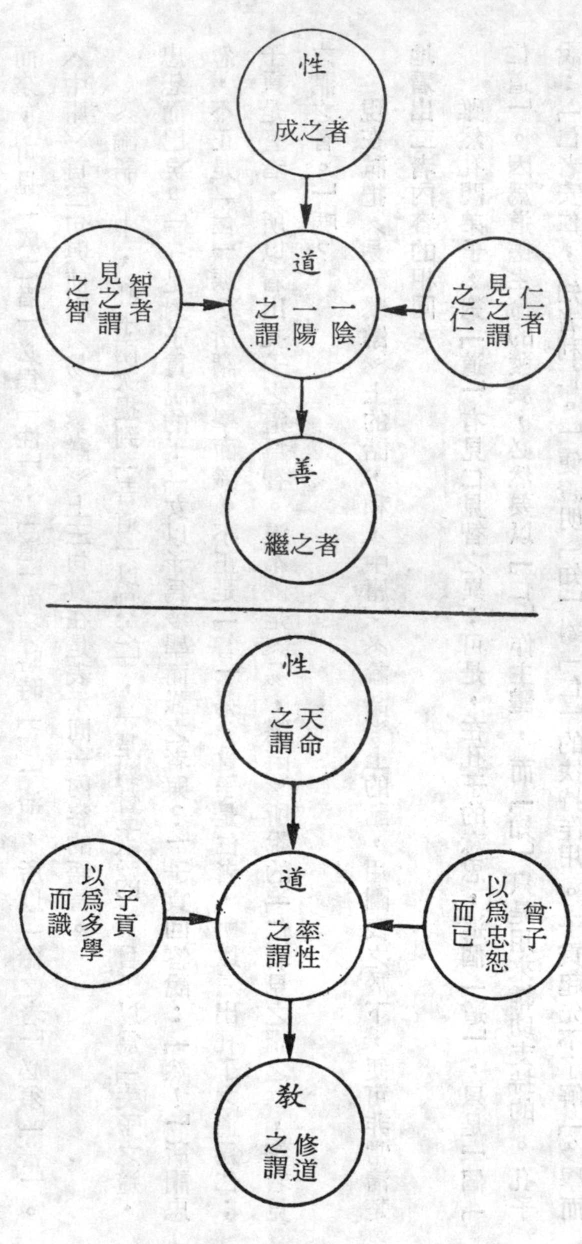

識」只是學仁識仁的一種過程，誤把它當作「道」的本體，所以認爲「然」。不過，子貢到底不失爲智者，他心中想了一下，發覺問題不這麼簡單，便反問孔子：「非歟？」孔子糾正子貢說：「予一以貫之。」指出多學而識只是扶持忠恕之仁道的，是方法而非本體。

討論到這兒，我們可以了解孔子心目中的「道」實在是忠恕而已矣的仁道。率性的「道」既是「仁道」，那麼成道的「性」之爲「仁性」，便不言可喻了。《論語》上說：「天生德於予」，又說：「仁遠乎哉，我欲仁，斯仁至矣。」處處表明孔子的人性觀是：天生於予的性是「德性，是善的；而仁不遠，就在人心之中，只要你需要它，它就出現了。孔子不和學生空談「性與天道」，因爲孔子看重「仁」的主體，而不願空談客體的「天命」與「天道」。孔子只在人生的園地裡開闢了仁智的領域，在踐仁成聖的過程中，使生命的主體更爲充實而彰顯。

叁●告子的「性無分善惡」論

孔子的「仁」性論，第一個對它發生懷疑的，是告子。但是告子的「性無分善惡」論，不僅未能動搖孔子的「仁道哲學」，而且由於孟子出而辯護，而使人性的道德主體，意義更爲確定與光大。

告子這個人，似乎既不善乎言辭，又不諳於文墨。他沒有書留下來，所以我們只能由孟子的書中，讀到他的人性論。在告子孟子有關人性的論辯中，顯然的，告子犯了學術論辯二項最易犯的錯誤，所以在論辯中，告子一直處在劣勢。

告子的錯誤在哪兒？

第一、沒有弄清題目的涵義：伏爾泰說：如果我們要辯論一個題目，首先我們得了解這個題目的涵義。這話有點道理。所謂性，到底是指一切物質，包括有生命無生命的，廣泛的物性？還是指一切的生物，包括人和禽獸在內的，生命的現象？或者只指人所特有的，異於無生物與禽獸之性的人性？對這些問題，告子顯然不會分辨清楚，所以他既把水性（無生命的物性）和人性（人特有的）混爲一談；而且又對犬馬之性（禽獸的自然生命現象）和人之性（人特有的）不加分別。所以孟子一反問：「然則犬之性猶牛之性，牛之性猶人之性與？」告子便啞口無言了。

告子說：「生之謂性。」又說：「食色性也。」實際上都不是人異於禽獸的特性，而是人與禽獸所共有的。「食色性也」和《禮記．禮運》篇：「飲食男女，人之大欲存焉。」的意思是一樣的，飲食和男女的要求，是生命界的共同現象罷了，決不是人的特性。所以《禮記》不以「性」名之，而叫它作「大欲」。告子於這些地方沒有弄清，經孟子層層剖析進迫，結果全盤皆輸了。

第二、把問題膠著在譬喻上。譬喻格在文學上是很好的修辭法，但在學術論證上使用卻最易導致錯誤的結論。告子一則用杞柳喻性，說：「性猶杞柳也，義猶桮棬也，以人性爲仁義，猶以杞柳爲桮棬。」再則用湍水喻性，說：「性猶湍水也，決諸東方則東流，決諸西方則西流，人性之無分於善惡也，猶水之無分於東西也。」孟子是思想何等敏捷清晰的人，一眼就看出告子的弱點，反駁說：「水信無分於東西，無分於上下乎？」又進一步反問：「子能順杞柳之性而以爲桮棬乎？將戕賊杞柳而後以爲桮棬也？如將戕賊杞柳而以爲桮棬，則亦戕賊人以爲仁義與？」告子當然無話可答，於是孟子乘勝追擊：「率天下之人而禍仁義者，必子之言夫！」

告子既沒有弄清人性的涵義，辯論中又喜用譬喻，因而走向思想的歧途，以至整個主張缺乏嚴密的邏輯，自然也就不堪一擊了。

肆・孟子的「性善」論

打倒對方的理論只是消極的，積極上應建立自己的理論。所以孟子不只以擊敗告子「性無分善惡」說為滿足，更進一步地，他要把性善論加以確定與光大。

這兒應該把「善」「惡」兩字略略地分析一下。所謂善惡，一向有兩種說法：一派著重動機，認為善惡只是行為將發未發那一刹那的一念。另一派注重效果，認為一件事的效果對大眾有益的，便是善；否則便是惡。我們討論性的善惡，必須著重動機的分析，這並不是表示效果不重要，而是因為只有動機才是人性的流露。

孟子的性善說，便針對動機而立論。他以「今人乍見孺子將入於井」一事為根據，分析為什麼「人皆有怵惕惻隱之心」？孟子舉出許多可能的理由：

一、為所以內交於孺子之父母？

二、爲所以要譽於鄉黨朋友？

三、爲惡其聲而然？

孟子把上面的可能理由一一否定，結果便只有一種可能了：這怵惕惻隱之心是人的特有的本性。

孟子這種論證極似幾何學上的窮舉法，由此也可以看出孟子的邏輯心靈。

以怵惕惻隱之心爲起點，孟子更推演出四端之心。卽：惻隱之心，仁之端也；羞惡之心，義之端也；辭讓（恭敬）之心，禮之端也；是非之心，智之端也。這四端都是人所固有的，才是人所以異於禽獸的根本。換句話說：只因爲人具有仁義禮智四端，人才能爲萬物之靈。

孟子說：「人之所以異於禽獸者幾希，庶民去之，君子存之。」這句話和亞里斯多德倫理學上所說：「飲食男女爲人與禽獸所共有；人之所以別於禽獸者，惟在人有理性罷了。」意義是可以相通的。孟子所謂的「幾希」，顯然指四端而言，四端側重惻隱、羞惡、辭讓、是非之心；而亞氏所言「理性」卻側重於知識方面，這就是中國以生命爲中心的「重仁系」哲學，和西方以知識爲中心的「重知系」哲學，不同之所在了。孟子以爲：能保存仁義禮智四端的，便是君子；不能保存的，便是庶人。所以孟子首先要人「存性」：保持人的善性。

孟子說：「人之有是四端也，猶其有四體也，」並且要求人人「擴而充之」。因爲「苟能充之」，便「足以保四海」，無一物能外；「苟不充之」，便「不足以事父母」，無一物非外。因爲性善無外，所以孟子又說：「萬物皆備於我。」「上下與天地同流。」宋時程顥明道先生有

「仁者以天地萬物爲一體」的話；明時王守仁陽明先生也說：「大人者以天地萬物爲一體者也」。便都是孟子性善無外說的嫡傳。所以孟子第二步要人「盡心」：擴充人的善性。

伍、荀子的「性惡」論

由孟子的性善說至荀子的性惡論，是儒家思想的一大迴轉。荀子本人是位博極群籍的大學問家，而且很懂得辯論。他的〈非十二子〉篇，批評了他之前的許多大思想家，今天如要講諸子流別，那是一篇極重要的文章。而荀子非常注意思想法則，他的〈正名〉篇是我國古代最有體系的邏輯學之一。他曾批評孟子之學「聞見博雜，不知其統。」由此，我們也可推測到荀子是博聞知統的大學者。

正因爲這樣，荀子的「性惡論」立論之謹嚴，便不是告子「性無分善惡」說所能比擬的了。荀子先給「性」字下一定義：

不可學，不可事，而在人者，謂之性；可學而能，可事而成，而在人者，謂之僞。

然後，荀子指出今人之性：

一、生而有好利焉；
二、生而有疾惡焉；
三、生而有耳目之欲。

由此可以證明「人之性惡，其善者僞也。」順此惡性發展的結果，必是

一、爭奪生而辭讓亡焉；
二、殘賊生而忠信亡焉；
三、淫亂生而禮義文理亡焉。

所以荀子主張「必將有師法之化，禮義之道，然後出於辭讓，合於文理，而歸於治。」

荀子的「性惡論」，條理何等井然！

這兒，我要提出一連串的問號：「禮義之道」是誰創的？根據何種心性（善或惡）創造此「禮義之道」？人何以能接受「師法之化」？何以終能「出於辭讓合乎文理而歸於治」？其終能接受的心性基礎是善的呢？惡的呢？思索了這許許多多的問題，我們不能不承認：創造禮義之道的是人自己，也只有人才具有創造禮義接受師法的心靈。這種道德的「主體」和向善的「可塑性」，正是其他生物所欠缺的。但是荀子卻把它一筆抹殺，以爲它出於「僞」！而偏偏把「耳目之欲」，人與禽獸共有的生理現象，當作人的特性。荀子的「性惡論」，實在是把人當作了禽獸看待！

陸．結語

關於人性的善惡，只有三種可能：

一、善的；

二、惡的；

三、無分善惡的。

上面，於孔子的仁說後，歷敘了告子的性無分善惡論、孟子的性善論、荀子的性惡論，大致上對上述三種可能，每一種都舉出富代表性的理論而加以介紹和批評。於是發現：荀子告子都犯了一個共同錯誤：就是不就人異於禽獸的特性而言性；而就人同於禽獸的通性而言性。所以他們的結論雖然不同，而不能以說明人類特性之眞實則一。因此，眞正能夠表明人性眞實的，就只剩下上承孔子仁說的孟子性善論了。

爲生物之一，人，旣有與生物共有的通性；爲萬物之靈，人，又有超於萬物之特性，我們的生命將何去何從？

首先，人必須從生物通性中站出。「飲食男女，人之大欲存焉；死亡貧苦，人之大惡存焉。」

這便是人與生物共有的通性。人如果把生命埋沒在這種生物通性中，受欲望的驅使，爲自然所支配，那麼人的生命便不能避免物競天擇的命運，永處於卑暗與絕望之中。人必須從這種生物通性中站出：於飲食男女之際，有個分寸在；大義所存，則雖死亡而不畏，更何懼於貧苦。這樣才能從生物界提升上來，作一個堂堂正正的人。

從生物通性中站出，只是開始。人，當其掃清一切氣稟物欲的拘蔽後，如果不能湧現一個虛靈不昧、具眾理而應萬事的本體，那麼，生命豈非一片空白？所以其次，我們要體認此生命爲一明德的主體，充實它、彰顯它、推廣它。只有當人人都能發覺自身本有的仁心，人格的尊嚴才能得到肯定；只有當人人都能深信他人也具有善性，人我的關係才能顯得和諧。人類文明的建立，有賴乎此；大同世界的實現，也有賴乎此。

（本文原刊於一九六七年十月《孔孟月刊》六卷二期。）

退溪、栗谷理氣說較論

提要

退溪栗谷，學宗朱熹。其論宇宙本體，皆兼言理氣。於宇宙終極之原理，同曰無極而太極；於天地萬物之演進，同曰理一而分殊。然退溪以太極在先，陰陽在後，太極為一，陰陽為二；是以理氣亦一而二，不容無別。而栗谷則以太極本含陰陽，無先後可言。是以理氣亦二而一，妙合不離。由本體論下貫而論人生，則理賦於人而為性；氣凝於人而為形；感於物而發為情。二子於此，亦無異論。然退溪以理發氣隨、氣發理乘者為善；理揜於氣，氣滅其理者為惡，栗谷以理為體，無不善；氣為發，分善惡。斯則不同。要亦皆得朱學之一體，而有功於朱學之宏揚者也。

壹

中國文化，於世界爲先進；其學術思想，以孔子爲宗師。然孔子之道，當日卽有仁見知之異。曾子以爲忠恕而已；子貢以爲多學而識。秦火之後，漢儒以整理舊籍，訓釋文字，爲當前之急務，故所重者學識之道。及魏晉佛教東傳，多以「明心見性」，求「以心傳心」之法。儒學之士，求抗衡之道。於是昌黎韓愈，言堯舜湯禹文武周孔之道統，獨尊孔孟；其徒李翺，含融儒佛，而重〈中庸〉。宋儒繼業，益廣其義。安定泰山，開其先河；周張二程，蔚成大觀。逮至朱陸，大張其說。晦庵以道問學爲主，其教在於格物致知；象山以尊德性爲宗，其教在於發明本心。然皆歸本於儒家，能上承曾子，得孔子忠恕一貫之旨者也。陸學有明王守仁出，盛極一時。而朱學於南宋以「僞學」遭禁。至理宗時，賴西山眞德秀之力，始得解禁復明。西山有《大學衍義》、《四書集編》，又有〈心經〉一卷，程篁墩爲之注，皆宗晦庵者也。朱學北傳，於大韓李朝得二人焉：退溪李滉景浩、栗谷李珥叔獻，咸尊晦庵而重西山。退溪（一五〇一～一五七〇）之學，主心術隱微與夫躬修實踐，一意尊朱，至斥陸王爲禪學。又取程篁墩所注〈西山心經〉於宮內經筵講授。栗谷（一五三六～一五八四）二十三歲嘗謁退溪於陶山，問主一無適，應接事物之要。厥後往來書札，辨論居敬窮理，退溪間亦舍舊說而從之。退溪既取〈西山心經〉爲講學之資；栗谷亦倣西山《大學衍義》而撰《聖學輯要》。而二子之論理氣也：退溪有〈非理氣爲一物辯證〉，又作〈心統性情圖〉，而爲之說；與成浩原、奇明彥諸人書，亦多以理氣爲主題。栗谷有〈論心性情〉，又作〈人心道心圖說〉；其答成浩原諸書，反覆闡釋，最爲詳盡。而退溪栗谷間書札往還，尤可見其說之異同。茲取二子理氣之說，較而論焉。

貳

宋儒言天地萬物終極之原理，多推原於太極。考「太極」一詞，原見於《易・繫辭傳》：「易有大極，是生兩儀。」蓋指陰陽理氣未生之前之渾淪狀態。道家有太極圖，周濂溪取而改之，以說宇宙萬物衍生之歷程。朱子手注〈太極圖說〉，釋其義云：

> 太極云者，合天地萬物之理而一名之耳。以其無器與形，而天地萬物之理，無不在是，故曰無極而太極；以其具天地萬物之理而無器與形，故曰太極本無極。極是道理之極至，總天地萬物之理，便是太極。

退溪嘗論理之虛實，而歸本於無極而太極。其〈答鄭子中別紙〉云：

自其真實無妄而言，則天下莫實於理；自其無聲無臭而言，則天下莫虛於理。只無極而太極一句可見矣。

太極動而生陽，靜而生陰。陽變陰合，而生水火木金土。五行一陰陽也；陰陽一太極也。是以退溪〈答李宏仲書〉云：

太極在陰陽中而不離乎陰陽。

〈答禹景善書〉云：

陰陽之生五行，譬諸人，猶父母之生五子也。

而所進「聖學十圖」，首揭濂溪「太極圖」，並附〈太極圖說〉。

栗谷之言太極，見其〈答成浩原書〉：

天地之物，雖各有其理；而天地之理，卽萬物之理；萬物之理，卽吾人之理也。此所謂統體一太極也。

蓋二子言天地人物之理，皆以太極爲終極，固所同也。然退溪以太極在先，陰陽在後；太極爲一，陰陽則二。〈非理氣爲一物辯證〉云：

孔子曰：易有太極，是生兩儀。周子曰：太極動而生陽、靜而生陰。又曰：無極之眞，二五之精，妙合而凝。今按孔子周子明言陰陽是太極所生，若曰理氣本一物，則太極卽是兩儀，安有能生者乎？曰眞曰精，以其二物，故曰妙合而凝。如其一物，寧有妙合而凝者乎？

而栗谷則以太極本含陰陽，故無先後可言。〈答成浩原書〉云：

周子曰：太極動而生陽，靜而生陰。此二句豈有病之言乎？若誤見則必以為陰陽本無，而太極在陰陽之先。太極動然後陽乃生，太極靜然後陰乃生也。

二子之論理氣，一曰互發，一曰妙合，其說不同，實導源於是。

叁

由「太極」此一宇宙終極原理而推論宇宙之本體，程朱皆兼「理氣」言之。理是原理，氣能凝結造作，則爲實質。原理不能獨存，必寄寓在此實質之中。故理氣渾然一體，而可兩分言之；然非兩體並立，而合一言之也。《朱子語類》云：

天下未有無理之氣，亦未有無氣之理。

此氣是依傍這理行。及此氣之聚，則理亦在焉。

理未嘗離乎氣，然理形而上者，氣形而下者。

或問必有是理，然後有是氣，如何？曰：此本無先後之可言。然必欲推其所從來，則須說先有是理。然理又非別為一物，卽存乎是氣之中。無是氣，則是理亦無掛搭處。

退溪以理爲形而上之道，氣爲形而下之器。退溪〈答李宏仲書〉云：

凡有貌象形氣而盈於六合之內者，皆器也。而其所具之理，卽道也。道不離器，以其無形影可指，故謂之形而上也；器不離道，以其有形象可言，故謂之形而下也。

是理與氣，本不相離，而亦不相雜。不分而言，則混爲一物，而不知其不相雜也；不合而言，則判然二物，而不知其不相離也。退溪〈答奇明彥書〉云：

蓋理之與氣，本相須以為體，相待以為用。固未有無理之氣，亦未有無氣之理。然而所就而言之不同，則亦不容無別。

其別云何？退溪〈非理氣爲一物辯證〉引朱子〈答劉叔文書〉云：

理與氣決是二物。但在物上看，則二物渾淪不可分開，各在一處，然不害二物之各為一物也。若在理上看，則雖未有物，而已有物之理，然亦但有其理而已，未嘗實有是物也。

退溪之說，重在其分。

栗谷之釋理氣也，見其〈答成浩原書〉：

非理則氣無所根柢；非氣則理無所依著。既非二物，又非一物。非一物，故一而二；非二物，故二而一也。非一物者，何謂也？理氣雖相離不得，而妙合之中，理自理，氣自氣，不相挾雜，故非一物也；非二物者，何謂也？雖曰理自理，氣自氣，而渾淪無間，無先後，無離合，不見其為二物，故非二物也。

理，形而上者也；氣，形而下者也，二者不能相離。

所言理爲形上，氣爲形下，不雜不離之說，固與退溪意同，而一本於晦庵。然〈答成浩原書〉又云：

氣不離理，理不離氣。夫如是則理氣一也，何處見其有異耶？所謂理自理，氣自氣者，何處見其理自理，氣自氣耶？

栗谷之說，主理氣妙合不離，重在其合，此又二子不同之所在也。

肆

夫理一而已矣，而所乘之氣，升降流行，是生天地萬物，則其分萬殊。「理一分殊」原是伊川答門人楊時〈論西銘書〉中之用語。朱子作《西銘注》，更申言之曰：

蓋以乾為父，以坤為母，有生之類，無物不然。所謂理一也。而人物之生，血脈之屬，各親其親，各子其子，則其分亦安得而不殊哉？一統而萬殊，則雖天下一家，中國一人，而不流於兼愛之弊；萬殊而一貫，則雖親疏異情，貴賤異等，而不梏於為我之私，此《西銘》之大旨也。

《朱子語類》更約言之云：

問：理與氣。曰：伊川說得好。曰：理一分殊。合天地萬物而言，只是一箇理；及在人，則又各自一箇理。

退溪於此亦能體認。〈答柳希范書〉嘗據朱子〈分水鋪詩〉而下斷語：

分水鋪壁間詩：水流無彼此，地勢有西東。若識分時異，方知合處同。觀者請下一轉語。

混不揆，妄下語云：由氣而有萬別，原理則無不同。

所謂「原理則無不同」，即「理一」意；「由氣而有萬別」，即「分殊」意。退溪〈答黃仲舉書〉更詳乎言之：

以理言之，固為一體；以分言之，則不能不殊。在我則我底為大本；在你則你底卻為大本。陳經正乃云：我見天地萬物皆我之性，不復知我之所為我，是知理一，而不知其分之殊。

栗谷所言略同。〈答成浩原書〉云：

理雖一，而既乘於氣，則其分萬殊。故在天地而為天地之理，在萬物而為萬物之理，在吾人而為吾人之理。

栗谷且執此說以斥釋氏荀揚之非。〈答成浩原書〉云：

理一分殊四字最宜體究。徒知理之一而不知分之殊，則釋氏之以作用為性而猖狂自恣是也；徒知分之殊而不知理之一，則荀揚以性為惡，或以為善惡混者是也。

二子於此，更無異論。退溪所言「理無不同，氣有萬別」，栗谷所言「理雖一，其分萬殊」，並淵源於程朱。而退溪執此以駁陳經正，栗谷執此以駁釋荀揚，亦朱子執此闢墨翟、楊朱之比也。

伍

由理氣本體論下貫而論人生，則人生皆稟天地之理以爲性，皆受天地之氣以爲形。性是心之所有之理，心是理之所會之形；心感於事物，有所發動，則爲情。朱子〈大學或問〉云：

天道流行，發育萬物，其所以為造化者，陰陽五行而已。而所謂陰陽五行者，又必有是理而後有是氣。及其生物，則又必因是氣之聚而後有是形。故人物之生，必得是理，然後有以為健順仁義禮智之性；必得是氣，然後有以為魂魄五藏百骸之身。

《朱子文集》〈答方賓王〉云：

仁義禮智同具於性，而其體渾然，莫得而見。至於感物而動，然後見其惻隱羞惡辭遜是非之用，而仁義禮智之端於此形焉，乃所謂情。

而「心統性情」。案心統性情，橫渠首言之，見《張子全書・性理拾遺》。朱子推許橫渠之說，《語類》云：

舊看五峯說，只將心對性說，一箇情字都無下落。後來看橫渠心統性情之說，乃知此話大有功。始尋得箇情字著落，與孟子說一般。孟子言惻隱之心仁之端也。仁，性也；惻隱，情也；此是情上見得心。又曰仁義禮智根於心，此是性上見得心。蓋心便是包得那性情，性是體，情是用。

退溪、栗谷之言理、氣、心、性、情，皆尊朱子，殆無異說。退溪〈答奇明彥書〉曰：

理氣合而為心，自然有虛靈知覺之妙。靜而具眾理，性也；而盛貯該載此性者，心也。動而應萬事，情也；而敷施發用此情者，亦心也。故曰心統性情。

栗谷〈人心道心圖說〉云：

天理之賦於人者，謂之性；合性與氣而為主宰於一身者，謂之心；心應事物而發於外者，謂之情。性是心之體，情是心之用，心是未發已發之總名，故曰心統性情。

而皆歸結於「心統性情」，亦與朱熹同。

然退溪主理氣互發，〈心統性情圖說〉云：

四端之情，理發而氣隨之，自純善無惡。必理發未遂，而揜於氣，然後流為不善。七者之情，氣發而理乘之，亦無有不善。若氣發不中而滅其理，則放而為惡也。

其說殆亦本於朱熹。《朱子文集》卷六十五〈注尙書大禹謨人心道心十六字〉云：

心者，人之知覺，主於身而應事物者也。指其生於形氣之私而言，則謂之人心；指其發於義理之公者而言，則謂之道心。

朱子所撰〈中庸章句序〉，亦云：

心之虛靈知覺，一而已矣。而以為有人心道心之異者，則以其或生於形氣之私，或原於性命之正。

退溪「理發」，卽朱子「或原於性命之正」「其發於義理之公者」；退溪「氣發」，卽朱子「或生於形氣之私」意。而《朱子語類》云：

有是理而後有是氣；有是氣則必有是理。但稟氣之清者，為聖為賢，如寶珠之在清冷水中；稟氣之濁者，為愚為不肖，如珠之在濁水中。所謂明明德者，是就濁水中揩拭此珠也。

《朱子文集》卷五十一〈答黃子耕書〉亦言：

以道心為主，則人心亦化而為道心矣。如鄉黨篇所記，飲食衣服，本是人心之發；然在聖人分上，則渾是道心也。

此又退溪：理發氣隨，純善無惡；理揜於氣，流爲不善。氣發理乘，亦無不善；氣滅其理，放而爲惡：諸說之所本也。

栗谷之說，則稍異於是。〈人心道心圖說〉云：

理本純善，而氣有清濁。氣者，盛理之器也。當其未發，氣未用事，故中體純善；及其發也，善惡始分。善者，清氣之發也；惡者，濁氣之發也。

是栗谷以理爲未發，中體純善；氣爲已發，清濁不同，善惡始分。

退溪不以栗谷說爲然，〈答奇明彥論四端七情第一書〉云：

惻隱羞惡辭讓是非何從而發乎？發於仁義禮智之性焉爾。喜怒哀懼愛惡欲何從而發乎？外物觸其形而動於中，緣境而出爾焉。四端之發，孟子既謂之心，則心固理氣之合也。然而所指而言者則主於理，何也？仁義禮智之性，粹然在中，而四者其端緒也。七情之發，朱子謂本有當然之則，則非無理也。然而所指而言者則在乎氣，何也？外物之來，易感而先動者莫如形氣，而七者其苗脈也。安有在中為純理，而才發為雜氣；外感則形氣，而其發為理之本體耶？

栗谷亦以退溪說爲非，〈人心道心圖說〉云：

理氣渾融，元不相離。心動為情也，發之者氣也，所以發者理也。非氣則不能發，非理則無所發，安有理發氣發之殊乎？

蓋退溪既以理氣爲一而二，重其所別，故言理發氣發；栗谷以理氣爲二而一，重其妙合，故言理爲體，氣爲發。所以其說不同如是。惟栗谷〈人心道心圖說〉復云：

但道心雖不離乎氣，而其發也為道義，故屬之性命；人心雖亦本乎理，而其發也為口體，故屬之形氣。方寸之中，初無二心，只於發處有此二端。

以道心爲道義之發而不離乎氣；人心爲口體之發而本於理，而言於發處有此二端，則栗谷已轉同退溪之說矣。

陸

綜上所述，退溪栗谷之論宇宙本體，皆兼言理氣。其於宇宙終極之原理，同曰無極而太極；其於天地萬物之演進，同曰理一而分殊。然退溪以太極在先，陰陽在後，太極爲一，陰陽爲二，是以理氣亦一而二，不容無別。而栗谷則以太極本含陰陽，無先後可言。是以理氣亦二而一，妙合不離。由本體論下貫而論人生，則理賦於人而爲性；氣凝於人而爲形；感於物而發爲情。二李於此，亦無異論。然退溪以理發氣隨、氣發理乘者爲善；理揜於氣、氣滅其理者爲惡。栗谷以理爲體，無不善；氣爲發，善惡分。斯則不同。蓋二李之學，俱宗朱子。朱子之言理氣，皃康以爲「理氣二元之論」；錢穆以爲「理氣一體之宇宙觀」。是於中國至今尙無定論。退溪以理氣一而二，栗谷以理氣二而一，亦猶孔門一貫之道有見仁見智之異，要亦皆得朱學之一體，而有功於朱學之宏揚者也。

（本文曾在「近世儒學與退溪學國際會議」宣讀，並刊於一九八〇年六月韓國《退溪學報》二十六期。）

實事求是，以獲眞知

今年（一九八七）三月二十六日，丁肇中教授在香港中文大學獲頒榮譽博士。四月三日，《中國時報》刊出了丁教授接受學位時發表的講辭。題目是〈格物致知〉。以非專研中國經典的人談眾說紛紜的「格致」問題，倒也不乏相當精采而且引人深思的意見；雖然也不免有些值得討論的地方。四月二十七、八兩日，〈人間副刊〉出現香港中文大學哲學系講座教授劉述先的文章：「與丁肇中教授論中國文化與格物致知」。對丁教授「既沒有分開陽明不成熟時期與成熟時期的思想，又沒有分開見聞與良知」，提出商榷。至於丁教授說的「格物致知眞正的意義」，劉教授表示：「我很歡迎肇中教授提出『格物致知』的新解，但似乎不必講『我們應該重新體會到幾千百年前經書裡說的格物致知眞正的意義』這樣的話。〈大學〉講『格物致知』的原義究竟是什麼，這是熟悉古典的學者聚訟不息的問題。」丁教授是學科學的，敢於提出「格物致知的眞正意義」，十分值得敬佩；劉教授是學哲學的，鄭重指出「格物致知」的「聚訟不息」，則代表另一種「多聞闕疑」的謹愼態度。我，一位中國經典的研究者，面對這一場有關「格物致知」的論辯，也想說說自己學習與體驗的心得，向丁劉兩位教授以及所有關心中國文化的人士請教。

宋明理學家對「格物致知」，的確有許多不同的解釋，朱熹和王陽明是最具代表性的二位。朱子認爲：外物都有客觀存在之理，我心於是加以窮究，是爲「格物」。窮究而得其理，獲致對此一事物的完全認識，是爲「致知」。所以朱子說：「格，至也；物，猶事也。窮至事物之理，欲其極處無不到也。」其說偏重於對客觀事物的認識。陽明以爲一切事理，並不外存於物，而恃我心之主體而存在。我們不是看見父母在面前，才懂孝順；不是聽到孺子的哭聲，才有愛心。所以，仁之理非出於井中的孺子，而出於我之良知；孝之理非出於我之父母，亦出於我之良知。而所有事理的正與不正，全賴我的良知爲之判斷。物者，事也；格者，正也。凡意之所發而有所從事，正其不正而歸於正，是爲「格物」。圓滿發揮我心之良知，是爲「致知」。致，是發揮到極致的意思。其說偏重於主觀意識的端正。

我們知道：儒家言學，是學作人；儒學言知，是知怎樣作人。朱子「卽凡天下之物」，使其「表裡精粗無不到」的知，偏向物理的知，不是〈大學〉致知之知的本意，且與下文「誠意正心」貫不起來，其病在「離」。儒家以爲作人的知識常常是在作人的實踐中獲得。王陽明「格者正也，正其不正以歸於正」，偏向心意的端正，也不是〈大學〉格物之格的本意。而跟下文「誠意正心」意思重複，其病在「卽」。「格致誠正」，原是不卽不離，一貫相承的。

「格物致知」最妥當的解釋，當求之於《大學》原文。這個原則，宋儒黎立武著《大學發微》《大學本旨》，便早已採用。我的老師高明教授在〈大學辨〉，更根據這原則把「格物致知」的意義作詳盡的發揮。簡單地說：「格」，是量度的意思。「物」，即〈大學〉「物有本末，事有終始」之事物。物是就其體言，故有本末；事是就其用言，故有終始。〈大學〉以修身明德爲本；親民平天下爲末。知止爲始；經定、靜、安、慮工夫，以能得爲終。「致」，是獲致。「知」，即〈大學〉「知止」「知所先後」「知本」之知。「本」是根本，也是基礎；「止」是終點，也是目標。而「先後」則是由奠定基礎以至完成目標的過程次序。丁肇中教授以爲「格物致知」眞正意義有兩方面：「第一，尋求眞理的唯一途徑是對事物客觀的探索。第二，探察的過程不是消極的袖手旁觀，而是有想像力有計畫的探索。」就第一點言，頗合〈大學〉對事物的本末終始作客觀量度的「格物」義，不過〈大學〉未強調「唯一」。就第二點言，亦略近〈大學〉有「本」有「止」有「先後」的「致知」義。可稱爲相當精采的詮釋。

我們可以這麼說：格物致知，就是投身於現實社會，審察探索各種事物而作最恰當的處理。從失敗的教訓和成功的喜悅中，不斷檢討，不斷修正，從而體認行爲的準則，以及實踐的先後次序，向理想的目標邁進。這種做人知識的獲得，足以使自己更自信而不自欺，這就是「誠意」。「誠」，是充實的意思。而充實堅定自己信念的結果，培養了自己正確的判斷力，再不受忿懥、恐懼、好樂、憂患的影響，這就是「正心」。具有正確判斷力的人，不會因自己所親愛、所賤惡、所畏敬、所哀矜、所傲惰等等，而對人處事有所偏差，此之謂「修身」。〈大學〉「壹是皆以修身爲本」，從「格物、致知、誠意、正心」作起，奠定「修身」的基礎，這是「明明德」的工夫。而以「齊家、治國、平天下」爲目標，這是「親民」的工夫。務使這明德親民的工夫能夠止於至善，而無過與不及。

自泰西科學東漸，國人每以「格致」比擬科學實驗，誤把人事之知當作物理之知。清末民初，於學校講授物理學和化學，科目名稱就叫「格致」。民國五十一年十月二十二日發行的《中國一周》第六五二期，刊有大教育家鄧萃英〈關於大學三綱領八條目管見〉，竟然也說：「格物致知，是今日之自然科學；誠意正心，是今日之心理學；修身齊家，是今日之倫理學；治國平天下，是今日之政治學。」丁肇中教授對格物致知的解釋，偏重於「探索物體而得到知識」，可能是在這種錯誤類比的誤導下產生的。〈大學〉講格致誠正修齊治平有其一貫性，怎可斬成四門不同學科？「知至而後意誠」，又如何能夠由自然科學一變而爲心理學呢？丁教授抱怨：「〈大學〉本身就說，格物致知的目的，是使人能達到誠意、正心、修身、齊家、治國的田地，從而追求儒家的最高理想——平天下。因爲這樣，格物致知眞正的意義被埋沒了。」就已看出作「探察物體而得到知識」解釋的「格致」，和「誠正修齊治平」格格不入。

其實，人事之知和物理之知都必須通過實踐才能獲致。丁教授說：「不管在研究科學，研究人文學，或者在個人行動上，我們都要保留一個懷疑求眞的態度，要靠實踐來發現事物的眞相。」這話好極了！「誠正修齊」正是「個人行動」呀！丁教授又說：「我覺得眞正的格物致知的精神，不但是在研究學術中不可缺少，而是在應付今天的世界環境也不可少的。」這話也很精采！「格致」求的原是人事之知，「治國平天下」講的就是「應付今天的世界環境」，而意義還更積極些。

科際之間，原有整合之可能，許多大原則大道理，是可以彼此相通的。我倒覺得：〈大學〉所說實事求是以獲眞知的「格致」精神，運用到自然科學研究上去，也是相當有用的。丁教授在物理學上的成就，不就是最好的例證嗎？

（本文發表於一九八七年八月《國文天地》二十七期。）

原興

實在說，風雅頌也是問題多多。三者到底以體裁內容分？或許以音調分？都是可以作進一步的探討的。但是，賦比興似乎更多異說。有人說：它和風雅頌一樣，是詩的三種體裁；有人說：它和風雅頌不同，是詩的三種方法。說到方法：賦是直敍法；比是譬喻法；興呢，那又一言難盡了。在這一篇短文中，我想擱下風雅頌，和賦比不談。專來談談「興」，比較深入的談一談。

把「興」當作一種體裁，在《周禮・春官大師》可以看出一點苗頭：「大師……教六詩：曰風、曰賦、曰比、曰興、曰雅、曰頌。」六者平列，各有曰字，統名爲詩，而且「風」下就是「賦、比、興」，然後才是「雅、頌」，似乎都暗示此六者的一致性——全是詩的體裁名稱。

儘管鄭玄注六詩：「興，見今之美，嫌於媚諛，取善事以喻勸之。」把興看作一種以善物喻善事的技巧。但是《鄭志》這本書中，記錄鄭玄答張逸的話：「比賦興，吳札觀詩，已不歌也；孔子錄詩，已合風雅頌中，難復摘別。」卻以賦比興是詩體。試與鄭玄〈六藝論〉：「唐虞始造其初，至周分為六詩。」參看，鄭玄曾以興為六詩之一體是十分明顯的。

章太炎先生堅持六詩皆體，《檢論．六詩說》云：「興與誄相似，亦近述贊，則詩之一術而已……王侯眾多，仍世誄述，篇第填委，不可偏觀。又亦不益教化，」故周樂與三百篇皆無興矣！」

朱自清大體上以興為一種文學技巧。不過在《詩言志辨》一書中，朱自清卻也說過：「興似乎也本是樂歌名，疑是合樂開始的新歌。」這就把興當作體裁了。朱氏對「興」的理解，最具啓發性，後面再詳細的談吧！

陳世驤寫過〈原興〉，副題是「兼論中國文學特質」。陳氏依據字源學的文學理論探討「興」體之產生，依據文類學的文學理論肯定「興」構成中國文學的一種特質。甲骨文，興字作[illegible]，是一個會意字，從四隻手合托一盤，領會出盤旋起舞的意思。金文作[illegible]，比甲骨文多了一個口，於托盤旋轉之外，還混合著原始的歌呼，與高采烈的語言，配合著舞蹈的迴旋重複，以提示神采飛逸的氣氛，構成了曲調的基本成分，合韻律、意義、意象而為一。陳氏指出：「『興』保存在《詩經》作品裡，代表初民天地孕育出的淳樸美術、音樂和歌舞不分，相生並行，揉合為原始時期撼人靈魂的抒情詩歌。」

視「興」為詩的一體，歷史上較富代表性的說法大略如此。下面，再談談以「興」為詩之技巧之各種說法。

《詩・毛傳》在《詩經》三百零五篇中，注明「興也」的有一百十六篇。通常注在首章次句下，如〈關雎〉「關關雎鳩，在河之洲」下，《傳》云：「興也……后妃說樂君子之德，無不和諧，又不淫其色，愼固幽深，若關雎之有別焉。」就位置來說，是詩之發端；就意義來說，有譬喻的作用，所以《傳》用「若」字。因此，朱自清以為《毛傳》所謂的「興」，是譬喻，「又是」發端，與比「只是」譬喻不同。

鄭眾對比興的區分是這樣的：「比者，比方於物也；興者，託事於物。」見鄭玄《周禮・大師》六詩注所引。鄭玄更以斥惡勸善說比興，周禮六詩注云：「比，見今之失，不敢斥言，取比類以言之；興，見今之美，嫌於媚諛，取善事以喻勸之。」鍾嶸在《詩品》中說：「文已盡而意有餘，興也；因物喻志，比也。」以比義在喻中，而興意在言外。於是，劉勰作《文心雕龍》，在〈比興〉篇指出「比顯而興隱」，這是承鄭眾、鍾嶸之說而來的。又說：「比則畜憤以斥言；興則環譬以記諷。」卻依鄭玄斥惡勸喻之旨。而其卓見，尤在比附興起之說，以為比是先有此情此理，找一個切合的類似的事物來比方；興是先見此事此物，卻觸發引起內心深處的至情至理。所謂：「比者，附也；興者，起也。附理者切類以指事；起情者依微以擬議。起情故興體以立；附理故比例以生。」可作如是觀。〈比興〉篇下文云：「觀夫興之託諭，婉而成章。稱名也小，取類也大。關雎有別，故后妃方德；尸鳩貞一，故夫人象義。義取其貞，無從于夷禽；德貴有別，不嫌於鷙鳥。明而未融，故發注而後見也。」把抽象的貞一有別寄託在具體的雎鳩身上，這就是現代文學理論所說的「象徵」了。

此後，孔穎達作《毛詩正義》，云：「鄭司農云：『比者，比方於物。』諸言如者，皆比辭也。司農又云：『興者，託事於物。』則興者，起也，取譬引類，起發己心，詩文諸舉草木鳥獸以見意者，皆興辭也。……比顯而興隱。」以爲比是明顯地比方於物，與是隱密地託事於物。卽沿襲鄭眾與劉勰之說而來。宋鄭樵《六經奧論》云：「凡興者，所見在此，所得在彼，不可以事類推，不可以義理求也。」強調興之隱密性。王應麟《困學紀聞》引李仲蒙曰：「物以託情謂之比，情附物也；觸物以起情謂之興，物動情也。」強調物情之間的關係。以至清陳啓源作《毛詩稽古編》，以爲：「興比皆喻，而體不同。興者，興會所至，非卽非離。言在此，意在彼，其詞微，其指遠。比者一正一喻，兩相比說，其詞決，其旨顯，且與賦交錯而成交，不若興語之用以發端，多在前章也。」並說：「興隱而比顯，與婉而比直，與廣而比狹。」亦沿襲鄭眾劉勰之說而來。

而對劉勰比與說最權威的闡釋，可能是黃季剛先生的《文心雕龍札記》了。黃先生說：「原夫興之爲用，觸物以起情，節取以託意。故有物同而感異者；亦有事異而情同者。循省六詩，可榷舉也。夫〈柏舟〉命篇，邶鄘兩見。然邶詩以喻仁人之不用；鄘詩以譬女子之有常。〈杕杜〉之目，風雅兼好。而小雅以譬得時，唐風以哀孤立：此物同而感異也。九罭鱒魴，鴻飛遵渚，二事絕殊，而皆以喻文公之失所。牂羊墳首，三星在罶，兩言不類，而皆以傷周道之陵夷：此事異而情同也。夫其取義差在毫釐；會情在乎幽隱。自非受之師說，焉得以意推尋！彥和謂明而未融，發注後見；沖遠謂毛公特言，爲其理隱：誠諦論也。孟子云：『學詩者以意逆志。』此說施之說解已具之後，誠爲讜言。若乃興義深婉，不明詩人本所以作，而輒事深求，則穿鑿之弊固將滋多于此矣。」這番話，指出了興的多義性、不確定性、和曖昧性。這也正是「象徵」的主要特質。例如水象徵清淨也象徵生殖；火象徵光明也象徵鍛鍊。這是多義性，所謂「物同而感異者」也。而純潔卓越，既可以「荆棘內的百合花」來象徵；也可以蓮花「出淤泥而不染」來象徵。這是不確定性，所謂「事異而情同者」也。而象徵訴諸間接暗示，具有相當曖昧性，所謂「興義深婉」「會情在乎幽隱」，正是此意。

正式用「象徵」說「興」的是周作人和朱自清。朱自清給顧頡剛的信談到「關於興詩的意見」：「《詩大序》及《毛詩傳》所謂『興』，似皆本於《論語》中『詩可以興』一語，其義殆與我們所謂聯想相似；周豈明先生《談龍集》裡以爲是一種象徵，頗爲近理。其實照《大序》及《毛詩傳》所指明，興確是比之一種，不過涵義較爲深廣罷了。《文心雕龍》說：『比顯而興隱』，正是這個道理。」周豈明書未見，朱自清的信刊於《古史辨》第三册下編。「興」既是「象徵」，又「是比之一種」，這話似乎矛盾，其實不然。現代人所謂「象徵」，也有人把它叫作「暗喻」，暗喻還不是「喩」之一種嗎！至於「興」與「聯想」相似，這淵源於《詩經・大雅・大明》「維予侯興」傳：「興，起也。」象徵之構成，本出於「理性的關聯」或「接近的聯想」。蔣善國作《三百篇演論》，以爲興「是借物以引起事」，並補充說明：「而物在先，事在後。」金公亮作《詩經學導讀》，說：「比是拿別的東西比方眼前的事物，所謂『以彼狀此』；興是先講別的東西，然後才說要說的話，所謂『託物興詞』。」都遠承《毛傳》，與朱自清「聯想說」相近。王靜芝先生撰《經學通論》，說：「興，就是興起。由於有所感，而興起意緒的意思。這一種文字上的技巧，是先以事物的敍寫，引動感想，而使讀者聯想到所要說的主題，隨後便將正題敍出。」所言尤爲明達。又說：「由雎鳩的和樂，引起聯想，而想到君子淑女的和樂，這才是『興』的作法。若說君子淑女的和樂，就像雎鳩的和樂，那便是『比』。」更訂正了《毛傳》用「若」、「如」、「喻」、「猶」說「興」之不當。

自《毛傳》以下，認爲「興」爲一種文義上有所關聯的修辭法，其說之演進發展如此。此外，還有以爲「興」乃是韻脚的相應，亦介紹於後。

此說似起於宋朱熹。我們知道，宋人勇於疑古，在詩方面，歐陽修的《詩本義》，蘇轍的《詩集傳》，都能獨抒己見，不迷信舊說。朱子的《詩序辨說》，對〈詩序〉作正面攻擊。又作《詩集傳》，頗與《毛傳》立異。〈詩傳綱領〉中，朱子倡言興爲「託物興辭，初不取義」。所以他會在〈召南·小星〉「嘒彼小星，三五在東，肅肅宵征，夙夜在公」下注云：「因所見以起興，其於義無所取，特取『在東』『在公』二字相應耳。」不過朱熹並未完全否定「義」之關聯，所以在〈關雎〉篇，仍然說：「彼關關然之雎鳩，則相與和鳴於河洲之上矣。此窈窕之淑女，則豈非君子之善匹乎？」甚至還肯定：「周之文王，生有聖德，又得聖女姒氏以爲之配。宮中之人，於其始至，見其有幽閒貞靜之德，故作是詩。」在〈野有死麕〉篇，朱子也說：「詩人因所見以興其事而美之。」這又與《毛傳》強調義之關聯無別了。朱子所謂「初不取義」的「初」字，實在特別值得注意。

顧頡剛從歌謠的輯集，悟出興只是湊韻腳。他從九十二首的民歌中，錄出九條，如：

螢火蟲，彈彈開。
千金小姐嫁秀才。
螢火蟲，夜夜紅。
親娘績苧換燈籠。

以爲起首的一句和承接的一句是沒有意義關係的。它們所以會這樣成爲無意義的聯合，只因「開」與「才」同韻；「紅」與「籠」同韻。顧頡剛說：「懂得了這一個意思，於是『關關雎鳩』的興起淑女與君子便不難解了。作這詩的人原只要說『窈窕淑女，君子好逑』，但嫌太單調了，太率直了，所以先說一句『關關雎鳩，在河之洲』。他的最重要的意義，只在『洲』與『逑』的協韻。至於雎鳩的情摯而有別，淑女與君子的和樂恭敬，原是作詩的人所絕沒有想到的。」雖然顧頡剛既未將興詩一一分析，再加歸納；而所錄湊韻的民謠又曾經選擇，選擇的標準更只因爲這些例子易於證明他的先入爲主的觀念。但是，這些方法上的疏忽並未影響他的結論的部分正確。鍾敬文在致顧頡剛〈談談興詩〉的信補充得好：「興詩若要詳細點剖釋，那末，可以約分作兩種：1.只借物以起興，和後面的歌意了不相關的，這可以叫它作『純興詩』。2.借物以起興，隱約中兼略暗示點後面的歌意的，這可以叫它『興而帶有比意的詩』。」這便是由《毛詩》興詩中，發現了不僅韻腳關聯，而且意義關聯的詩篇，而加以補充修正的。顧文和鍾信，在《古史辨》第三冊下編都可查到。

對於興，日本人還有一種相當特別的看法。兒島獻吉郎的《毛詩考》主張：「賦是純敍述法；比是純比喻法；興是半比半賦之法，前半用比，後半用賦。」元貞公幹的《九經談》同樣以爲：「以上二句之比，喚起下二句之賦，是興也。」

以上，我已遍述歷來對「興」的種種解釋。有認爲興爲詩之體裁之一的。有認爲興爲作詩的一種方法的。而興與比之不同在：比是比方於物，在詩本文中，多用「如」等喻詞來聯繫；興是託事於物，在詩本文中，不用「如」等喻詞。比是單純的譬喻，常與賦交錯，以情附物，故情在先，物在後；興是譬喻，又是發端，觸物動情，故物在先，情在後。比詞直而決，旨顯而狹，其義盡於喻中；興詞婉而微，旨隱而廣，其義見於言外。比有似於明喻；興有似於象徵。比多用以斥言其失，興多用以勸喻其美。此外，還有認爲興只是湊韻作陪襯，給下面所要說的主題起一個頭的。

接續前此研究的成果，參考詩歌演進的法則，並將《詩經》中的興作一通般的觀察，個人對「興」的淺見是這樣的：

一、體裁與技巧本來是二而一的，很難嚴予區分；早期的文藝作品尤其如此。以風雅頌來說，固然可以視爲不同的體裁，但詞氣互異，樂音有別，何嘗不可視爲技巧之不同。賦比興亦復如此，可以目之爲平鋪直敍法，明顯譬喻法，聲音或意義上的相關聯想法，皆爲詩之技巧。另一方面，賦之爲文體之一種，人所習知，不必多說。比從二人相比，甲骨文裡，與从爲一字。古文作夶。蓋是排比、隨從、並列之義。六詩之比，原是縱橫排成行列，載歌載舞。《論語》所記「八佾舞於庭」之「八佾」，就是八八六十四人排成行列唱歌跳舞，十分可能爲「比」之遺留。所以，「比」也可爲歌舞曲調之名。至於「興」，《周禮．地官》：「鄉大夫之職……以鄉射之禮五物詢眾庶：一曰和，二曰容，三曰主皮，四曰和容，五曰興舞。」「和容」於六詩似「頌」；「興舞」於六詩不正似「興」嗎？又《周禮．春官》：「大司樂……以樂語教國子：興、道、諷、誦、言、語。」「諷」與六詩之「風」有密切關係；那麼「樂語」之「興」與六詩之「興」不可能毫不相干。如上所述，「興」除了是一種訴諸聯想的修辭法之外，亦可能是舞樂曲的一種體制，實毋須過分訝異！

二、詮釋《詩經》的書，現存者以《毛傳》爲最早。《詩序》與《毛傳》很可能爲同一人的作品，至少可以認爲是同一學派的作品。所以《毛傳》在一百十六篇詩下所注的「興也」，是探討詩序「風雅頌賦比興」所謂「六義」的最權威的資料。在興詩一百十六篇中，《毛傳》「興也」二字注在首章次句下的最多，計有一百零一首；注在首章首句下的，計有〈江有汜〉、〈芄蘭〉、〈月出〉三首；注在首章三句下的，計有〈葛覃〉、〈行露〉、〈采葛〉、〈東方之日〉、〈鴟鴞〉、〈采芑〉、〈小雅・黃鳥〉、〈緜〉八首；注在首章四句下的，計有〈漢廣〉、〈桑柔〉兩首。此外，〈秦風・車鄰〉篇注在次章次句下，〈小雅・南有嘉魚〉篇注在三章次句下。其理由，大致上依據文義，注在起興句之下。有時也兼顧協韻。如〈漢廣〉篇在「南有喬木，不可休思。漢有游女，不可求思。」下，〈終風〉篇在「終風且暴。顧我則笑。」下，〈緜〉篇在「緜緜瓜瓞。民之初生，自土沮漆。」下注明「興也」，顯然都不在起興句下，而在第二個韻句下。所以，顧頡剛說「興」「只在協韻」，把「只在」改成「部分由於」，是很符合「興」之眞相的。除了「協韻」之外，「興」的句式、節奏，值得進一步探討。

三、雖然部分「興」詩、起興句和下文只有韻脚上協韻的關係；但大部分興詩，可以發現其中有意義上的關聯。例如〈周南・桃夭〉篇：

> 桃之夭夭，灼灼其華；之子于歸，宜其室家。
> 桃之夭夭，有蕡其實；之子于歸，宜其家室。

桃之夭夭，其葉蓁蓁；之子于歸，宜其家人。

每章首二句都是「興」。作者以具體的桃花、桃實、桃葉等景物意象，來興起、暗示、象徵美麗、成熟、茂盛之抽象概念，並且與下面所敍本事意象融而爲一。又如〈召南・摽有梅〉篇：

摽有梅，其實七兮；求我庶士，迨其吉兮。

摽有梅，其實三兮；求我庶士，迨其今兮。

摽有梅，頃筐塈之；求我庶士，迨其謂之。

梅樹上的梅子，從七成到三成以至於落滿地上，暗示著青春逝去，時不我待。於是允婚的條件，也由選擇吉日良辰，到今日就行，以至於隨他說吧！意象上的相關十分明顯。

總而言之，「興」本爲六詩的體裁之一，是一種與舞蹈有密切關係的樂語。其內容是喜氣揚揚的，適於表達值得欣慰鼓舞的事情，所以鄭玄會有「取善喻勸」之說。表達方式上，要求節奏明暢活潑，以烘托出興高采烈的歡樂氣氛，所以講究韻腳的協和。這種感覺方面的聯繫，逐漸擴充而成爲思想方面的聯繫，於是「興」由「初不取義」的湊韻，一躍而爲「意在言外」的象徵，技巧益爲純熟。後人多感於興義之隱微深婉，心力盡耗於此，而興之初爲湊韻，更初爲詩體，就多被忽略了。

（本文原刊於一九八一年二月出版的《慶祝陽新成楚望先生七秩誕辰論文集》。）

中國古典文學研究的幾個層面

壹・一個認識

什麼是古典？相對於現代而言，它是曾經煥發於古代的；相對於流俗而言，它是經過精心營造的。什麼是文學？這就難回答了。對於這個涵義豐富的名詞，「文學概論」之類書籍所引古今中外名賢的義界，固然言人人殊；而前幾年，好像文藝界有人懸賞向學院派徵答，也始終沒有人提出答案，似乎把這當作一個惡當。個人對文學一詞，也不敢妄下定義。膚淺的認識，覺得文學也許是作者把自己對宇宙人生各種現象的觀察和想像所得，以及一些卓越新穎的感想，通過優美的文字、適當的結構加以表達。分析地說：文學的內容，客觀方面，是宇宙人生各種現象；主觀方面，是作者觀察想像所得，以及一些卓越新穎的感想。文學的形式，則為優美的文字，和適當的結構。

貳、四項要領

基於這種認識，個人體驗到，學習古典文學有四項要領：因爲文學要表達的是作者對宇宙人生各種現象的感受，所以必須注意作者及其時空背景。因爲文學要通過優美文字的媒介，所以必須注意字句鍛鍊及音律。因爲文學要依賴適當結構來表達，所以必須注意體裁組織和照應；因爲文學要表現作者卓越新穎的感想，所以必須注意作品的主題思想。茲說明於下。

一、作者及其時空背景

作者與時空背景的關係，可就兩方面來說。一方面是：作者生活的時代、環境、以及作者的經歷，往往影響著作者和他的作品。另一方面，作者的作品中，也常常投射出其個人主觀意識觀照下的時代、環境及其經歷的影子。因此，關於作者及其時空背景的研究，非但應該根據作者的傳記以及背景資料來解析作品；同時更應由作品所呈現透露的種種事實，進而印證作者的傳記及其背景資料。

舉例來說，要了解司馬遷及其時空背景如何影響著他的巨著《史記》，不是僅僅瀏覽了司馬遷〈報任少卿書〉、《史記．太史公自序》、《漢書．司馬遷傳》，便能曉然的。還必須從《史記》的本文中發現司馬遷多情而任性的本性、好奇與愛才的特質；從《史記》所引典籍中探索司馬遷百科全書式的豐富學識；從《史記》自我敍述中鉤稽司馬遷的旅遊和經歷；更可從《史記》主觀的論贊中尋求司馬遷情意的鬱結。

又如，讀柳宗元的〈永州八記〉，首篇首句是：「自余爲僇人。」僇人，是犯罪受辱的人。柳宗元犯什麼罪？受什麼辱？那就要查查《唐書》等有關柳宗元的資料了。於是發現柳宗元屬王叔文黨，推行新政，得罪了宦官和藩鎮。在一場宮闈政變中，王叔文被鬥垮了。新皇帝繼位，賜王叔文死，而柳宗元、劉禹錫等八人都被貶到一些蠻方絕域作「司馬」。新政的幻滅，同志的罹難，原足令人扼腕；而尤使人意不能平的，是是非的不明，甚至連朋友也多加責難。韓愈是柳宗元的朋友，也不止一次責柳「不自貴重顧藉」，不能「自持其身」。把王柳的新政，詆爲「小人乘時偷國柄」；把宦官監軍，說是「天子自將非他師」；而王叔文拔擢柳劉等人，也變成「狐鳴梟噪爭署置」了。柳宗元一腔孤憤，更向何處說？當他到了永州，意外發現這人煙稀少的地方，竟然水秀山明，於是他就有意鎔鑄山水之奇，作此八記，以寄一己之感慨了。〈永州八記〉，最後一篇最後幾句是：「或曰：以慰夫賢而辱於此者。或曰：其氣之靈，不爲偉人，而獨爲是物，故楚之南，少人而多石。是二者，予未信之。」也許，八記山水，正是柳宗元等人格的外射投影。

作品，總是這樣呈現出特定時空中生活著的各色各樣的靈魂。

二、字句鍛鍊和音律

這幾乎全是修辭的問題。

首先，必須辨認鍊字鍛句的方法。讀司馬遷〈報任少卿書〉：「嗟乎！嗟乎！如僕，尚何言哉！尚何言哉！」知道這是「感歎」。讀曾國藩〈原才〉：「風俗之厚薄奚自乎？自乎一二人之心之所嚮而已。」知道這是「設問」。讀韓愈〈原道〉：「周道衰，孔子沒，火於秦，黃老於漢，佛於魏晉梁隋之間。」知道這是轉品。讀李白〈暮春江夏送張承祖之東都序〉：「每思欲遐登蓬萊，極目四海，手弄白日，頂摩青穹，揮斥幽憤，不可得也。」知道這是夸飾。讀《論語》：「虎兕出于柙，龜玉毀于櫝中，是誰之過歟？」爲其譬喻所感動。讀宋玉〈風賦〉：「徘徊於桂椒之間；翱翔於激水之上。」爲其轉化而神往。《詩經．采薇》：「昔我往矣，楊柳依依；今我來思，雨雪霏霏。」藉映襯而生姿。古詞：「黃檗向春生，苦心隨日長。」因雙關而呈巧。……這些鍛鍊字句的方法，重點在表意方式的調整。

又如：《孟子》：「勞之，來之，匡之，直之，輔之，翼之。」用的是類字法。《論語》：「亡之！命矣乎？斯人也，而有斯疾也！斯人，而有斯疾也！」用的是疊句法。《禮記》：「選賢與能，講信修睦。」用的是對偶法。袁燮〈故節士詹公祠堂記〉：「秋霜其嚴，砥柱其壯，金城其堅。」用的是排比法。〈中庸〉：「天命之謂性，率性之謂道，修道之謂教。」以層遞見意。〈飲馬長城窟行〉：「青青河畔草，緜緜思遠道；遠道不可思，宿昔夢見之。夢見在我旁，忽覺在他鄉；他鄉各異縣，展轉不相見。」以頂針聯接。《易．繫辭》：「寒往則暑來，暑往則寒來。」以回文往復。……這些鍛鍊字句的方法，重點在優美形式的設計。

其次，要注意到這些修辭技巧和作品內容之間的協調。試以柳宗元〈始得西山宴遊記〉爲例。首句：「自余爲僇人，居是州，恆惴慄。」爲散文句法。「其隙也，則施施而行，漫漫而遊。」施施而行對漫漫而遊，爲對偶句。「日與其徒，上高山，入深林，窮迴谿。」上高山，入深林，窮迴谿，爲排比句。「幽泉怪石，無遠不到；到則披草而坐，傾壺而醉；醉則更相枕以臥；臥而夢，意有所極，夢亦同趣；覺而起，起而歸。」五複句中，「到；到」「醉；醉」「臥；臥」「起；起」，凡上句結以某字，下句就用某字接。句句頂針，十分緊湊。自始至終，多爲簡短句法。這一切，莫不與登山的呼吸、步伐、景觀相配合：簡短的句法與登山時短促的呼吸相配合；頂針的句法與登山時緊湊的步伐相配合；駢散錯綜的句法與登山所見之自然景觀相配合。

音律方面，也要注意，尤以韻文爲然。讀劉邦的〈大風歌〉：「大風起兮雲飛揚；威加海內兮歸故鄉；安得壯士兮守四方！」從揚、鄉、方三個平調陽韻的韻腳中，可以聽到伴著干雲豪氣的洪鐘之聲。讀項羽的〈垓下歌〉：「力拔山兮氣蓋世，時不利兮騅不逝，騅不逝兮可奈何，虞兮虞兮奈若何！」從舌齒間去調陰韻的世和逝，以及喉頭平調陰韻的何，可以領略到哀遠淒哽低迷的聲情。

再如，讀蘇東坡的〈赤壁賦〉，對於簫聲，他是這樣描寫的：「其聲嗚嗚然：如怨，如慕；如泣，如訴。餘音嫋嫋，不絕如縷。舞幽壑之潛蛟，泣孤舟之嫠婦。」嗚嗚二字，分明是摹擬簫聲的。韻腳字：慕、訴、縷、婦；甚至非韻腳字：如、嫋、不、舞、幽、壑、蛟、孤、舟，和「嗚」同樣帶有「u」元音的，實際上都有摹擬簫聲的功能。

音律方面的探究，非但使我們了解作品的聲情，而且也使一切聲籟在聽覺上活躍起來。

三、體裁組織和照應

體裁選擇之正確，是作品成功的基礎。劉孝標〈自序〉，從古人中找出一位跟自己大同小異的馮敬通來比較，因此他選擇了駢文的體裁。蘇軾〈赤壁賦〉，對「生之須臾」和「困」境，更有明白而肯定的認知；但仍然在此有限的生命歷程中，作「無盡」的期望與探討。所以他選擇「散賦」的體裁決非偶然。因爲賦有種種格律上的限制，而散賦卻作突破這種限制的試探。柳宗元寫〈永州八記〉，主觀方面，在貶逐之際，心理上尚未平衡；客觀方面，山水永遠是個複雜、深邃、而多變化的客體。只有散文才是最佳的選擇。

前人論謀篇布局，有所謂「首括法」，首段總述主旨，以下逐段分說。有所謂「尾括法」，先逐段分說事實，末段逼出主旨。有所謂「起結互應」，首尾雙括，中間鋪敍。有所謂「中權扼要」，題中要義，在中間發揮，而前後互相迴抱。而層次先後，或虛實相涵，反正相生；或關鍵完密，語必歸宗；或逆起順承，翻空出奇；或用筆轉換，逐段層遞。有許許多多的講究。

在西方，由於形式主義的興起，著重文學內在實質的研究，希望用科學歸納的方法，來研究文學的形式。如普拉普（Vladimir Propp）將一百個神仙故事加以排比整理，發現故事的情節不超過三十一種函數（function）。如：主角受到警告、主角不理會、主角吃虧了。這種有系統的歸納，很有參考的價值。

談到照應，仍以蘇東坡〈赤壁賦〉爲例，加以說明。

首段「清風徐來」，點出「風」；「水波不興」，點出「水」；「月出於東山之上，徘徊於斗牛之間」，點出「月」，點出「山」，點出「星」；「白露橫江」，點出「江」。於是，第二段的「擊空明」，第三段的「月明星稀」、「山川相繆」、「漁樵江渚」、「抱月長終」，以及第四段藉以抒發議論的，如：「客亦知夫水與月乎」、「惟江上之清風，與山間之明月」等句，便都有根據了。

又首段「泛舟」、「一葦」，爲二段「扣舷而歌」、「桂櫂蘭槳」，三段「一葉扁舟」，四段「枕藉舟中」的張本；首段「馮虛御風」、「羽化登仙」，爲三段「挾飛仙以遨遊」，四段「物與我皆無盡也」、「造物者之無盡藏，而吾與子之所共食」的張本。

首段「舉酒屬客」，與第二段「飲酒樂甚」，第三段「釃酒臨江」、「舉匏樽以相屬」，以及末段「洗盞更酌，肴核既盡，杯盤狼藉」相貫穿。而「樂甚」更爲下文「哀」字之所伏。第三段「客曰」一節，以對比法互相照應：「漁樵於江渚之上，侶魚蝦而友麋鹿」與「破荆州，下江陵，順流而東」爲一比；「駕一葉之扁舟」與「舳艫千里，旌旗蔽空」又是一比；「舉匏樽以相屬」與「釃酒臨江，橫槊賦詩」再成一比；「寄蜉蝣於天地，渺滄海之一粟」與「一世之雄」更是強烈的對比。儘管一個是亂世之梟雄，一個是失意的書生。但人生幾何，吾生須臾，卻又有什麼不同？於是古今同悲，但「羡長江之無窮」而已！最妙的是：這個「羡」字，又帶出第四段蘇子一番大議論。第四段貫穿「常變之論」與「與子共食」之間的「而又何羡乎」，也正是這個「羡」字的回答。

姑以此一例，以爲隅反之資。

四、作品的主題思想

文學作品不是毫無選擇的截取宇宙人生的一部分，它必須有一個作者主觀意識在。所以劉勰《文心雕龍．物色》篇曾指出：「寫氣圖貌，既隨物以宛轉；屬采附聲，亦與心而徘徊。」它是主觀意識觀照之下的客觀現象的呈現。當作者寫作時，他的主觀意識是怎樣的呢？他要讀者了解的，到底是些什麼？這就是作品主題思想研究的課題。

劉若愚在《中國詩學》裡，對中國人的一些概念與思想感覺方式，有所陳述。他說：在中國詩中，有無數的作品描寫「自然」的美以及表現對「自然」的喜悅。大部分中國詩展示出敏銳的時間意識，且表現出對時間一去不回的哀歎，而且有一種強烈的歷史感受。將朝代的興亡與自然之永恆相對照，他們感歎著英雄功績的徒勞。他們盼望脫離世俗的憂慮和欲念，以達到與自然和諧相安的心境。中國詩人似乎永遠悲歎流浪和希望還鄉，這可能因爲中國土地之廣大、交通之困難，以及中國人對祖先安息之所在一種根深蒂固之眷戀。中國詩以形形色色歌詠愛：初次邂逅的興奮、對戀人的渴思、離別的傷心。中國詩時時說到飲酒和醉，也許象徵著現世痛苦或個人感情中的一種逃避。

任何一首詩，任何一篇文章，都是作者意識的透露。我們讀司馬遷〈報任少卿書〉：「古者富貴而名磨滅，不可勝記；唯倜儻非常之人稱焉。蓋文王拘而演《周易》；仲尼厄而作《春秋》；屈原放逐，乃賦〈離騷〉；左丘失明，厥有《國語》；孫子臏腳，《兵法》修列；不韋遷蜀，世傳《呂覽》；韓非囚秦，〈說難〉〈孤憤〉；《詩》三百篇，大底聖賢發憤之所爲作也。此人皆意有所鬱結，不得通其意，故述往事，思來者，乃如左丘無目，孫子斷足，終不可用，退而論書策，以舒其憤，思垂空文以自見。」我們要問：司馬遷爲什麼這樣說？是否「意有所鬱結」？

讀柳宗元的〈始得西山宴遊記〉：「以爲凡是州之山有異態者，皆我有也。」「悠悠乎與灝氣俱而莫得其涯；洋洋乎與造物者游而不知其所窮。」「心凝形釋，與萬物冥合。」這種突破時空的限制，克服心物的分別，與宇宙合而爲一的心靈感受，與《孟子》「萬物皆備於我」「上下與天地同流」的神祕哲學有何關係？與《莊子》「天地與我並生，萬物與我合一」的齊物哲學又有何關係？還有，柳宗元爲什麼要說：「然後知是山之特出，不與培塿爲類。」有何絃外之音？

讀〈赤壁賦〉：「客亦知夫水與月乎？逝者如斯，而未嘗往也；盈虛者如彼，而卒莫消長也。蓋將自其變者而觀之，則天地曾不能以一瞬；自其不變者而觀之，則物與我皆無盡也。」這與《莊子》：「自其異者視之，肝膽楚越也；自其同者視之，萬物皆一也。」以及《楞嚴經》：「皺者爲變，不皺非變；變者受滅，彼不變者自無生滅。」思想上有何關係？

作者及其時空背景的了解，是鑑賞文學作品的基礎；字句鍛鍊及音律的分析，體裁組織和照應的審辨，是鑑賞文學作品的重心；作品主題思想發現，是鑑賞文學作品的完成。

叁・兩點感想

關於古典文學的學習，近年有兩次較重要的爭論。一次是一九七二年大學文學教育論戰，一次是一九七六年傳統批評和新批評的論戰。這裡，我想依據上述的「一個認識」「四項要領」，談談對這兩次論戰的感想。

一、詞章、義理、考據都有價值

一九七二年大學文學教育論戰，主要場地在《中華日報》副刊。我個人未曾參加。一九七三年二月二十日，耕莘文教院有一次「國文教學及中國文學系發展方向」座談會。倒是應邀參加了。座談上，有人認爲：「大學中文系一向以義理、詞章、考據爲課程設計的標準。就現代的文學觀點來說，除詞章是在文學範圍之內以外，義理是哲學，考據是工具，應該放棄。」同時舉梁山伯祝英台、羅蜜歐與朱麗葉爲例，以爲這些「純愛情故事有什麼義理可言呢」？對「文字聲韻訓詁，又是十八個學分」，也表反對。

對於這種意見，我頗有錯愕之感。愛情本身就是高深的哲學。梁山伯祝英台爲婚姻自主、女子受教育的權利所作的努力，以及對愛情信念之堅貞；羅蜜歐朱麗葉以自己的生命，感悟了愚蠢的父母，化解了世代的仇恨，恢復了維洛那的社會秩序：尤其使人感動。怎麼沒有「義理可言」呢？

老實說，不懂得孟子和莊子的神祕哲學，就無法明白柳宗元〈始得西山宴遊記〉所說的神祕經驗；不懂得一些佛道的哲學，就不能淸楚蘇軾〈赤壁賦〉立意之所本。就像不懂得存在主義就很難了解卡夫卡、沙特、卡繆等人的作品；不懂得儒、道、佛的思想，就很難了解中國古典文學作品。欣賞詞章怎能放棄義理呢？

同樣的，不對「八司馬案件」作番考據工夫，不能體會柳宗元在永州所受的委曲，以及寄情山水的鬱結；不知道文字聲韻，就無法領略文章音律之美感。〈赤壁賦〉：「惟江上之淸風，與山間之明月，耳得之而爲聲，目遇之而成色。取之無禁，用之不竭，是造物者之無盡藏也，而吾與子之所共食。」共食的「食」字，幾乎所有選本都被擅改爲「適」字。如果不作考據和訓詁工夫，不會知道蘇軾親筆所書的是「食」字，《蘇文忠公全集》原文也是「食」字，更不會知道「食」是梵文阿賀羅（Ahara）的義譯，爲享受之意。欣賞詞章能夠放棄文字聲韻訓詁考據嗎？

二、傳統批評、新批評不可偏廢

一九七六年文學批評論戰，序幕由夏志淸教授一篇〈追念錢鍾書先生〉揭開。此文副題爲「兼談中國古典文學研究之趨向」。於讚美錢鍾書《談藝錄》爲「中國詩話裡集大成的一部巨著」「研究生入手必備的批評寶典」之餘，對於「近年來，在臺灣，在美國，用新觀點批評中國古典文學之風」，表示「隱憂」。這種意見，在正在臺灣提倡「新批評」的顏元叔看來，何異「要把我們根基給挖掉」。於是，一篇題爲〈印象主義的復辟〉的反擊文章出現了。駁斥「傳統的詩話詞話都是印象主義的批評」，「失之於朦朧晦澀」。因而堅持「採擷西洋的批評理論與方法，審愼納入或配合中國已有傳統」。接著夏教授又有〈勸學篇〉一文，強調新批評「自命科學而顯已過時」，而美國「近二十年來最感興趣的無疑是文學家的傳記」。因此，顏教授在致〈親愛的夏教授〉一文中，除「新批評應否在臺灣推廣」之外，更提出「文學批評與文人傳記對文學孰重」的論題。以上就是那次傳統批評與新批評論戰的主要內容。

大致上說，傳統文學批評，如詩話詞話，重視文學作品的外緣關係，例如作品與作者、時代、環境的相互關係等等。對作品本身，則偏向直覺的感受。而新觀點的文學批評，則把文學作品看作一種完整獨立、超越時空的藝術結構，而孜孜於其內在成分的分析。於是：字質的研究、結構的研究、象徵的研究、多義性的研究，便成文學批評家興趣之所在。

我們試檢討前述研究古典文學的「四項要領」，可以發現：第一項「作者及其時空背景」，可說屬於傳統批評。第二項「文字鍛鍊及音律」，卽字質的研究。第三項「體裁組織和照應」，卽結構的研究。第四項「作品的主題思想」，則傳統批評、新批評都有關係。所以，二者不可偏廢，理由是十分明顯的。

當我們學習古典文學，我們總要由直覺感受始，然後把整個的性靈、感情、智慧、知識，投入作品，分析它的字句，探討它的結構，發現它的主旨。最後對作品作整體的、綜合的觀照。而我們對作者及其時空背景的了解，恆有助於對作品的鑑賞。這樣，我們所認識的，將不再是朦朧晦澀的、出於快感的印象，也不是支離破碎的、缺乏生命的零件；而是能充分與我們美感經驗相證合的鮮活完整的作品。

（本文曾在第一屆古典文學會議宣讀，並於一九七九年十二月出版的《古典文學會議論文集》第一期刊出。）

從《易》一名三義說到模稜語

——《管錐編》讀後

牛頓有一句名言：「我只是在眞理海洋的岸灘上，找到一顆小小的貝殼而已。」牛頓是夠資格這麼謙虛的。錢鍾書先生的《管錐編》，當然取義於《莊子．秋水》「用管闚天，用錐指地」，同樣是一種謙虛。你只要把目次稍翻一翻，就會發現管中錐下，錢氏的閱覽指涉：從《周易正義》、《毛詩正義》、《左傳正義》到《史記會注考證》，從《老子王弼註》、《列子張湛註》、《焦氏易林》、《楚辭洪興祖補註》到《太平廣記》，以及《全上古三代秦漢三國六朝文》，好一片遼闊的天地！全書採用讀書札記的方式，舉證則今昔中外，宣義多千古未發。錢先生自喻其用爲「豕苓桔梗」「木屑竹頭」，又是一種謙虛！「詞若憾而實乃深喜自負也」，錢先生和牛頓一樣，的確是夠資格如此謙虛的。

《管錐編》凡七百八十一則，一一道來，不但爲《聯合文學》篇幅之不能容納；抑且爲個人能力之所不及。本文只談首則〈論易之三名〉以及與此相關的各則。「綆短試汲」，聊取一瓢飲而已。

〈論易之三名〉下，有一個副題：「一字多意之同時合用」。這副題顯示錢先生心思的縝密。通常我們容易把這種現象叫作「一字多意」，中國文字又有多少不是一字多意的呢？必須加上「同時合用」，才能正確表達「易之三名」的實際內容。原來《周易》的「易」字，自漢代以來，就被認為同時具有「易簡」「變易」「不易」三種意思。「易簡」與「變易」只是歧義並存；「不易」與「變易」，一反一正，如何可以「同時合用」？說來確有點玄！

最簡單的解釋，也許要援用《周易．繫辭傳上》第四章中的一句話：「一陰一陽之謂道。」一陰一陽可能是並時的存在。例如天為陽，地為陰；雄為陽，雌為陰；人為陽，物為陰；義為陽，利為陰之類。宇宙間一切事物均可由此層層二分，豈不簡單容易之至？這是「易簡」。一陰一陽也可能是貫時的變化。例如由晝而夜，再由夜而晝；由治而亂，再由亂而治；由樂而哀，再由哀而樂之類。世界上種種現象不是這樣周流變易著嗎？這是「變易」。但是「之謂道」的「道」，代表絕對眞理，絕對眞理卻是不變的。易學家認為：簡易的二分法，不斷二分，可以分清一切事物；而現象世界總是依循某種常規周流變易著的：這些都是絕對眞理，永遠不會改變的。所以「易」的第三義是「不易」。

「變易」與「不易」看來似乎矛盾，其實不然。有一個相傳已久的「詭論」：一個騙子說：

「我一輩子都在說假話騙人。」你若認為這句話合乎事實，的確他說的全是假話；便得承認這句話本身並未騙人，是句眞話。反過來，你若認為這句話不合乎事實，他說的並非全是假話；那麼他這句話本身就是騙人的，成為假的了。這個語言上的難題，一九一〇年羅素和懷海德合寫的《數學原理》加以澄清了。《數學原理》談的不僅是數學上一些基本理論，也涉及許多邏輯和語言的問題。語言在層次上有「對象語言」和「後設語言」之分。一個人講的每句假話，都只是話的一部分，屬對象語言；而「講的全是假話」，卻是概括他的全部話所得的總結，屬「後設語言」。「詭論」混淆了語言的層次，所以才引起上述不必要的爭論。一九六〇年雅克愼新著《語言學與詩學》，指出語言行為模式之六面及其相對之六功能。六功能以「詩功能」為中心，於作者為「抒情功能」，於讀者為「感染功能」；「詩功能」又以「指涉功能」為原始，經接觸而產生「線路功能」，歸納其語規，以「後設語功能」為總結。分析得就更精細了。易學家說「變易」，指涉的是「否極泰來」「剝極而復」「周流六虛」「唯變所適」等種種個別的對象，為「對象語言」；而現象世界依循某種常規在周流變易著，是歸納各種現象所得的「既有典常」，卻是「不易」的，屬「後設語言」。兩者層次功能都不同，不可混為一談。錢先生在《管錐編》《全晉文》卷一一一則，論陶侃〈答慕容廆書〉：「收屈盧必陷之矛，集鮫犀不入之盾。」曾提及「名學之詩論」與「兩刀論法」。對此一相近之名學論題，自深有認識。

下面，我可以開始就錢先生這則近六千字的札記先作提要鉤玄的工夫。一方面是為了舉此一隅，以見錢先生知識堂奧之深、宮室之美；另一方面也可作進一步闡發的基礎。

〈論易之三名〉原爲唐儒孔穎達《周易正義．序》中的一節。錢先生先節錄〈序〉文作爲討論的依據。接著指出：「不僅一字能涵多意，抑且數意可以同時並用。」舉證有：一、《詩經》之「詩」有三訓：承也，志也，持也。二、《論語》之「論」有四義：倫次，倫理，經綸古今，輪轉無窮。三、董仲舒《春秋繁露》釋「王」：皇也，方也，匡也，黃也，往也。四、智者《法華玄義》謂「機」有三義：微義，關義，宜義；「應」亦有三義：赴義，對義，應義。五、引黑格爾說，德語「奧伏赫變」(Aufheben)有「滅絕」「保存」二義。並舉康德《人性學》，席勒《論流麗與莊重》，馮德《心理學》，及歌德語，以皆只局限於「滅絕」一義；而席勒《美育書札》，謝林《超驗唯心論大系》，則均同時合訓，虛涵二意，隱承中世紀神祕家言，與黑格爾相視莫逆。——在錢先生原文中，這是「起」。

於是承上例證，說明一字多意之同時合用。復加區分，以爲粗別爲二：一曰並行分訓，二曰背出或歧出分訓，以啓下文。這原是訓詁學者的看家本領呀！而結言心理事理，相反互成，就更上層樓，直探語言現象心理與哲學的本質了。——在錢先生原文中，這是「承」。

從而細說「並行分訓」和「背出分訓」之別。先舉《莊子．齊物論》：「是亦彼也，彼亦是也。」爲例，謂「『是』、『彼』，各以一字兼然否之執與我他之相二義，此並行分訓之同時合訓也。」這一節，非但依「莊」解「莊」，用〈秋水〉、〈寓言〉文以證；再依同時代書以解

「莊」，包括《詩經》、《左傳》和《荀子》。復以泰西哲人黑格爾和斯賓諾沙所說，與中國思想名著《淮南子》、《維摩詰所說經僧肇註》所說相參證。再舉《禮記．學記》：「不學博依，不能安詩。」爲例，說明「背出分訓」。引《鄭玄註》、《說文》、《白虎通》說明「依」字通「衣」，衣服有蔽身的功能，因而引申有「隱」的意思。在語言中，常指「不顯言直道而曲喩罕譬」。於是博引《呂覽．重言》、《史記．楚世家》、《史記．滑稽列傳》、《漢書．東方朔傳》、《文心雕龍．諧讔》等篇之言，與常州派論詞之「意內言外」說，來說明譬喩性的隱語。衣服一方面能蔽身，具有「隱」義；但也是身分標誌，可資炫飾，具有「顯」義。這裡錢先生援引的例證有：《禮記．表記》、《詩．候人》、〈中庸〉、《孟子．告子》、《論衡．書解》。結論是：「隱身適成引目之具，自障偏有自彰之效，相反相成，同體歧用。詩廣譬喩，託物寓志：其意恍兮躍如，衣之隱也，障也；其詞煥乎斐然，衣之引也，彰也。」『衣』字而兼概沉思翰藻，此背出分訓之同時合訓也。」必須挑明的是「引」、「隱」同音，「彰」、「障」都從「章」得聲，但意偏相反。錢先生刻意用此爲「衣」之背出分訓之同時合訓作了一種語言學上襯托性的旁證！——在錢氏原文中，此爲「開」。

然後論點回到「易之三名」上。錢先生指出：「變易」與「不易」、「簡易」，是背出分訓；「不易」與「簡易」，是並行分訓。「易一名而含三義」，兼背出與並行之分訓而同時合訓。並且強調「變不失常，一而能殊，用動體靜，固古人言天運之老生常談。」《管子．七法》稱「時變而不化」，《公孫龍子・通變論》有「不變謂變」之辯，〈中庸〉云「不動而變」，《老子》言「道常無爲而無不爲」，《莊子・大宗師》言「生生者不生」，〈知北遊〉、〈則陽〉兩篇言「物化者一不化」，《文子・十守》言「生生者未嘗生，化化者未嘗化」，以及《韓非子・解老》、《周易・復・彖傳》王弼注、《列子・天瑞》張湛注、與蘇軾〈前赤壁賦〉：「逝者如斯，而未嘗往也；盈虛者如彼，而卒莫消長也。」以爲「詞人妙語可移以解經儒之詁『易』而『不易』已。」更援古希臘哲人Heraclitus謂「唯變斯定」，羅馬新柏拉圖主義大師Plotinus謂「不動而動」，中世紀哲人St. Augustine 謂「不變而使一切變」，歌德自鑄偉詞，鎔「變」「常」二字爲一字；以比擬「變易」而「不易」之「易」。錢先生博學而能貫通，簡直就是一部電腦！——此原文結尾，是「合」。

原文還有十八個「注」，全部是西文，包括德、英、法、拉丁各種文獻。夏志清先生在《中國現代小說史》中曾說錢先生「不單精通了英國文學，而且對拉丁、法、德、義四種文學都甚有研究。」信然！

說完了錢先生〈論易之三名〉原文起承開合的內容和主旨之後，對於錢先生知識之富、條理之清，當益增敬佩之忱。而《管錐編》的內容體例，也由此可見其餘了。現在我們進一步要問，爲什麼易一名會含三義？

答案最可能有兩個：

第一，《周易》有「周普」的意思，含有多元觀。《周易》的「周」，也有三個意思。一是「周朝」。孔穎達《周易正義·序》：「以此文王所演，故謂之《周易》，其猶《周書》、《周禮》題『周』以別餘代。」二是「周匝」。唐儒賈公彥《周禮正義·春官·大卜》：「以《周易》以純乾爲首，乾爲天，天能周匝於四時，故名《易》爲『周』也。」三是「周普」。鄭玄《易贊》及《易論》都說：「周易者，言易道周普，無所不備。」《周易》的「周」取義於周朝與周匝，不是本文的主體，暫不說它；至於周普一義，可以用符號學的觀點來解釋。凡符號的抽象層次愈高，那麼涵義愈廣；抽象層次愈低，那麼涵義愈小。如說「物」，動物、植物、礦物都算；如說「生物」，礦物就不算了；若說「人類」，草木蟲魚全不算了。《周易》以陰、陽兩符號概括萬事萬物，所以其範圍自然相當周備普遍。《周易·文言傳》釋〈乾九三〉，一則說：「居上位而不驕，在下位而不憂。」可見易道非孤絕之存在，必須相對於其上下而作界定。再則說：「上不在天，下不在田。」可見易道不但須就其所「在」而論，還須就其所「不在」而論。《易》義的「周普」，須以多角度來觀照，由此可見一斑。「易一名三義」，正是這種「多元觀」的結果。

第二，《周易》本占筮之書，喜用模稜語。占筮之書，構句行文，每用莫測高深、義可多解的模稜語。正因爲莫測高深，所以更令人懾服於其神祕性；又因爲義可多解，所以更增加占斷準確的可能性。《左傳·昭公十二年》記南蒯之將叛，筮得「黃裳元吉」。南蒯抓住「元吉」兩字，以爲「大吉」。但是子服惠伯卻以爲此「吉」以「黃」「裳」「元」爲必要條件。黃代表忠，裳代表恭，元代表善。叛亂是不忠不恭不善的行爲，所以「必敗」。同樣一句「黃裳元吉」，竟有「大吉」「必敗」兩種意義相反的解釋，正是占筮書的高明與特別處。《周易》的「周」含周朝、周匝、周普三義；「易」含易簡、變易、不易三義。書名本身也屬模稜語。

說到「模稜語」，我們很容易會想起現代西方文學批評家恩普遜（William Empson）的《模稜七型》。也許是覺得模稜（ambiguity）這個字眼似帶貶意吧，後來威瑞特（Philip Wheelwright）改用多義語（plurisignation）來取代它。其實劉勰《文心雕龍．隱秀》早說過：「隱也者，文外之重旨者也。……隱以複意爲工。……深文隱蔚，餘味曲包。」「重旨」、「複意」也正是「模稜」、「多義」的意思。黃維樑博士在《中國詩學縱橫論》中，有〈中國詩學史上的言外之意說〉一文，對此有非常清晰的評介，此不多贅。葉嘉瑩教授《迦陵談詩》中的〈一組易懂而難解的好詩〉，以《古詩十九首》中〈行行重行行〉爲例，分別以「居人」「遊子」「逐臣」「棄婦」各種角度去探討這首古詩的內容，並由字義、語法去發現詩句各種可能的涵義。是對文學作品模稜語分析的最佳實例之一。

《管錐編》在〈論易之三名〉中曾提到「趣語」：「黑格爾說『奧伏赫變』，亦引拉丁文中西塞羅趣語（Wite）佐之。按西塞羅用一字（tollendum），兼『抬舉』與『遺棄』二意，同時合訓，即所謂明升暗降，如吾國言『架空』、『高擱』或西語『一腳踢上樓』、『一筋斗栽上樓』

(to kick upstairs, die Treppe hinauffallen)。」趣語意含雙關，可視爲模稜語的一種。〈論易之三名〉重點在文字的訓詁，所以此說「趣語」，錢氏未放進正文，僅錄作「附注」而已。但常州派之論「意內言外」，蘇軾之〈前赤壁賦〉，歌德之自鑄偉詞，……正文中倒是都說到了。亦足顯示錢先生對文學中正反相待，虛涵二意的關切。

在〈論易之三名〉以外，《管錐編》其他各則曾多次提到與模稜語有關的論題，此姑舉其中四則。《周易正義》第十六則，論〈歸妹〉，錢先生說：「比喻有兩柄而復具多邊，蓋事物一而已，然非止一性一能，遂不限於一功一效。取譬者用心或別，著眼因殊，指（denotatum）同而旨（significatum）則異；故一事物之象可以孑立應多，守常處變。」一象多意，正是模稜語產生的主要原因。葉嘉瑩教授論「胡馬依北風，越鳥巢南枝」，以爲「不忘本」「同類相求」「南北暌違」三義均可成立，便是佳例。《毛詩正義》第一則〈關雎〉，論〈國風〉的「風」，錢先生說：「是故言其作用，『風』者，風諫也，風教也。言其本源，『風』者，土風也，風謠也，今語所謂地方民歌也。言其體制，『風』者，風詠也，風誦也，係乎喉舌唇吻，今語所謂口頭歌唱文學也。」這是從訓詁學上發揮模稜語之一字多義。《左傳正義》第十二則，引魏禧〈日錄〉，論「秦伯猶用孟明」之「猶」，說：「只一『猶』字，讀過便有五種意義：孟明之再敗、孟明之終可用、秦伯之知人、時俗人之驚疑、君子之歎服。」這是從語意的分析來揣度模稜語的多義性。《楚辭洪興祖補註》第一則，錢先生詮釋〈離騷〉：「『離』訓遭、偶，亦訓分、畔。……

棄置而復依戀，無可忍而又不忍，欲去還留，難留而亦不易去，即身離故都而去矣，一息尚存，此心安放？江湖魏闕，哀郢懷沙，『騷』終未『離』，而愁將焉避！」從正反兩義之合訓直探作者難留難分之愁緒。這些，都代表錢先生對文學作品中模稜語的博學多識，慧眼卓見。

最早接觸錢先生的作品，在中學生時代，是《圍城》。年輕人的直覺是作者出語幽默，故事逗人，是了不起的新文藝作家。讀研究所時，才看到《談藝錄》，用典雅的文言，間引西方文獻，談詩論藝。對作者於我國詩詞文章、音樂書法、文學評論等，涉獵之廣，見解之精，頗感詫異。往年講學香江，讀《管錐編》，益覺博學沈思，如《困學紀聞》，已不夠的了。淹貫古今之外，還需博通中西。陳寅恪序王國維書，曰：取地下之實物與紙上之遺文互相釋證；取異族之故事與吾國之舊稿互相補正；取外來之觀念與固有之材料互相參證。也許這正是治國學的新方向。《管錐編》爲這些新方向提供了一個成功的典型。

（本文原刊於一九八九年四月出版的《聯合文學》五十四期。）

郭紹虞《中國文學批評史》讀後

在郭著《中國文學批評史》問世之前，以《中國文學批評史》命名而印行的，似乎只有民國十六年出版的陳鐘凡寫的那麼一本。郭著上册一本在民國二十三年由商務印書館出版，下册兩本到民國三十六年才出版，這是「初版本」，臺灣商務印書館在民國五十八年曾影印發行。與郭著幾乎同一時期，羅根澤的《周秦兩漢文學批評史》、《魏晉六朝文學批評史》、《隋唐文學批評史》、《晚唐五代文學批評史》，以及《兩宋文學批評史》也陸續刊行。另外，朱東潤《中國文學批評史大綱》在民國三十三年由開明書店出版。還有一本方孝岳寫的《中國文學批評》，實際上也是「史」。八年抗日戰爭以及接下來的大陸動亂，各種文學研究活動幾乎都停頓下來，文學批評史也不例外，這期間，郭著有「改本」出現，臺灣曾影印出版。一直到一九六四年，復旦大學中文系古典文學教研組才又編出《中國文學批評史》上册，初版發行。此書由劉大杰擔任主編，一九七九年修正再版時，劉大杰已病逝了。中册一九八一年初版；下册一九八三年初版，不久臺灣也有影印本，是目前較流行的一本中國文學批評史。

郭著《中國文學批評史》初版本，對中國文學批評發展的分期，很有獨特的見解。郭氏以爲：

自周秦以迄南北朝，爲文學觀念演進期。從周秦「文章博學」不分的文學觀，一變而爲兩漢「文章」與「文學」之分途。再變而至魏晉南北朝，於「文章」又分「文」與「筆」。「文」近於純文學；「筆」近於雜文學。於「文學」又分「儒」與「學」。「儒」著重在通其理；「學」著重在識其事。這種文學觀念的分化發展，正是「演進期」的特點所在。

自隋唐以迄北宋，爲文學觀念復古期。隋唐古文家之論文，反駢文而崇散筆，於是六朝「文」「筆」之分復告混淆。北宋道學家之論文，以文爲載道之具，於是兩漢「文章」「文學」之分亦告混淆。這種文學觀念的分而復合，正是「復古期」的特點所在。

南宋以後直至現代，爲文學觀念完成期。這時期文學批評稍有特殊見解者，不外三類：一、本於以前兩個時期的文學理論，執其一端而加以發揮，成爲一種更極端的更偏向的主張。二、本於以前偶一流露未遑說明的零星主張，補充完成，成其一家之言。三、調和融合以前兩個時期的文學理論之種種不同之點，折衷而打成一片。繼承傳統而多所闡發，正是「完成期」的特點所在。

郭氏這種看法，可說是前無古人的，而且相當正確的描繪出中國文學批評發展的大趨勢，當然例外自不能免。

郭著初版本上卷下卷，第一篇都是〈總論〉。上卷〈總論〉，先作中國文學批評演變概述，從而指出文學觀念之「演進」與「復古」，並探討其「文學的」原因與「思想的」原因，以及其對文學批評之影響。上卷〈總論〉之後，第二到四篇，分別討論文學觀念演進期之一——周秦，之二——兩漢，之三——魏晉南北朝。第五、六兩篇，分別討論文學觀念復古期之一——隋唐五代，之二——北宋。下卷〈總論〉，首先畫分文學批評完成與發展之三階段，然後依序作「南宋金元」、「明代」、「清代」文學批評概述。下卷〈總論〉之後，第二篇討論「南宋金元」，第三篇討論「明代」，第四篇討論「清代文論」，第五篇討論「清代詩論」。這種篇章安排，能夠恰當的顯示出郭氏在中國文學批評發展的分期上的獨特見解。

前面說過，在郭著之前，陳鍾凡寫過一本《中國文學批評史》，郭紹虞當然會有所參考，但是也必然不會全盤接受。例如，曹丕《典論．論文》論「氣」一節，陳鍾凡說：

> 曹丕論氣，實指才性言之，為後世陽剛陰柔說之所本，與唐宋人之以語勢為文氣者不同。

郭紹虞則以為：

> 論文言「氣」，實始於此。此數節所言之「氣」，兼有兩種意義。所謂「氣之清濁有體不可力強而致」者，是指才氣而言；曰「齊氣」曰「逸氣」者，又兼指語氣而言。蓄於內者為才性，宣諸文者為語勢，蓋本是一件事的兩方面，故亦不妨混而言之。

而譏陳鍾凡「僅見其一而未見其二」，就是例證。

郭紹虞對有關中國文學批評的原始材料，是下過一番工夫的。例如：

他論陸機〈文賦〉，指出陸機在「辭條文律」方面，積極上主張注意「選辭」、「謀篇」、「擇體」、「定旨」；消極上則強調「勿模襲」、「去疵累」。陸機進一步論「爲文之難」，以爲要「因宜適變」。這有賴於「天才」、「情感」、「想像」和「感興」。陸機論「想像」和「感興」很有獨到的見解。而在「文體的辨析」、「駢偶的主張」、「音律的問題」，陸機對文學批評史也有承先啓後的貢獻。這種有條不紊的敍述，必須熟讀〈文賦〉，融會貫通之後，才寫得出來的。

又如：他論摯虞〈文章流別論〉，非但依據嚴可均所輯《全晉文》卷七十七所錄佚文，指出摯虞選輯《文章流別集》的宗旨，本於儒家重應用的見地，未必專尚麗辭；選輯的方法，看出文體因時而異其性質，未必拘泥於形式。而且對《文章流別集》之爲「總集」，《文章志》之爲「序目」，〈文章流別論〉之爲「敍論」，三者關係，也有精審的考證，進而作出區別來。內涵的研究，外緣的探討，都相當仔細。

郭紹虞早年寫過一本《學文示例》，計分：「評改例」、「擬襲例」、「變翻例」、「申駁例」、「鎔裁例」。每「例」又有「理論之部」，選錄有關之論文；「實例之部」，選錄有關之實例。後來又主編過《中國歷代文論選》，一九七九年中華書局香港分局初版本計正文、百四十六篇，下有詳細的「注釋」與「說明」。「附錄」相關論文估計有五、六百篇。郭氏這些編著，可以幫助我們了解郭氏對文學批評方面原典之諳熟與重視。

當然可以商榷的地方還是有的。胡適在〈審查意見〉中就指出：

> 第二篇引《禮記・表記》中孔子語「情欲信，辭欲巧」，因說孔子「尚文之意固顯然可見了。」（頁一三）孔子明明說：「辭，達而已矣。」作者不引此語，卻引那不可深信的〈表記〉以助成孔子尚文之說，未免被主觀的見解影響到材料的去取了。

另外胡適還說墨家「辟」「侔」「援」諸法，「不應當忽略的」。

我這兒再補一點意見。郭氏論〈魏晉之文學批評〉，第一節是〈曹丕與曹植〉，中有：

> 曹丕曹植對於文學究取怎樣的態度呢？曹丕的《典論・論文》說：

蓋文章經國之大業，不朽之盛事。年壽有時而盡，榮樂止乎其身。二者必至之常期，未若文章之無窮。是以古之作者，寄身於翰墨，見意於篇籍，不假良史之辭，不託飛馳之勢，而聲名自傳於後。故西伯幽而演易，周旦顯而制禮，不以隱約而弗務，不以康樂而加思。

曹植〈與楊德祖書〉亦云：

辭賦小道，固未足以揄揚大義，彰示來世也。昔揚子雲，先朝執戟之臣耳，猶稱壯夫不為也。吾雖德薄，位為蕃侯，猶庶幾戮力上國，流惠下民，建永世之業，流金石之功；豈徒以翰墨為勳績，辭賦為君子哉！若吾志未果，吾道不行，則將採史官之實錄，辯時俗之得失，定仁義之衷，成一家之言；雖未能藏之於名山，將以傳之於同好。非要之皓首，豈今日之論乎？其言之不慚，恃惠子之知我也。

這都是儒家立名後世的意思。

曹丕說：「蓋文章經國之大業，不朽之盛事」，是「儒家立名後世的意思」；曹植說：「辭賦小道，固未足以揄揚大義，彰示來世也」，怎麼也是「儒家立名後世的意思」呢？

郭著《中國文學批評史》有「改本」，對上面所說的作了部分的改正。「初版本」引用《禮記·表記》「情欲信，辭欲巧」的話刪去了；但是孔門有「尚文的主張」仍保留著。曹丕《典論·論文》「蓋文章經國」那段話保留；曹植〈與楊德祖書〉卻只剩下「採史官之實錄，辯時俗之得失，定仁義之衷，成一家之言」四句，其他全刪去了。前後還加了：「曹植更是這樣，所以看輕辭賦而要……。說得明白一些，就是要做有內容、有價值的理論文，而不限於侈麗閎衍的文藝文。」算是對上引「初版本」曹植所說「辭賦小道」用意的闡發與辯解。

「改本」是「解放」之後改寫的，也不免受當時小環境的影響。就在二曹文論「依舊不脫儒家見地」這一段，有：

> 因為他們（指曹丕曹植）畢竟是統治階級，所以作風儘管偏於形式技巧，但是論調還以儒家思想為中心。只有這樣，才能使偏重形式技巧的文學，不暴露現實，不反對政治。

這幾句政治立場鮮明的表態，是「初版本」沒有，「改本」加上去的。這就應了馬克思的一句名言：「環境決定意識！」眞是的！整本書的架構在「改本」中也有變動：〈上篇〉、〈下篇〉之分沒有了。〈緒論〉之後，分〈上古〉、〈中古〉、〈近古〉三期敍述。上古期自上古至東漢；中古期自東漢建安至五代，近古期自北宋至清代中葉。雖然〈緒論〉中仍表明「從周秦到南北朝是文學觀念演進期；從隋唐到北宋是文學觀念復古期。……從南宋一直到清代，……可以說是這種文學批評的完成期。」但是〈緒論〉上理論性的分期，與「改本」實際上的分期顯然矛盾。我推測：「改本」分期是屈從現實；〈緒論〉分期才代表作者的原意。

郭氏以爲：「文」、「學」分途，「文」、「筆」劃清，乃至純文學觀念的形成，是一種「演進」，他之贊成文藝美化的尚文傾向是十分明白的。所以下面這一段「初版本」所無，「改本」添加的話，就十分耐人尋味了。〈三・中古期〉之〈一三・典論論文及其他〉：

由於兩漢辭賦的發展，這種侈麗閎衍之辭的寫作技巧，給當時文人以一種新的啓發，於是文學就逐漸走向駢儷的道路，甚至記敘文也用駢偶，甚至韻文也傾向到駢偶。這種傾向是不是對，我們姑且不談，不過由於有這種傾向，於是使一般人逐漸從文學的形式上認識到文學的性質，於是文學批評也就有了相當的發展和成就。所以到了魏晉，始有專門論文的作品。

這顯示郭紹虞對自己見解又一番的堅持。「姑且不談」是四兩撥千斤的招術，把「這個傾向是不是對」輕輕撥開。在這裡似有一種「絕不認輸」「永不悔改」的精神。雖然文學是非，因素複雜，不宜教條化，不可簡單化，也的確不是「對」「不對」所能圓滿答覆的。

對郭紹虞的《中國文學批評史》，我就說到這兒爲止。至於其他相關的書，還有「中國文學」——「批評」——「史」等等問題，有機會再談。

（本文發表於一九九一年十二月出版的《中國文哲研究通訊》第四期。）

形象思維與文學

提要

首述「意象」「心象」「形象思維」諸詞的意義。

繼將俄國文學理論家別林斯基所倡「形象思維」的概念，用《周易》、〈文賦〉、《文心雕龍》之文論，予以詮釋、比較、闡發。並從賦、比、興等各種修辭角度分析其在文學創作上之功用。

然後討論形象思維與文學鑑賞之關係。由讀者依據作品所描述，進一步評鑑作者的思維理念；與評者以充滿形象的語言，描述自己對作品的感受；分別加以探討，並擷取古今文論以為印證。

結論則從心理學、神經語言學、文字學、詞彙學的觀點，追索運用形象思維從事文學創作與鑑賞何以可能？以及中國文學特富形象性之原因。

壹、前言

沒有接觸到「形象思維」之前，我早先接觸到的，是「意象」。一九五九年我在臺灣師大三年級上李辰冬先生（西元一九〇七～一九八三）中國文學史課程時，李先生首先說明文學的定義：「凡作者的意識用意象來表現，而表現時以文字為工具的，謂之文學。」❶至於意象，李先生的解釋是：「由作者的意識所組合的形相。」❷這個解釋顯然把「意象」拆開成「意」與「象」：「意」是作者的主觀意識；「意象」是宇宙間客觀形象。所以李先生所謂的意象，是作者主觀意識觀照之下所選擇組合的客觀形象。慢慢地，又接觸到西方文學理論家常提到的「意象image」，大致上指的是能喚起心象（mental picture）或感官知覺的語言表現❸。在強調唯物主義的共產世界，

❶ 李辰冬：《文學欣賞的新途徑》（臺北：三民書局，一九七〇年七月），頁三三。
❷ 同❶，頁三六。
❸ 劉若愚原著，杜國清中譯：《中國詩學》（臺北：幼獅文化事業公司，一九七七年六月），頁一五一。

有一個意義與「意象」相近的詞彙：「形象思維 imaginative thought」。俄羅斯文學理論家別林斯基（Виссарион Григорьевич Белинский 西元一八一一～一八四八）在他許多著作裡，一而再，再而三地提出「形象思維」的概念❹。在《智慧的痛苦》裡，更說：「詩人用形象來思考；他不證明眞理，卻顯示眞理。」❺一九六五年，毛澤東（西元一八九四～一九七六）在致陳毅的信中，也肯定了形象思維的說法，強調「詩要用形象思維」❻。他們談形象思維，都偏重創作方面，實有所局限。思維，本是人們用頭腦認識事物的思考活動，是知識的主要來源。形象思維即運用形象所進行的思維活動，活動中始終伴隨著的是形象、想像和美感。亞里斯多德（Aristoteles，西元前三八四～前三二二）就說過：「對於任何物類，吾人既有一個覺性的知識，便有一個理性的知識。」❼覺性知識關乎具體的形象思維，理性知識關乎抽象的邏輯思維。近代人體學研究也發現：人腦有左右兩半，左腦嚴重受損的人，會喪失說話和理解語言的能力，同時也會失去計算的能力。左

---

❹ 如「詩歌不是什麼別的東西，而是寓於形象的思維。」見別林斯基：《伊凡．瓦年科講述的〈俄羅斯童話〉》。又如「詩歌是寓於形象的思維。」見別林斯基：《〈馮維辛全集〉和札果斯金的〈猶里．米洛斯拉夫斯基〉》。以上均轉引自華諾文學編譯組編：《文學理論資料滙編》（臺北：華諾文化事業有限公司，一九八五年十月），頁九〇四。

❺ 同前注。參《古典文藝理論譯叢》（北京：人民文學出版社，一九六六年），第十一冊，頁五五。

❻ 易孟醇注釋：《毛澤東詩詞箋析》（湖南大學出版社，時地不詳），頁一七三。

❼ 亞理斯多德原著，呂穆迪譯述：《形上學》（臺北：臺灣商務印書館，一九六七年三月），頁五。

腦善於作理性的思考和邏輯的推理，特別是處理抽象的符號以及理解諸如：誠實、廉恥等比較廣泛的概念。右腦掌管空間感覺、音樂、藝術、創造力等，通常比較情緒化，依靠直覺看待事物。不過右腦必須靠左腦的語言能力配合，才能發揮作用。對右腦來說，具體的事物比抽象的概念較易處理❽。這樣看來，亞里斯多德區分知識為覺性和理性，似乎得到了生理學上的證明。而形象思維需要讓右腦的覺性創造力和左腦的思考、概念、語言等理性功能配合起來，進行活動。文學之作為一種繪聲繪色的語言藝術，其與形象思維之密切關係，就不言可喻了。

貳・形象思維與文學創作

把「形象思維」化為語言文字，進而從事文學創作，我直覺聯想到《周易・繫辭傳上》裡的「設卦觀象」。原文是：「聖人設卦觀象，繫辭焉以明吉凶。」❾發明用易卦占筮的古代聖人，

❽ 李勉民主編：《奇妙的人體》（香港：讀者文摘遠東有限公司，一九八六年），頁五二。參閱 A.P. 盧利亞（Александр Романович Лурия）著，趙吉生、衞志強譯：《神經語言學》（北京：北京大學出版社，一九八七年十一月），頁五八至七一。

❾ 王弼注，孔穎達疏：《周易注疏》（嘉慶二十年江西南昌府學重刊宋本），卷七，頁五上。

設計出六十四卦，觀察各卦的象徵意義，寫下適當的判斷語來說明吉凶得失。〈繫辭傳上〉還說：「子曰：『書不盡言，言不盡意。』『然則聖人之意其不可見乎？』子曰：『聖人立象以盡意，設卦以盡情僞，繫辭焉以盡其言。』」⑩「書不盡言」是說文辭不能完全記錄語言；「言不盡意」是說語言不能完全表達心意。那麼聖人的心意就無法表現了嗎？那又不盡然。因爲聖人建立卦爻之象，運用象徵手法來圓滿表達心意；設計六十四卦三百八十四爻充分顯示其中的陰陽虛實，還配合卦爻辭盡可能用言語說明清楚。作者以形象來傳達思維，它的理論根據，當追溯到《周易》。而且《周易》在剝卦䷖〈象傳〉又說：「順而止之，觀象也。」⑪剝卦由坤下艮上構成，坤下爲順，艮上爲止，所以說順而止之，這可由觀察卦的組合性質而明白的。讀者由形象明白作者思維，它的原始理論，也當追溯到《周易》。

《周易》六十四卦中有賁卦䷕，講文采、文飾，由離下艮上構成。以卦象來說，離下爲火，艮上爲山，山下有火光照耀，文采當然是很燦爛美麗的。以卦德來說，離下爲文明，艮上爲止於至善。所以〈彖傳〉說：「剛柔交錯，天文也；文明以止，人文也。觀乎天文，以察時變；觀乎人文，以化成天下。」⑫如果我們再參考《周易．繫辭傳下》：「古者包犧氏之王天下也，

⑩ 同⑨，卷七，頁三〇下至三一上。

⑪ 同⑨，卷三，頁一六下。

⑫ 同⑨，卷三，頁一四上下。「剛柔交錯」原脫，依王弼注：「剛柔交錯而成文焉，天之文也。」補。

仰則觀象於天，俯則觀法於地，觀鳥獸之文，與地之宜，近取諸身，遠取諸物，於是始作八卦，以通神明之德，以類萬物之情。」⓭可以知道「人文」是由「近取諸身」得到的；「天文」包括天地之法象，鳥獸之文，大自然所有的東西，是由「遠取諸物」得來的。豫卦☳☷的〈大象傳〉說：「雷出地奮，豫。先王以作樂崇德，殷薦之上帝，以配祖考。」⓮由「雷出地奮」的「天文」，導出「作樂崇德」的「人文」。把上述《周易》意見綜合起來，可以得到這樣一個結論：「天文」和「人文」是平行的。「天文」包括大自然所有具有形象的存在，如天地法象、鳥獸之跡之類；和大自然所有具有音響的存在，如雷出地奮之類。「人文」也包括各種文采文飾，和作樂崇德，其功能足以化成天下。

這種觀念，通過晉代陸機（西元二六一～三〇三），作〈文賦〉說：「抱景者咸叩，懷響者畢彈。」這是實相的摹寫，包括「景」與「響」；「課虛無以責有，叩寂寞以求音。」這是虛相的想像創造，同樣包括「有」形和聲「音」。然後「選義按部，考辭就班。」選擇最美妙的意象作最恰當的部署；考察最精確的詞藻作最安適的安排。而能「函緜邈於尺素，吐滂沛乎寸心。」短幅中蘊含遼闊世界，把豐富的意象有力地呈現出來。總以「期窮形而盡相」，完滿彰顯形相爲目

⓭ 同❾，卷八，頁四下。
⓮ 同❾，卷二，頁三五下。

的⑮。形成梁劉勰（西元四六四～五二二）《文心雕龍》所說的「形文」「聲文」和「情文」。

《文心雕龍》在〈情采〉篇說：「若乃綜述性靈，敷寫器象，鏤心鳥跡之中，織辭魚網之上，其爲彪炳，縟采名矣。故立文之道，其理有三：一曰形文，五色是也；二曰聲文，五音是也；三曰情文，五性是也。五色雜而成黼黻，五音比而成韶夏，五情發而爲辭章，神理之數也。」⑯指出白紙（魚網）黑字（鳥跡）上刻畫的，是性靈和器象。形色、聲音、性情，正是構成文章的三原理。〈原道〉篇說得更具體：「龍鳳以藻繪呈瑞，虎豹以炳蔚凝姿；雲霞雕色，有踰畫工之妙；草木賁華，無待錦匠之奇：夫豈外飾？蓋自然耳。至於林籟結響，調如竽瑟；泉石激韻，和若球鍠：故形立則章成矣，聲發則文生矣。夫以無識之物，鬱然有彩；有心之器，其無文歟？」⑰龍鳳藻繪、虎豹炳蔚、雲霞雕色、草木賁華，都屬形文；林籟結響、泉石激韻，都屬聲文；有心之器所書寫的文章，就是情文了。〈神思〉篇也說：「文之思也，其神遠矣！故寂然凝慮，思接千載；悄然動容，視通萬里；吟詠之間，吐納珠玉之聲；眉睫之前，卷舒風雲之色：

---

⑮ 梁蕭統編：《文選》（臺北：藝文印書館，一九五五年，影印胡克家仿宋本），卷一七。陸士衡：〈文賦〉，頁一上至六下。

⑯ 范文瀾：《文心雕龍注》（臺北：臺灣開明書店，一九五九年），卷七，頁一上。

⑰ 同⑯，卷一，頁一上。

其思理之致乎！」⑱說明神妙的思維活動，如何融入作者主觀的情意，突破時空限制，捕捉聲音和形文。形象思維的內涵，以及與文學創作的關係，《文心雕龍》繼承了《周易》和〈文賦〉的見解，已在原理方面，作了生動的討論。

從文學創作的理論轉向文學創作的實踐，形象思維發揮了它最大的功能。

《詩經》中的「比興」全是形象思維。比是譬喻比擬。如〈衞風・淇奥〉：「瞻彼淇奥，綠竹如簀。有匪君子，如金如錫，如圭如璧。」⑲把淇水河灣上茂密的綠竹，譬喻成像排列整齊的蓆竹一樣；又說氣質斐然的君子，精純得像鍛鍊過的金錫，溫潤得像琢磨過的圭璧一樣。又如〈邶風・柏舟〉：「我心匪石，不可轉也；我心匪席，不可卷也。」⑳表示自己心意的堅定，不可轉動，不可捲曲，比起石頭和蓆子，有所不同。像這樣由綠竹想到蓆子；由君子的修養想到鍛鍊琢磨；由君子的氣質想到金錫圭璧；由心的堅定想到石頭和蓆，並較論其異同，正代表形象思維活動的歷程之一。前例用喻詞「如」是「明喻」，後例用繫詞「匪」是「隱喻」，其形象思維都用譬喻方式表達。興是象徵。如〈周南・關雎〉：「關關雎鳩，在河之洲，窈窕淑女，君子好

⑱ 同⑯，卷六，頁一上。
⑲ 鄭玄注，孔穎達疏：《毛詩注疏》（嘉慶二十年江西南昌府學重刊宋本），卷三－二，頁一三上。
⑳ 同⑲，卷二－一，頁六下。

述。」㉑關關的和鳴聲引起詩人對這翠綠色水鳥的注意，發現牠們正棲息河中的沙洲，於是聯想到那秀外慧中的好女孩，正是匹配君子的好對象。全章標示著由聽、視產生聯想的形象思維活動歷程。而以雎鳩和鳴暗示人間佳偶，也正是象徵習見的手法。又如〈周南．桃夭〉：「桃之夭夭，灼灼其花；之子于歸，宜其室家。」㉒嬌嫩芳香的桃花，使人聯想到那位新嫁娘的年輕美麗；而桃花的繁盛鮮明，也隱約含蓄著新娘之多子多孫、多福多壽那麼一點意思。這又是象徵了。〈關雎〉、〈桃夭〉二詩都先由景物意象：雎鳩、桃花，作開端，再導入人事意象：戀愛、婚姻。而景物意象不限於視覺，包括聽覺如關關，嗅覺如桃花等。形象思維也宜作如此觀，它是動員了所有感官知覺的思維方式。

上段說《詩經》中的「比興」全是形象思維，並不是說「賦」中沒有形象思維。事實上，如〈邶風．靜女〉：「靜女其姝，俟我於城隅。愛而不見，搔首踟躕。靜女其孌，貽我彤管。彤管有煒，說懌女美。自牧歸荑，洵美且異。匪女之爲美，美人之貽。」㉓全首鋪陳直敍，是用「賦」法。詩中說的：嫻靜的少女，城角的樓臺，嫩紅色的茅莖，郊野間的牧地，茅草的白芽，非但這些實物喚起我們的感官知覺，而且那些少女故意躲藏的情態，男士搔首踟躕的焦急，嫩紅

㉑同⑲，卷一—一，頁二〇上。

㉒同⑲，卷一—二，頁一五上。

㉓同⑲，卷二—三，頁一三上至一四下。

茅莖的光澤，也在我們腦海浮現一幕又一幕的心象：仍然是形象思維。只是「比興」運用的是複合的形象思維；「賦」用單純的形象思維，繁簡有別罷了。

其實修辭學上許多辭格都是形象思維的實際運作。各種感覺的「摹寫」，是單純意象的描述；單純意象委婉曲折的描述是「婉曲」；單純意象的誇大描述是「誇飾」。在複合意象方面：「對偶」「映襯」是甲乙並置法；「譬喩」是以甲明乙法；「借代」是借甲代乙法；「轉化」是化甲爲乙法；「雙關」是說甲兼乙法。而多種意象還可以有「類疊」、「排比」、「層遞」、「錯綜」、「跳脫」等等形式的設計。意象如果蘊含著某種普遍的意義，便成爲「象徵」㉔。修辭學各種辭格，與形象思維都有或密或疏的關係。

叁、形象思維與文學鑑賞

說到文學鑑賞與形象思維的關係，可就兩方面說：一是讀者依據作品描述的形象，進一步評

㉔ 摹寫、婉曲、夸飾、對偶、映襯、譬喩、借代、轉化、雙關、類疊、排比、層遞、錯綜、跳脫、象徵等辭格參黃慶萱：《修辭學》（臺北：三民書局，一九七五年）。單純意象、複合意象、象徵等概念參劉若愚：《中國詩學》（同③），下篇第二章〈意象與象徵〉，頁一五一至二一三。

鑑作者的思維理念；一是評者以充滿形象的語言，描述自己對作品的感受。分別說明於下：

《文心雕龍．知音》篇說：「夫綴文者情動而辭發，觀文者披文以入情。」㉕這話可作如此的引申：作文章的人先有形象思維的活動才有作品的創作；欣賞文學作品的人翻閱作品於是進入作者的形象思維中。譬如讀王勃（西元六四八～六七五）〈滕王閣詩序〉：「落霞與孤鶩齊飛；秋水共長天一色。」㉖可從這鮮明的景象中發現豐富的意蘊：一方面是秋水長天，時空的悠悠和無限連綿；一方面是落霞孤鶩，作者自我的外射投影。兩相對照，於是作者生命的孤獨、徬徨，以及光彩之行將消失，形體之行將隕落的自覺，就盡在不言中了㉗。又如讀鍾玲（西元一九四五～）〈旅美尷尬集〉中描寫「泰國先生」：「他的笑容很特殊，像是一片朝陽蕩漾在褐色的田野裡。」㉘從「朝陽」可以聯想到這位泰國先生年輕、個性爽朗、爲人光明正大；「蕩漾」表示出他在前述陽剛本質外另有溫柔和藹的一面；「褐色」代表健康、成熟，是熱帶人民的膚色；「田野」正象徵著富有生命力、有發展可能，和一片遼闊的世界㉙。都是由作品所描述的形象去了解作者的

㉕ 同⑯，卷十，頁一四上。

㉖ 王勃：《王子安集》（臺北：商務印書館，四部叢刊正編本），卷五，頁一上至三上。原題爲〈滕王閣詩序〉。或謂當作〈秋日登洪府滕王閣餞別序〉，非。〈序〉爲「詩」作，不爲「餞別」作。

㉗ 參黃慶萱《修辭學》（同㉔），頁一一。

㉘ 鍾玲：《赤足在草地上》（臺北：志文出版社）。

㉙ 同㉗，頁二四八。

思維。

從不同作家對相同形象描述的不同，可以發現作家間思維的差異。劉若愚（西元一九二八～一九八六）在《中國詩學》中，曾引王維（西元六九九～七五九）〈漢江臨汎〉：「江流天地外，山色有無中。」㉚李白（西元六九九～七六二）〈渡荊門送別〉：「山隨平野盡，江入大荒流。」㉛杜甫（西元七一二～七七〇）〈旅夜書懷〉：「星垂平野闊，月湧大江流。」㉜並加以詮釋說：

這三首詩都是描寫在今湖北省的一個河景，但是透過意象各顯示出不同的境界和不同的個性。王維，由於使用抽象的「流」和「色」不用具體的「江」和「山」為主語，而且由於將這些描寫為存在於天地外和有無中，創造出使得全景顯得虛幻的一種超世的感覺。這是詩人對人生的佛教觀——一切是虛幻，或者以佛教用語來說，「色即是空」——的表現，不管是有意識的或是無意識的。與他形成對照的是，李白和杜甫都用具體的「江」和「山」或「野」為主語；因此他們的意象較有現實感和實質。可是在這兩位詩人之間也有一些不同。李白，由於使用「盡」和「荒」，產生出荒涼和孤獨的感覺，在他的詩中經常

㉚ 王維：《唐王右丞集》（臺北：商務印書館，四部叢刊初編本），卷五，頁四六。

㉛ 李白：《李太白全集》（臺北：河洛圖書出版社，一九七六年三月臺影印再版），頁三五八。

㉜ 浦起龍：《讀杜心集》（臺北：中央輿地出版社，一九七〇年十二月），頁四九〇。

展現的一種感覺以及他的自我中心個性的一種指徵。在另一方面，杜甫由於客觀地描寫星的移動，江流和水中的月影，顯示出做為人生之觀察者的自己。我們可以進一步注意到王維在他的句子中省去動詞，如此而強調平靜和非現實的感覺；李白給每個名詞兩個動詞（「山」的「隨」和「盡」以及「江」的「入」和「流」），而與杜甫給與四個名詞四個動詞，每個名詞一個（「星」「垂」，「野」「濶」，「月」「湧」，以及「江」「流」）形成對比。結果，杜甫的意象更為豐富而且更有活動感的暗示性。㉝

甚至在某些成功的小說中，不同角色對同一形象不同的描述，也可用來分析不同角色間思維的歧異。《紅樓夢》第七十回，寫〈史湘雲偶塡柳絮詞〉。豪爽樂觀的湘雲的〈如夢令〉仍然盼望：「且住！且住！莫使春光別去！」探春的〈南柯子〉上半首卻預示大觀園的姐妹兄弟們「一任東西南北各分離」的命運。賈寶玉所續〈南柯子〉下半首有句：「落去君休惜，飛來我自知。」透露終遁空門的禪機。林黛玉〈唐多令〉：「漂泊亦如人命薄，空繾綣，說風流！」更是自己漂泊生命的外射。薛寶琴的〈西江月〉：「幾處落紅庭院，誰家香雪簾櫳；江南江北一般同，偏是可稱知音。

㉝同㉜，頁二〇〇至二〇一。

離人恨重！」跟她從小兒走過不少地方有密切關係。薛寶釵的〈臨江仙〉：「白玉堂前春解舞，東風捲得均勻……好風憑藉力，送我上青雲。」顯示出她知情達理進取的性格㉞。眞是所謂「文如其人」，包括小說家筆下的人！

讀者依據作品描述的形象以評鑒作者思維，說到這兒爲止；下面再說評者以形象語作文學批評。

以「形象」爲「批評」，黃永武教授（西元一九三六～　）在《圖象批評的美感》㉟中指出，在《詩經・大雅・烝民》篇「吉甫作誦，穆如清風」，已經開端；只是「形象」字作「圖象」，意思是一樣的。先秦兩漢，偶有文學批評，大抵隨意說說，吉光片羽，終鮮體系。把文學批評當作一門獨立而自覺的文學活動，不得不特別注重魏晉南北朝時代。曹丕（西元一八七～二二六）《典論・論文》說「建安七子」：「咸以自騁驥騄於千里，仰齊足而並馳。」㊱曹植（西元一九二～二三二）〈與楊德祖書〉也說：「然此數子，猶復不能飛騫絕跡，一舉千里也。」㊲哥哥說建安七

㉞ 曹雪芹：《紅樓夢》（臺北：三民書局，一九七二年一月），頁六一二至六一七。

㉟ 黃永武：〈圖象批評的美感——試舉明代文評爲例〉，《東方美學與現代美術研討會論文集》（臺北：市立美術館，一九九二年四月），頁六〇至九六。

㊱ 同⑮，卷五十二，魏文帝《典論・論文》，頁四上至五下。

㊲ 同⑮，卷四十二，曹子建〈與楊德祖書〉，頁八上至十上。

子是「驥騄」，弟弟拿他們來比「飛騫」，這種「形象批評」，我不知到底是褒還是貶！不過他們那麼一副「設天網以該之，頓八紘以掩之」的心態，不免爲七子們叫聲委屈！自此以後，「形象批評」逐漸流行起來。鍾嶸（西元四六七～五一九）《詩品》常引用並作較論。如許潘岳（西元二四七～三〇〇），以與陸機較論，先引李充（東晉初年人）〈翰林論〉讚歎潘岳的詩：「翩翩然如翔禽之有羽毛，衣服之有綃縠。猶淺於陸機。」再引謝混（益壽，西元？～四一二）云：「潘詩爛若舒錦，無處不佳；陸文如披沙簡金，往往見寶。」然後自下斷論：「益壽輕華，故以潘爲勝；〈翰林〉篤論，故歎陸爲深。余嘗言：陸才如海，潘才如江。」[38]仍以江海形象批評作結。又如評顏延之（西元三八四～四五六）詩，以與謝靈運（西元三八五～四三三）較論，引湯惠休（宋齊時人）曰：「謝詩如芙蓉出水；顏如錯采鏤金。」[39]至於鍾嶸自己所作形象評語，則有品謝靈運詩：「名章迥句，處處間起；麗典新聲，絡繹奔會。譬青松之拔灌木，白玉之映塵沙，未足貶其高潔也。」[40]又有評范雲（西元四五一～五〇三）和丘遲（西元四六四～五〇八）詩：「范詩清便宛轉，如流風迴雪；丘詩點綴映媚，似落花依草。」[41]

[38] 王叔岷：《鍾嶸詩品箋證稿》（臺北：中央研究院中國文哲研究所，一九九二年三月），頁一七九。
[39] 同[38]，頁二六七。
[40] 同[38]，頁一九六。
[41] 同[38]，頁三〇三。

這種以具體的形象來說明文學作品抽象風格的品評方式，葉嘉瑩教授（西元一九二四～　）在〈鍾嶸詩品評詩之理論標準及其實踐〉一文中指出「自然有其歷史方面的社會背景」。略云：其源蓋起於東漢朋黨之清議，是魏晉間九品論人風氣下的產物。當時士大夫清談中，喜歡以美麗的語言具體的意象來品題人物，逐漸發展及於品題文學。並引《世說新語・德行》郭林宗（郭泰，西元一二八～一六九）論黃叔度（黃憲，東漢桓靈時人）：「叔度汪汪如萬頃之波：澄之不清；擾之不濁。」〈賞譽〉論李元禮（李膺，西元一一〇～一六九）：「世目李元禮，謖謖如勁松下風。」㊸〈文學〉載孫興公（孫綽，東晉時人）論曹輔佐（曹毗，東晉時人）：「曹輔佐才如白地光明錦，裁爲負版絝，非無文采，酷無裁製。」㊹以證明所說。並指出鍾嶸引謝混語，《世說新語・文學》也引了，以爲孫興公語㊺。鍾嶸引湯惠休語，《南史・顏延之傳》引爲鮑照語㊻。以證當時輾轉引用，蔚爲風氣。還說：這種以具體意象喻示抽象風格的辦法，成爲中國傳統文學批評中可注意的特色。唐代

㊷ 楊勇：《世說新語校箋》（香港：大眾書局，一九六九年十月），頁三。

㊸ 同㊷，頁三一三。

㊹ 同㊷，頁二〇九。

㊺ 同㊷，頁二〇四。原文是，「潘文爛若披錦，無處不善；陸文若排沙簡金，往往見寶。」文字微異。

㊻ 李延壽：《南史》（臺北：藝文印書館據清乾隆武英殿刊本影印），卷三十四，頁五下。原文是：「延之嘗問鮑照，己與靈運優劣。照曰：謝五言如初發芙蓉，自然可愛；君詩若鋪錦列繡，亦雕繢滿眼。」文字大有出入。

司空圖（西元八三七～九〇八）《詩品》各以不同意象喻示二十四種不同風格㊼。宋代蘇軾（西元一〇三六～一一〇一）〈文說〉自評其文如「萬斛泉源」㊽。嚴羽（西元一一九五～一二四五）《滄浪詩話》論詩，曾以「羚羊掛角」爲喻㊾。又評李白杜甫詩，喻之爲「金鳷擘海香象渡河」㊿。以至近代王國維（西元一八七七～一九二七）《人間詞話》之論詞：「『畫屏金鷓鴣』，飛卿語也，其詞品似之；『絃上黃鶯語』，端己語也，其詞品亦似之；正中詞品，若欲於其詞句中求之，則『和淚試嚴妝』，殆近之歟！」51以溫庭筠（飛卿，西元八一二～約八七〇）、韋莊（端己，西元八三六～九一〇）、馮延巳（正中，西元九〇三～九六〇）其人之詞句，還評其人之詞品，意象飽滿，依然是形象批評的承襲與延用52。

㊼ 如以：「具備萬物，橫絕太空。荒荒油雲，寥寥長風。」喻「雄渾」；以「飮之太和，獨鶴與飛。猶之惠風，荏苒在衣。」喻「冲淡」之類。參詹幼馨：《司空圖詩品衍繹》（臺北：仁愛書局，一九八五年九月），頁一。

㊽ 蘇軾：《經進東坡文集事略》（臺北：商務印書館，四部叢刊初編本），卷五十七，頁三三五。

㊾ 嚴羽：《滄浪詩話》（臺北：藝文印書館百部叢書集成據津逮祕書本影印），頁三下。

㊿ 同㊾，頁一九上。

51 王國維：《人間詞話》（臺北：臺灣開明書店，一九五三年十一月），頁六。

52 葉嘉瑩：〈鍾嶸詩品評詩之理論標準及其實踐〉（臺北：臺大《中外文學》四卷四期，一九七五年九月），頁四至二四。

肆・結語

在此我想進一步追索：文學，特別在中國文學中，形象思維的運用及其頻繁出現如何成爲可能？這就必須探討形象思維在心理學上的理論基礎，以及中國語文與形象思維間特別密切的關係。

先說形象思維在心理學上的理論基礎。

「關關雎鳩，在河之洲。」如何讓人興起「窈窕淑女，君子好逑。」的意念？「吉甫作誦」，原是聽覺享受，何以有「穆如清風」的觸覺感受？這令我想起了俄羅斯生理學家巴甫洛甫（Pavlov, Ivan Petrovich，西元一八四九～一九三六）那個著名的實驗：在食物和鈴聲同時出現多次之後，受試驗者聽到鈴聲就會分泌唾液。這個實驗雖然不很美感，但是可以解決美學上的「通感」問題。紅紅的火是熱的，所以我們看到紅就覺得溫暖；綠綠的水是冷的，所以我們看到綠就覺

---

53 關於「通感」，錢鍾書曾有專文討論，發表於《文學評論》一九六二年第一期，後結集於《舊文四篇》中，上海古籍出版社，一九七九年出版。另《管錐篇》中亦曾多次談到「通感」，如第二册，頁四七八至四八七論《列子・黃帝》，第三册，頁一〇七三至一〇七六論《全晉文・卷三〇》，北京中華書局，一九七九年出版。又李元洛《詩美學・論詩的通感美》（臺北：東大圖書公司，一九九〇年二月），頁五一五至五六二，論通感尤詳。

得清涼。許多文學創作，如陸機〈擬西北有高樓〉：「芳氣隨風結，哀響馥若蘭。」芳氣固能凝結，音響竟有蘭香，可以如此解釋[54]。宋．普濟《五燈會元》卷十二錄〈淨因繼成上堂詩〉：「鼻裡音聲耳裡香，眼中鹹淡舌玄黃；意能覺觸身分別，冰室如春九夏涼。」[55]朱自清（西元一八九八～一九四八年）〈槳聲燈影裡的秦淮河〉：「牠儘是這樣靜靜地、冷冷地綠著。」[56]子敏（林良，西元一九二四～　）〈水仙花〉：「我確實真切的聞過一次水仙花的香氣。那種香氣，就像聽覺裡的村外的牧笛，就像視覺裡的淡淡的浮雲，就像觸覺裡的溪邊的細沙，就像味覺裡的一杯薄薄的茶。」[57]種種感官間相互溝通的形象描寫，都可以如此解釋。在藝術批評方面：如《呂氏春秋．孝行覽．本味》：「伯牙鼓琴，鍾子期聽之。方鼓琴而志在太山。鍾子期曰：『善哉乎鼓琴，巍巍乎若太山。』少選之間，而志在流水。鍾子期又曰：『善哉乎鼓琴，湯湯乎若流水。』」[58]蘇軾〈書摩詰藍田煙雨圖〉：「味摩詰之詩，詩中有畫；觀摩詰之畫，畫中有詩。」[59]更可以用巴

---

[54] 同[15]，卷三十，頁一七上。

[55] 宋．普濟：《五燈會元》（臺北：文津出版社，一九九一年四月），卷十二，頁七六八。

[56] 朱自清：《足本朱自清集》（臺北：河洛圖書出版社，一九七七年四月），《蹤跡》，頁一二八。

[57] 子敏：《在月光下織錦》（臺北：純文學出版社，一九七四年五月），頁一九一。

[58] 呂不韋：《呂氏春秋》（臺北：商務印書館，四部叢刊本），卷十四，頁四下。

[59] 蘇軾：〈書摩詰藍田煙雨圖〉，今存《東坡全集》各本均不見此文。茲引自《東坡題跋》（臺北：廣文書局，一九七一年十二月，影印宋廿名家題跋彙編本）卷五，頁一上。

甫洛甫「交替反應」說來詮釋。

再說中國語文與形象思維特別密切的關係。這又可就中國方塊字，和漢語詞彙形成方式分別來說。

就中國方塊字來說，方塊字是意符文字，與拼音文字有所不同。可能一個單獨的形體代表一種意義，如：日、月、上、下；也可能三兩個形體組合代表一種意義，如：森、林、武、信。百分之八十五以上的形聲字，半邊是形符，半邊是聲符。如：江字從水工聲，把字從手巴聲，問字從口門聲，氧字從气養省聲。漢字組合規則的知識，使受過教育的人能把這些漂浮在視神經網絡上的各種訊息組合起來，認識這些文字的形體、語音和意義。依據曾志朗博士一九八四～一九八五年在臺北長庚醫院對六個左腦受傷病人和六個右腦受傷病人所作的實驗研究，有許多突破性的發現。其中一項是看圖寫字。左腦受傷的人寫不出漢字，這當然是主控思考、語言、邏輯的左腦因傷喪失其功能的緣故。右腦受傷的人雖然失去了繪畫的能力，但書寫漢字的能力卻沒有喪失。曾博士以爲這證明了：「漢字是語言符號之一，代表著抽象的語意與語音概念。」[60]而我進一步推測，漢字的形體已與語意語音結合，儲存在左腦語言中樞中了。這對形象與思維的結合，會不會有所助益呢？

---

[60] 曾志朗：〈開拓華語文研究的新境界——中國心理學應面對認知與神經科學的挑戰〉（香港：《語文建設通訊》，二十四期，一九八九年七月），頁一八至四〇。

就詞彙形成方式來說，漢語經常運用修辭手法創造了許多形象飽滿生動的詞語。例如：肉碎炒粉絲，叫「螞蟻上樹」；難以接辦的事，叫「燙手山芋」；個性堅強的人，叫「硬骨頭」；老於世故的人，叫「老油條」；投機分子，叫「牆頭草」；一知半解卻愛賣弄的人，叫「半瓶醋」：都是運用譬喻法創造的名詞。又如：生活上嚴重的折磨叫「煎熬」；給予支持叫「撐腰」；無原則的調和叫「和稀泥」；違背潮流叫「開倒車」：都是運用譬喻創造的動詞。再如：「狼藉」、「沸騰」、「枝蔓」、「炎涼」，也都是以譬喻造出的形容詞。此外，像「丹青」指繪畫，「玉兔」指月亮，「懸壺」指行醫，「菜籃子工程」指改善民生的措施，是以借代法造出的詞語。「飛毛腿」、「萬年青」、「火燒雲」、「牛皮紙」，是帶點誇飾的詞語。全都言簡意豐，具有鮮活的形象[61]。漢語這種把抽象思維和具體形象綰合在一起的造詞法，對漢語文學作品中特富形象語，應有相當程度的影響吧！

（本文原刊於一九九四年六月臺灣師大國文系出版的《國文學報》第二十三期。）

---

[61] 本段舉例，主要參考任學良：《漢語造詞法》（北京：中國社會科學出版社，一九八一年二月），頁二〇二至二七九。

文學義界的探索

——歷史、現象、理論的整合

提要

研究一門學科，應先對這門學科的定義與範疇有所體認。基於此種信念，故有本文之作。

首就文學歷史作觀察。分先秦、兩漢、魏晉、南北朝、隋唐北宋、南宋元明清、民國、當代兩岸、當代西方九目，扼要敍述其文學觀或文學定義。

繼就文學現象作歸納。由大學中文系之課程，文學刊物之內容，圖書館文學類之細目，作全面之歸納，以探索其所顯示之範疇與所蘊含之本質。

復就學科理論作探討。發現論理學上各項定義方式均不能獲致圓足之文學定義。乃就文學要素及其關係作分析。並細別文學與各種科學、倫理學、哲學及其他藝術之界線所在。

結語最後一段，提出了此時此地文學的義界。

壹·前言

要對一門學科下個精確的定義，劃出明白的界線，似乎不是一件容易的事。關於「文學」，尤其如此。古今中外許多大師們說的，有廣義，有狹義，固然是言人人殊。而無論就現象上作歸納，或就理論上作分析，也時常不免遺漏一些應包括進來的部門，與誤攔入一些應排除出去的項目，以及一些析論欠密之處。加以時遷世異，從前所說的文學，如群經諸史，今天大部分早已成爲獨立學科，不屬文學領域；而當年並不視爲文學的作品，如子部小說類，今天卻成爲文學主要部門。誰能保證今天認定爲文學的某些文類，如戲劇，明天不會獨立於文學之外，或歸併於別種學科中？而今天仍徘徊於文學門外的，明天不會登堂入室，成爲文學的一支？文學現象的改變，恆影響到文學本質的認知，千秋不易的文學定義事實上是不存在的。但是，這種種困難與限制，並不能阻撓我們對文學義界的探索；相反地，警惕我們在探索過程中要更加自制、謹愼和謙虛。到底研究一門學科，總得先對這門學科的定義和範疇，有個淸晰周延的認識。而在歷史累積下，文化交流中，此時此地文學曾如此界定，是我們探索的目標。「飛鳥之影，未嘗動也。」❶把目標鎖定在文學軌跡之一點，一個未嘗動也之影，而非與時俱進的太陽，這或許能使我們免於夸父式的悲劇。

以下，我想分別由三方面措手：文學歷史的觀察、文學現象的歸納、學科理論的探討。然後歸結出個人對此時此地文學義界的初步認識，提供學者專家作進一步研究的參考。

貳・文學歷史的觀察

首先，我們看看「文學」一詞在歷史上的演變，尤其想了解古今中外一些大師們是如何看待文學的。

一、先秦時代文學觀

在中國，先秦時代，孔門四科有文學一科。《論語・先進》：「文學：子游、子夏。」子游

❶ 見《莊子・天下》。爲「天下之辯者」所言二十一事之一。

（西元前五〇六～？）重仁重本，問孝學道❷。子夏（西元前五〇七～？）博學《易》、《詩》、《禮》、《春秋》、《論語》❸。因此，這裡所謂「文學」，可能指的是人文學養，可以由博學文獻與道統而獲致。也就是《論語·雍也》：「博學於文，約之以禮。」的意思。與今天所謂「文學」意思頗有距離。倒是孔門另外一科「言語」，意思跟今天文學相近些。《論語·陽貨》說：「詩可以興，可以觀，可以群，可以怨。」〈季氏〉篇也說：「不學詩，無以言。」注意到《詩經》這部文學作品在情懷的激發、現實的觀照、人群的溝通、怨憤的發洩等方面的功能，並且把它當作訓練語言藝術的教材。

《墨子》一書，三次提到文學。〈天志中〉：「故子墨子之有天之意也，上將以度天下之王公大人爲刑政也；下將以量天下之萬民爲文學出言談也。」天之意就是天志，可以看作自然界普

---

❷ 子游曾批評子夏之教育爲末無本，及批評子張未仁，均見《論語·子張》。子游問孝於孔子，見《論語·爲政》。以爲「君子學道則愛人；小人學道則易使也。」見《論語·陽貨》。

❸ 洪邁《容齋續筆·卷第十四·子夏經學》云：「孔子弟子惟子夏於諸經獨有書。雖傳記雜言未可盡信，然要爲與他人不同矣。於《易》則有〈傳〉，於《詩》則有〈序〉。而毛詩之學，一云子夏授高行子，四傳而至小毛公；一云子夏傳曾申，五傳而至大毛公。於《禮》則有《儀禮·喪服》一篇，馬融、王肅諸儒多爲之訓說。於《春秋》所云『不能贊一辭』，蓋亦嘗從事於斯矣。公羊高實受之於子夏。穀梁赤者，《風俗通》亦云『子夏門人』。於《論語》，則鄭康成以爲仲弓、子夏等所撰定也。後漢徐防上疏曰：『詩書禮樂，定自孔子；發明章句，始於子夏。』斯其證云。」

遍的法則。刑政要順從自然法則，文學言談也要合乎自然法則。墨子（西元前四六八～前三七六）把文學言談並列，而賦予形上的意義。〈非命中〉：「子墨子言曰：凡出言談由文學之爲道也，則不可而不先立義法。」義法就是儀法，爲標準之意。標準是什麼？〈非命中〉下文說有「三法」。是「考之天鬼之志，聖王之事」，「徵以先王之書」，「發而爲刑政，觀其中國家百姓人民之利」。推本於形上思想，考徵於歷史文化，講求實用價值。〈非命下〉：「今天下之君子之爲文學出言談也，非將勤勞其喉舌而利其脣呡也，中實將欲爲其國家邑里萬民刑政也。」再一次強調文學的實用功能。墨子三次提到文學都跟言談合在一起說；而考之聖，徵以書，和孔門視文學爲人文學養實無不同；其注重刑政實用，與孔門興觀群怨說亦相類似。

《荀子・王制》：「雖庶人之子孫也，積文學，正身行，能屬於禮義，則歸之卿相士大夫。」〈性惡〉：「今之人化師法、積文學、道禮義者爲君子。」〈大略〉：「人之於文學也，猶玉之於琢磨也。詩曰：『如切如磋，如琢如磨。』謂學問也。和之璧，井里之厥也，玉人琢之爲天子寶；子贛、季路，故鄙人也，被文學，服禮義，爲天下列士。」荀卿（西元前三一三～前二三八）之談文學，總喜歡和禮義相提並論。又說文學要講求學問，那種「博學於文，約之以禮」的認同是十分明顯的。

《韓非子・六反》：「學道立方，離法之民也，而世尊之曰文學之士。」學道立方，仍是博學道統文獻，建立行爲標準的意思。

所以，先秦時代所謂文學，指的是由博學文獻，尊重道統，從而獲致的人文學養。肯定文學的孔（孔丘，西元前五五一～前四七九）、墨、荀如此；反對文學的韓非子（西元前？～前二三三），定義依然如此。

二、兩漢時代文學觀

司馬遷（西元前一四五～前八六）在《史記》中所說的「文學」，雖然依舊作人文學養以及培養此種學養的教材解釋，但注意到其中「文章爾雅」的要素。〈太史公自序〉：「漢興，蕭何次律令，韓信申軍法，張蒼爲章程，叔孫通定禮儀，則文學彬彬稍進。」律令、軍法、章程、禮儀，固然是使人文學養稍進的階梯。及至武帝更提倡經學。〈儒林列傳〉記載：「及今上卽位，趙綰、王臧之屬明儒學，而上亦鄉之。於是招方正賢良文學之士。自是之後，言詩：於魯，則申培公；於齊，則轅固生；於燕，則韓太傅。言尚書，自濟南伏生。言禮，自魯高堂生。言易，自菑川田生。言春秋：於齊魯，自胡毋生；於趙，自董仲舒。」說明了當時所謂「文學之士」，是指研究《詩》、《書》、《禮》、《易》、《春秋》五經的經師。武帝時革新「學官」制度，〈儒林列傳〉還記錄了丞相公孫弘（西元前二〇〇～前一二一）的〈興學議〉，其中曾規定：「能通一藝以上，補文學掌故缺。」「一藝」就是一門經書。又說：「詔書律令下者，明天人分際，通古今之義，文章爾雅，訓辭深厚，恩施甚美。小吏淺聞，不能究宣，無以明布諭下。」原來以五經爲教材的目的，是讓這些在「學官」（是學館的意思）接受文學教育的官員們，能徹底明白「詔書律令」的「文章爾雅」，好教諭人民。〈儒林列傳〉下文還指出：「自此以來，則公卿大夫士吏，彬彬多文學之士矣。」可見五經更是培養人文學養最重要的教材。此外，《史記》也提到「辭」、「賦」。〈屈原賈生列傳〉：「屈原既死之後，楚有宋玉、唐勒、景差之徒者，皆好辭而以賦見稱。」可見司馬遷觀念裡，「文學」與「辭賦」是不同的。文學乃指獲致人文素養的學問；而辭賦卻是純文學作品。後來班固（西元三二～九二）承劉歆（西元前?～二三）《七略》作《漢書・藝文志》，有〈六藝略〉、〈諸子略〉，有〈詩賦略〉❹；南朝宋范曄（西元三九八～四五五）作《後漢書》，有〈儒林列傳〉，有〈文苑列傳〉。都可看出兩漢時代，學術與文藝正逐漸分途。而同為學術，儒家的六藝得以獨尊，自成一略；窮知究慮的諸子合為一略。導致「儒」「學」並行，加上「文」而成三足鼎立的局面。

❹《漢書・藝文志・序》：「光祿大夫劉向校經傳、諸子、詩賦；步兵校尉任宏校兵書；太史令尹咸校數術；侍醫李柱國校方技。……歆於是總群書而奏其《七略》，故有〈輯略〉，有〈六藝略〉，有〈諸子略〉，有〈詩賦略〉，有〈兵書略〉，有〈數術略〉，有〈方技略〉。」此圖書六分法有因人設類之意味。因劉向不諳兵書、數術、方技，故另有專人校之。其實此三略亦可入〈諸子略〉。〈輯略〉為六略之總序及總目。姚名達《中國目錄學史》云：「〈輯略〉之為《七略》之總目也無疑。推其體製，殆即《漢・志》全文，包括書目、篇卷數、及每類小序。」（臺北：臺灣商務印書館）見頁六九。

三、魏晉時代文學觀

曹丕（西元一八七～二二六）的《典論．論文》是我國第一篇專門討論文學的文章。他把文學作品稱為「文」，包含四科，說：「夫文本同而末異，蓋奏議宜雅，書論宜理，銘誄尚實，詩賦欲麗。此四科不同，故能之者偏也；唯通才能備其體。」把文學作家稱為「文人」，提到稍早的班固、傅毅（西元？～八九）；也提到當時的孔融（西元一五三～二〇八）、陳琳、王粲（西元一七七～二一七）、徐幹（西元一七〇～二一七）、阮瑀（西元一六五～二一二）、應瑒（西元？～二一七）、劉楨（西元？～二一七）。還說到「王粲長於辭賦」，「琳瑀之章表書記」，孔融「不能持論」。而「文」又可稱「文章」，所以又說：「蓋文章，經國之大業，不朽之盛事。」

到了晉代，陳壽（西元二三三～二九七）作《三國志》，在〈王粲傳．序〉中說：「始文帝為五官將，及平原侯植皆好文學。」這個「文學」已是「文」、「文章」的意思了。

四、南北朝時代文學觀

文學義界，到了南北朝，漸嚴漸細。

在文學與非文學的區隔方面，南朝梁昭明太子蕭統（西元五〇一～五三一）作出了不起的貢獻。他編選了一本文學總集——《文選》。在〈序〉中，表明四不選的原則。一是經書不選。「姬公之籍，孔父之書，與日月俱懸，豈可重以芟夷，加之翦截？」二是諸子不選。「老莊之作，管孟之流，蓋以立意爲宗，不以能文爲本！」三是辯說不選。「賢人之美辭，忠臣之抗直，謀夫之話，辯士之端，雖傳之簡牘，而事異篇章。」四是史書不選。「記事之史，繫年之書，所以褒貶是非，紀別異同，方之篇翰，亦已不同。」就這樣，把經書、諸子、辯說、史傳，一一驅逐於文學領域之外。那麼，《文選》入選的標準又是什麼呢？據〈序〉，第一要「事出於沈思」，事實出於作者深沈思考的結果。這是就作者方面說的。第二要「義歸於翰藻」，表現的義法合乎藝術的要求。包括「綜緝辭藻，錯比文華。」字句鍛鍊，篇章結構都顧到了。這是就作品方面說的。第三要「並爲入耳之娛，俱爲悅目之玩。」注意文學作品在視聽上的效果。這是就讀者方面說的。所以昭明《文選》入選的，賦、詩、騷三者，屬純文學作品，佔全書大半。其他頌贊箴銘、詔令奏記、表檄書論、哀誄狀誌等雜文學作品，也以藝術效果爲入選的準則。

在文學體式的分類方面，曹丕〈論文〉分爲四科，陸機（西元二六一～三〇三）〈文賦〉增爲十類❺。到昭明《文選》細分作三十九目❻。而劉勰（西元四六五～五二一）作《文心雕龍》，在文體

❺〈文賦〉文體十目是：「詩緣情而綺靡；賦體物而瀏亮；碑披文以相質；誄纏緜而悽愴；銘博約而溫潤；箴頓挫而清壯；頌優遊以彬蔚；論精微而朗暢；奏平徹以閑雅；說煒曄而譎誑。」

❻《文選》三十九目是：賦、詩、騷、七、詔、册、令、教、文、表、上書、啓、彈事、牋、奏記、書、移、檄、對問、設論、辭、序、頌、贊、符命、史論、史述贊、論、連珠、箴、銘、誄、哀文、哀策、碑文、墓誌、行狀、弔文、祭文。

論方面，〈序志〉所謂：「論文敍筆，則囿別區分。」〈總術〉並進一步說明「文」「筆」之異在：「無韻者筆也；有韻者文也。」《文心雕龍》自第六到第十五篇：〈明詩〉、〈樂府〉、〈詮賦〉、〈頌贊〉、〈祝盟〉、〈銘箴〉、〈誄碑〉、〈哀弔〉、〈雜文〉、〈諧讔〉，都是有韻之文；第十六到第二十五篇：〈史傳〉、〈諸子〉、〈論說〉、〈詔策〉、〈檄移〉、〈封禪〉、〈章表〉、〈奏啓〉、〈議對〉、〈書記〉，都是無韻之筆。這樣論「文」敍「筆」，非但「學」有「儒」「學」之分，「文」也有「文」「筆」之分。蕭繹（西元五〇八～五五四）《金樓子・立言》：「古人之學者有二，今人之學者有四。夫子門徒轉相師受，通聖人之經者謂之『儒』；屈原、宋玉、枚乘、長卿之徒止於辭賦，則謂之『文』；今之儒博窮子史，但能識其事不能通其理者謂之『學』；至如不便爲詩如閻纂，善爲章奏如伯松，若此之流，泛謂之『筆』。」分儒、文、學、筆爲四，其流變大致如上。

所以文學義界之嚴，是指文學與非文學的區隔而說；文學義界之細，是指文學體式之分類而言。而文學觀念的演進，到了南朝齊梁時代，已逐漸清晰了。

五、隋唐北宋時代文學觀

郭紹虞（西元一八九三～一九八四）《中國文學批評史》❼，以隋唐北宋爲中國文學觀念的復古期。

---

❼ 郭紹虞《中國文學批評史》，有詳本，有節縮改寫本。本文所據爲詳本，民國五十八年臺灣商務印書館臺一版。本段卽據詳本上册頁四至頁五郭氏之文摘要而成。

他說：唐宋古文家論文，以古昔聖人之著作為標準；北宋道學家論文，以古昔聖人之思想為標準。以著作為標準，所以雖主明道，而終偏於文；以思想為標準，所以偏於重道而以文為工具。古文家之論文，其誤在以筆為文，則六朝「文」「筆」之分淆矣；道學家之論文，其誤在以學為文，則兩漢「學」與「文」之分亦混矣。郭書並列表說明，茲抄錄如下：

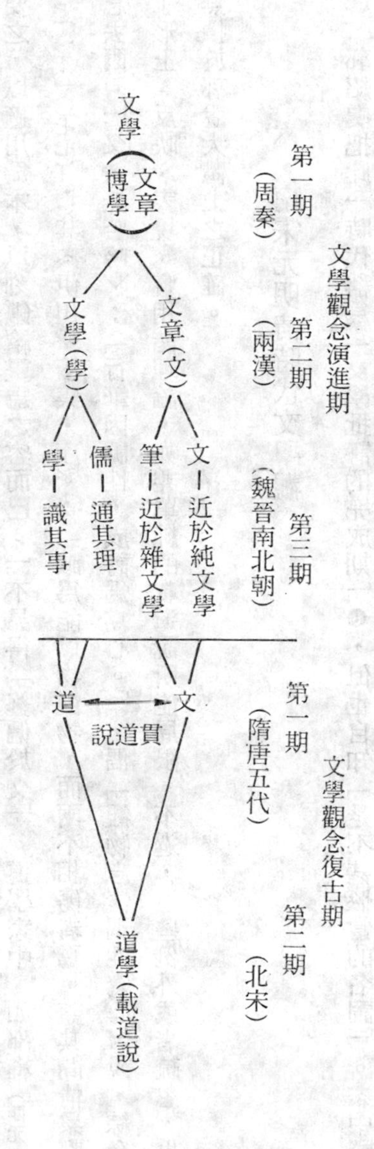

大體而言，郭紹虞此說頗能表明隋唐北宋文學觀演變的特質。需要補充的是，混合文、筆之觀念，張說（西元六六七～七三〇）等已開其端。《舊唐書．楊炯傳》附記張說、徐堅（西元六六一～七二八）之問答：「堅曰：『李趙公（嶠）、崔文公（融）之筆術，擅價一時，其間孰優？』說曰：『李嶠、崔融、薛稷、宋之問之文，如良金美玉，無施不可。富嘉謨之文，如孤峰絕岸，壁立萬仭，濃雲鬱興，震雷俱發，誠可畏也；若施於廊廟，則駭矣。闇朝隱之文，如麗服靚粧，燕歌趙舞，觀者忘疲；若類之風雅，則罪人矣。』」徐堅之問，尚稱「筆術」；張說之答，概謂之「文」。觀念上已無文、筆之分。實不必待古文家出而始混。而古文家中，如王安石（西元一〇二一～一〇八六），主「禮教治政適用刻畫」說，其〈上人書〉云：「嘗謂文者，禮教治政云爾。……要之，以適用爲本，以刻鏤繪畫爲之容而已。」不見得「終偏於文」。道學家中，如邵雍（西元一〇一一～一〇七七），其《伊川擊壤集・序》：「誠爲能以物觀物，而兩不相傷者焉，蓋其間情累都忘去爾。」又〈無苦吟〉：「行筆因調性，成詩爲寫心。」，倡「觀物忘情調性寫心」說，綜合了形上、反映、表現、實用諸理論，亦非單純的載道說所能局限。不過，這些例外或者疏忽，也無損於郭說大體上之正確。

六、南宋元明清時代文學觀

郭紹虞把此一時代稱爲「文學批評的完成期」❽，但也自知「是不甚愜當的名詞」。《中國文學批評史・自序》指出此時的文學批評，「襲用舊說，陳陳相因。」稍有特殊見解者，僅下列三點：1.「本於以前兩時期的文學理論，執其一端而益以闡發，成爲更極端的更偏向的主張。」

❽ 前揭書〈自序〉，頁二。

2.「本於以前偶一流露未遑說明的零星主張，而補苴完成以成其一家之言。」3.「調和融合以前兩個時期的文學理論之種種不同之點而折衷而打成一片。」

郭氏此論不無是處，但也未必全是。中國傳統的文學體類到南朝齊梁已很完備；文學觀念由演進期的「分」到復古期的「合」也相當齊全。因此後來只能襲用舊說，陳陳相因，做些發揚補充、調和融合的工作。此一時期，最值得注意的有：南宋嚴羽（主要活動在理宗，西元一二二五～一二六四），以詩有別裁別趣，主禪悟。對文學特別是詩的內容，以及與邏輯、學術之區別，深有見地；透露了含有表現理論要素的形上觀點，並大大提升了審美理論的高度。明袁宏道（西元一五六八～一六一〇）言「獨抒情靈」；清袁枚（西元一七一六～一七九八）把「性靈」詮釋為性情加靈機，即天性中特殊而靈敏的藝術感受力。把表現理論推向極峰。嚴羽論禪論詩都有神韻、格調二義，而為之溝通。但「神韻」說要待清王士禛（西元一六三四～一七一一）之闡發而益為圓融，彰顯了文學的美學特徵。「格調」說要待清沈德潛（西元一六七三～一七六七）之光大而獲致總結，加強了文學的規範化。明前七子李夢陽（西元一四七三～一五三〇）等主「文必秦漢，詩必盛唐」；唐宋派文人茅坤（西元一五一二～一六〇一）則提倡八大家的古文。這些擬古主義者重視的其實是技巧。清代桐城派文人如方苞（西元一六六八～一七四九）、姚鼐（西元一七三一～一八一五）對古文義法的講究，著重文學內容形式的結合。翁方綱（西元一七三三～一八一八）論詩，剖析義理文理，倡「肌理」說，對文學的思想內容和表達方法有務實的主張。他們的理論，無論是執一闡發，或折衷綜合，其基本義旨都可以由前此文學主張中追溯其源流所自。所以就此而論，郭紹虞所說不無是處。不過，郭氏完全忽略了變文、話本、戲劇、小說等新文類的出現，以至於在《中國文學批評史》中，幾乎不提小說理論和戲劇理論。就此而言，郭論實不夠全面，有所偏頗。我們試看李贄（西元一五二七～一六〇二）〈童心說〉：「詩何必古選，文何必先秦。降而為六朝，變而為近體，又變而為傳奇，變而為院本，為雜劇，為《西廂曲》，為《水滸傳》，為今之舉子業，大賢言聖人之道，皆古今至文，不可得而時勢先後論也。故吾因是而有感於童心者之自文也。更說甚麼六經，更說甚麼語孟乎？」❾李贄斥六經語孟為「道學之口實，假人之淵藪。」排諸文學之外；把《西廂曲》、《水滸傳》等戲曲、小說視為「至文」。這種議論，這種視野，竟然在十六世紀末葉產生，著實代表文學觀念的新境界，值得大書特書的。自此之後，有湯顯祖（西元一五五〇～一六一六）、沈璟（西元一五五三～一六一〇）、李漁（西元一六一一～一六八〇）的戲劇理論；葉晝（明神宗時代，西元一五七八～一六一九）、金聖嘆（西元一六〇八～一六六一）的小說理論，可惜都被郭氏忽略了。

❾ 李贄這段話，見於明萬曆本《李氏焚書》卷三。郭氏《中國文學批評史》雖在下册頁二四五引用，但只用來說明李贄對公安派的影響，並非彰顯戲劇小說的理論及其重要性。

七、民國以來文學觀

我想舉章炳麟（西元一八六九～一九三六）、周作人（西元一八八五～一九六八）、胡適（西元一八九一～一九六二）作代表。

章炳麟《國故論衡．文學總略》：「文學者，以有文字著於竹帛，故謂之文；論其法式，謂之文學。凡文理、文字、文辭，皆稱文。」

章氏以為在竹帛上寫的，乃至於在紙張上印的，全是「文」——包括紋理、文字和言辭。他反對以「華美」作為「文」的條件。說：「命其形質曰文；狀其華美曰彣。指其起止曰章；道其素絢曰彰。凡彣者必皆成文；凡成文者不皆彣。是故搉論文學，以文字為準，不以彣彰為準。」也不贊成以「文」為文飾，「辭」為達意。說：「或舉《論語》言「辭達」者，以為文之與辭，較然異職。然則〈文言〉稱文，〈繫辭〉稱辭，體格未殊，而題號有異，此又何也？」更駁斥以「感人」與否區分「文辭」與「學說」之不當。說：「或言學說文辭所由異者，學說以啓人思；文辭以增人感。此亦一往之見也。」於是列舉學說文辭都有動人者，也都有不動人者。所以「不得以感人者為文辭；不感者為學說。」章氏還把「文」分為「成句讀文」與「不成句讀文」二大類。「成句讀文」包括「有韻」「無韻」的「文辭」；「不成句讀文」包括「旁行邪上」的「表譜」、「會計」的「簿錄」、「算術」的「演草」、「地圖」的「名字」。看來章氏「文」的定義是非常廣泛的。而以上對「文字」的「法式」的討論，章氏就以為是「文學」了。章氏對昭明《文選》狹義文學觀，當然不以為然；也批評宗經徵聖的劉勰，「顧猶不知無句讀文，此亦未明文學之本柢也。」原來，章氏屬古文學派的經學大師，根據文字的「本柢」來討論文學的本義，所以不合「文」字本義的，就全不在他的眼下了。

周作人主講，鄧慕三記錄的《中國近代文學史話》，對文學的定義是：「文學是用美妙的形式，將作者獨特的思想和感情傳達出來，使看的人能因而得到愉快的一種東西。」

這個定義繼承了昭明太子蕭統的意見。所謂「美妙的形式」，相近於「綜緝辭采、錯比文華」；也就是「義歸乎翰藻」。所謂「作者獨特的思想和感情」，相近於「事出於沉思」，也相近於《文選、序》說屈原「深思遠慮，遂放湘南。耿介之意既傷，壹鬱之懷靡愬。」的思慮意懷。所謂「使看的人能因而得到愉快」，更是蕭統「並為入耳之娛，俱為悅目之玩。」意。兩人所用詞彙不同，敍述方式也不同，但對文學的觀念卻是相當一致的。

胡適在〈什麼是文學——答錢玄同〉中說：「語言文字都是人類達意表情的工具；達意達的好，表情表的妙，便是文學。」這是扣住「語言的藝術」，而說得更為淺顯明白。

八、當代兩岸文學觀

臺灣「中華學術院」出版的《中文大辭典》，〈文學〉條下列七種解釋。其中第三種是：

「近世所謂文學有廣狹二義。廣義泛指一切思想之表現，而以文字記敍之者；狹義則專指偏重想像及感情之藝術作品，故又稱純文學。詩歌、小說、戲劇等屬之。」⑩此定義廣義限於「思想」，似乎不夠廣；狹義遺漏了「散文」，卻又太狹了。恐不能代表當代臺灣學界的觀點。

王夢鷗在《文學概論》，第一章便指出文學是〈一個涵義豐富的名詞〉；第二章歷述古今中外廣義狹義各種詮說，對這些〈看家本領〉頗有嘲弄之意；第三章正式提出文學是〈語言的藝術〉。並闡釋說：「詩的——文學的本質，只是一種恰好透過『語言』——這個實用的事實而成立的美經驗。亦即因爲語言的『聲音組織』與『章句構造』這些媒介物的條件與它的潛在的要素(感情、想像、知解)互相融洽，所以它所形成的(口講或書寫)，便不同於其他表現品(一面是哲學科學一面是音樂繪畫)。對於這種藝術，我們倘若依照前人已做過的分類，亦可稱之爲『語言的藝術』。」這個定義，具體列舉了文學的媒介，是語言的聲音組織和章句構造；文學的要素是感情、想像和知解；文學的形式有口講的與書寫的；並與其他學科，如哲學、科學，以及同屬藝術的其他部門，如音樂、繪畫，作出分別。在臺灣學界，稱得上是一種較爲周延，較受重視的文學定義。

大陸出版的《中國大百科全書》〈中國文學〉分冊：「文學，藝術的基本樣式之一，亦稱語

⑩ 其他六種解釋是：一、孔子四科之一。二、謂經典也。三、(已見正文引)。四、官名。五、城名。六、《世說新語》之篇名。七、明、凌吉之字。詳見《中文大辭典》第一次修訂版、普及本第四冊，一〇〇九頁，全書第六二一五頁。

言藝術。它以語言文字爲媒介和手段塑造藝術形象，反映現實生活，表現人們的精神世界，通過審美的方式發揮其多方面的社會作用。」這定義有三個重點：1.文學是藝術的一種。它與其他藝術不同之處，在於使用的媒介爲語言文字。就作者而言，要塑造藝術形象；就語言來說，要通過審美的方式。2.文學表達的內容，客觀上是反映現實生活，主觀上是表現人們的精神世界。3.文學的功能是發揮其多方面的社會作用。《大百科》的編輯委員囊括了大陸權威學者，此定義總算把「表現人們的精神世界」列爲文學內容之一，是十分難得的。

再看一九八〇年上海文藝出版社出版的高校文科教材《文學的基本原理》，〈緒論〉於略述「歷來關於文學的基本性質與特點的見解」後，指出：「文學是一種社會意識形態」，「文學用形象反映社會生活」，「文學是語言的藝術」。此書的編者包括復旦大學、南京大學、上海師範學院、蘇州大學、華東師範大學、上海社會科學院文學研究所等六校的教師和研究員。又再看一九七九年北京人民文學出版社出版的高校文科教材《文學概論》，第一章是〈文學是反映社會生活的特殊的意識形態〉，下分三節，分別說明：「文學是社會生活的反映」、「文學是社會生活的形象的反映」、「文學是語言的藝術」。此書編者除學者外，還有黨工。二書所述文學義界反不如《大百科》周延。

九、當代西方文學觀

本節最後，要介紹西方學者關於文學的意見。在王夢鷗的《文學概論》⑪和涂公遂的《文學概論》⑫。曾引用許多西方學者文學定義，讀者可以自行參閱，輾轉相抄，殊無必要。此處要介紹的，是韋勒克 (R. Wellek) 和華倫 (A. Warren) 合著《文學論》(*Theory of Literature*) ⑬的意見。

《文學論》第二章〈文學的性質〉：「有一種方法是把『文學』解釋成所有印行的東西。」並且引用格林勞 (Edwin Greenlaw) 著《文學史的範圍》(*The Province of Literary History*) 中的話：「沒有一件和文化歷史有關的東西不是我們的範圍之內。」作爲例證。這個定義，與章炳麟所說幾乎同樣廣泛。《文學論》又說：「另外一種對於文學的解釋是將它限定於『名著』，即任

⑪ 王夢鷗：《文學概論》(臺北：帕米爾書店，一九六四年九月初版)，在第二章附注中，引用許多西方學者的意見，頁一二至一四。

⑫ 涂公遂：《文學概論》(臺北：安邦書局，一九七六年八月臺一版)，第二章〈文學的定義〉，頁二七至四六。

⑬ 韋禮克和華倫合著的《文學論》，臺灣有多種譯本。王夢鷗、許國衡合譯本，一九七六年十月由臺北志文出版社初版。本段所引，見志文初版譯本頁二九至四一。又梁伯傑譯本名《文學理論》，一九八七年六月臺北水牛出版社初版。

何題旨的著作，只要它『以文學形式來表達而著名的』。」這個定義，與章炳麟「論其法式」的「文學」義，言近而實異。因爲章氏是論「文」之爲文理、文字、文辭之種種「法式」，反對以華美、文飾、感人作爲判別的標準，與《文學論》之強調「文學形式」是大異其趣的。而《文學論》對文學一詞，眞正的理解是：「最好把它限定於文學的藝術上，那就是說，想像的文學。」並且在「組織、個人的表達、媒介的了解和利用、實用目的的缺乏、當然還有虛構性」等等方面，討論「文學」與「非文學」不同之處及其可能的例外。而結論是：「一件文藝作品並不是一個單純的事物，而是一個極度複雜的組織，它有著多種意義和關係的重複性格。」假如我們要的是一個簡單而又圓足的文學定義，《文學論》誠然令人失望；不過在文學性質的釐清上，卻有很高的參考價值。

十、小結

綜上所述，先秦時代孔門所謂「文學」指人文學養，由博學於文獲致；又有「言語」一科，乃語言藝術之訓練，以《詩經》爲主要教材。墨子不把「文學」、「言談」分爲兩科，總是合在一起說，並且以天志、聖書、民利作爲考量的標準。其視文學爲人文學養，與孔門是一致的。至於荀子、韓非子，也都承襲「文學」之人文素養義，只是荀子崇文隆禮，韓非抑文揚法，有所不同。

西漢時代，司馬遷以為律令、軍法、章程、禮儀，能使人「文學彬彬」，尤以五經最為重要。他也推崇屈原、賈誼的辭賦，這是語言藝術的代表作。到了東漢，班固《漢書．藝文志》，有〈六藝略〉代表儒家的經學；有〈諸子略〉代表各學派的思想；有〈詩賦略〉代表純文學作品。自漢武帝罷黜百家，獨崇儒學，獎掖詩賦，導致諸子衰微。《後漢書》有〈儒林列傳〉，有〈文苑列傳〉，卻沒有〈諸子列傳〉，與此似不無關係。

魏晉時，「文」、「文章」、「文學」的意思，逐漸與今天文學義接近。南北朝梁代，蕭統在《文選．序》中，排除經、史、子，把「文」限定於「事出於沈思，義歸於翰藻」，「娛耳悅目」之作，更切合於現代文學的定義了。其時文筆之辨興，導致文、筆、儒、學之四分。文近純文學，筆近雜文學，儒重通其理，學重識其事。而文類之細分，也漸趨於繁瑣。隋唐「古文運動」起，於是文筆之分復淆；北宋「文以載道」說興，於是文藝與學術又混。自此以後，以至民國，舊學商量，新知培養，其意仍多本於古人。章炳麟之釋文學，固依古文字義；周作人之文學定義，仍不出蕭統之意。至於當代，受西方分析學和文學理論的影響，文學定義雖益為深沉邃密；但要得一既能概括所有文學現象，又能符合嚴格理論分析的文學義界，我只能說聲：沒有！這也是我在作完「文學歷史的觀察」之後，必須再作「文學現象的歸納」和「文學理論的分析」的原因所在了。

叁・文學現象的歸納

假如我們想由文學現象方面歸納出文學的義界來，那麼，就必須留意文學工作者在做些什麼。包括大學文學系在教些什麼課程；文學界編印的是些什麼書籍文章；以及圖書館界劃歸文學類的，又是些什麼書籍文章。文學現象當然不止於這些；但是這些卻代表最重要的文學現象。

一、大學文學系的課程

說到大學文學系的課程，我想以中國文學系作討論的對象，選擇了臺北臺灣大學⓮、香港中文大學⓯、廣州中山大學⓰，看看各地區文學課程異同。另外，臺灣文化大學中國文學系設有文學組和文藝組⓱，正好把分組課程作個比較。從這些課程設計中，可以看出在文學教育者的心目中，文學包括些什麼，文學與文藝區別何在，以及文學的定義是什麼。

⓮ 據臺灣大學八十學年度（一九九一～九二）課程表。
⓯ 據香港中文大學一九八六～八七課程表。
⓰ 據廣州中山大學一九八二～八三課程表。
⓱ 據文化大學七十七學年度（一九八八～八九）課程表。

1. 兩岸三地中國文學課程比較：

兩岸三地中國文學系的課程，可以歸納爲以下五類，玆分類比較如下：

甲、語文學科方面：臺大有：文字學、聲韻學、訓詁學。這三科以中國文字的形、音、義爲研究對象，是傳統廣義文字學的三分。另有語言學概論，講語音、詞彙、語法，在傳統文字學之外，提供一種較新穎的語言知識，可收互補兼顧之效。上古音、衍聲音韻學，加強了語音演變的學識；金石學概論，加強了文字形體演進的學識。

香港中大於文字學、聲韻學、訓詁學之外，還開了：漢語語法、修辭學、古文字學概論、漢字流變專題研究、以及中國語文通論。

廣州中大開有：文字學、語言學概論、普通語音學、漢語音韻學、漢語語法詞彙發展概要、漢語語法理論、漢語方言調查、修辭學、古文字學、說文解字研究。

乙、文藝學術通盤介紹方面：臺大以國學導讀開頭；概論性的有文學概論、俗文學概論、國劇概論；歷史性的有中國文學史、中國經學史、中國思想史；此外有文獻學、目錄學、版本學。

香港中大開了：讀書指導、文學概論、文學專題討論、中國文學史、中國文學批評、目錄學、校勘學、詩學通論。

廣州中大開了：文學概論、中國古代文論選讀、西方文論選讀、馬恩列斯文學論著選讀、中國古代文學史、中國近代文學史、中國當代文學史、戲劇史研究、美學、藝術辯證法、電影理論研究。

丙、經史子集專著研讀方面：經部是代表根源性的經典之作。臺大開了：《詩經》、《禮記》、《左傳》、《論》《孟》導論。史部根源於經部的《尚書》、《春秋》，是記憶活動的記錄，以求眞爲重點。臺大開了：《史記》、《漢書》。子部根源於經部的《周易》、三《禮》，是理智活動的成果，以求善爲重點。臺大開了：《老子》、《莊子》、《墨子》、魏晉玄學專題討論、王陽明《傳習錄》導讀、佛典選讀。集部根源於經部的《詩經》，是意志、感情、想像等活動的產物，以求美爲重點。臺大開了：樂府詩、陶謝詩、《世說新語》、《文心雕龍》、李白詩文選、杜甫詩、韓柳文、歐蘇文、《花間集》、蘇軾詩、秦觀詞。

香港中大，經部課程有：《易經》、《詩經》、《禮記》、《左傳》、《論》《孟》選讀。史部有：《史記》、《漢書》、《後漢書》。子部有：《荀子》、《莊子》、《韓非子》、《呂氏春秋》。集部有：《楚辭》、陶潛詩、《文心雕龍》、《詩品》、李白詩、杜甫詩、韓愈文、柳宗元文、蘇辛詞、周姜詞、現代作家研究、現代文學專題研究。

廣州中大，經部課程沒有。史部只有《史記》研究。子部只有先秦諸子散文研究。集部獨多，有：《楚辭・天問》研究、李杜詩研究、《聊齋志異》研究、魯迅研究、曹禺戲劇研究、秦牧散文研究、港臺文學研究。

丁、各體文選方面：臺大有：歷代文選及習作、詩選及習作、宋詩選、詞曲選及習作、古典小說選讀、戲劇選、現代散文選、現代小說選、現代詩選。

香港中大有：文章選讀及習作、唐宋詩選、詞選、古典小說、古典戲曲、現代文學、新詩、現代散文、現代小說、創作。

廣州中大有：古代漢語、現代漢語、詩詞曲欣賞、新詩與民歌、民間文學、外國文學。

戊、共同必修科與通識課程：臺港與大陸各大學都有共同必修科之設置；港臺兩地還有通識課程。這些科目，在廣義比較文學的角度來看，不能說與文學全無關係；但是既曰「共同」既曰「通識」，則非專屬於「文學」也可知。所以置而勿論。

2.文化大學中文系文學組與文藝組課程比較

甲、語文學科方面：兩組都有文字學、聲韻學、訓詁學。文學組另有甲骨文、書法；文藝組有書法研究。

乙、文藝學術通盤介紹方面：兩組都設：讀書指導、國學導讀、文學概論、中國文學史、中國思想史、俗文學、比較文學。文學組另開目錄學、辭典學、敦煌學研究；文藝組另開戲劇概論、藝術概論、文藝美學、文學批評。

丙、經史子集專著研讀方面：文學組開了八科。經部爲《書經》、《詩經》、《左傳》；史部只有《史記》；子部只有《荀子》；集部有《文心雕龍》、杜甫詩、《紅樓夢》研究。文藝組僅開中國文學名著研究一科。

丁、各體文選方面：兩組都開的有三科：歷代文選及習作、詩選及習作、詞曲選及習作。文學組開而文藝組不開的有一科，應用文。文學組有新文藝選讀及習作；文藝組分成四科：詩選及習作、散文選及習作、小說及習作、戲劇理論及習作。

戊、共同必修科與通識課程：共同科目，兩科完全相同；另外兩組都開設計算機與資料處理，可歸入通識課程之列。

二、文學界編印的論著

玆以臺灣師範大學國文研究所的畢業論文，臺灣大學外文系主編的《中外文學》，上海文藝出版社出版的《中國新文學大系（一九二七～一九三七）》，臺北巨人出版社出版的《中國現代文學大系（一九五〇～一九七〇）》，北京出版的《中國大百科全書·中國文學分册》爲對象，略析其文類如下。

1. 臺灣師範大學國文研究所畢業論文分析

臺師大國研所自一九五七年開始，每年出版《集刊》，近年在《集刊》附錄〈歷屆論文分類目錄索引〉。包括博士論文和碩士論文。

博士論文部分是：甲、群經，包括通論、《易》、《書》、《詩》、《禮》、《春秋》。乙、語言文字學，包括文字、聲韻、語法。丙、史學。丁、諸子學。戊、文學。己、其他，包括學記、雜記、禮俗。

碩士論文部分是：甲、群經，包括通論、《易》、《書》、《詩》、《禮》、《春秋》、四書。乙、語言文字學，包括通論、說文、古文字、聲韻、國語、比較語文、訓詁。丙、史學，包括紀年、史記、歷代本紀、考佚、朔閏、地理。丁、諸子學，包括通論、儒家、法家、道家、名家、雜家、漢魏以後諸子、傳記、治道、人物志。戊、文學，包括通論、文學理論、敍錄、辭賦、樂府、詩、詞、戲曲、小說、筆記。己、藝術。庚、圖書目錄學。辛、專家研究。

顯然，臺師大國文所的文學義界採極廣泛的一種。甚至連禮俗、朔閏、地理，全可作爲文學學位論文。

2.臺灣大學外文系主編的《中外文學》分析

《中外文學論文索引》有〈分類詳表〉，分八大類：一、總類。二、文學史。三、文學理論。四、詩歌。五、小說。六、戲劇。七、散文。八、比較文學。九、其他。自二到七，每類之下，再分：通論、中國古典某某、中國現代某某、外國古典某某、外國現代某某五目。後四目下或再分通論與專論。第八類比較文學涉及翻譯、報導。第九類其他則包括：漢學研究、神話、藝術、電影、音樂、語言、作家、序跋、中外短評、雜論。

《中外文學》雖採狹義的文學定義，但是「其他」一類，顯示其具有另一種有異於傳統的廣泛的義界。

3.《中國新文學大系》分析

共二十集。一二兩集是文學理論；三四五六七八九集是小說，包括短篇、中篇和長篇；十與十一是散文；十二是雜文；十三是報告文學；十四是詩集；十五十六是戲劇集；十七十八是電影集；十九二十是史料和索引。

值得注意的是，除了小說、散文、詩、戲劇四項之外，大陸把雜文、報告文學、電影也視爲獨立的文類。

4.《中國現代文學大系》分析

共八册，詩歌二册、散文二册、小說四册。沒有戲劇，沒有電影，也不以雜文和報導文學爲獨立的文類。

5.《中國大百科全書·中國文學分册》分析

北京中國大百科出版社一九八八年第二版。其內容包含歷代文學、民間文學、少數民族文學、中國文學理論批評。各代之下，又分列作家、作品、文體、風格、流派、理論批評家、理論批評著作、文學史料、文學研究著作、文學運動及文學現象、文學論爭、文學團體、文學報刊等項目，項目多少視各時代實際情形而有不同。文體方面，共有神話、詩歌、寓言、樂府、賦、散文、駢文、聯句、傳奇、通俗文學、詞、筆記文、散曲、雜劇、南戲、八股文、話本、小說、報告文學、美文、散文詩、雜文、小品文、傳記文學、兒童文學、科學文藝等。民間文學、少數民族文學其下項目，不出此範圍。文學理論批評方面，包括理論批評觀念、理論批評形式、文藝學、文學理論、文學史、文學創作、文學作品、文學體裁、文學發展、文學鑑賞、文學批評等。

從《中國大百科全書·中國文學分册》的內容繁多看來，文學現象實在非常複雜，很難有系統又周詳地說得清楚。

三、圖書館學界劃歸文學類的作品

我想以下面四種爲例，說明如下。

1.臺灣師範大學圖書館文學類編目

臺師大圖編目，文學類自八〇〇「文學總論」始，到八九九「不分國別之翻譯小說」止，項目詳備。如省略與文學義界無影響者如歷代別集、國別文學等不計；有關於文學內容者有：文學總論、文學各論、文學史、比較文學、文藝批評、總集、別集、寫作翻譯演說、詩、賦（其他韻文）、詞、曲、劇本、散文與駢文、散文隨筆小品雜論、函牘日記雜著、小說、民間文學、兒童文學。

2.國立中央圖書館編印《中華民國期刊論文索引》

民國八十一年五月出版，第二十三卷第一期。其「8.語文類」包括：語言文字學、文學總論、中國文學、東方文學、西洋文學、美洲文學、大衆傳播學七大項。文學總論下又分：詩、戲曲、小說、寫作翻譯及演說、文藝批評。中國文學下又分：詩、賦、詞、戲曲、小說、散文、小品、雜論、隨筆、函牘、日記、楹聯及其他、各種文學、別集、個人作品、文藝批評。

3.張錦郎編《中文報紙文史哲論文索引》

臺北正中書局印行，第一册。其「伍、文學類」有：一、通論，包括文學批評、寫作、翻譯。二、文學史。三、文集。四、辭賦。五、詩。六、詞。七、曲。八、小說。九、散文、駢文、函札等。十、民間文學。十一、兒童文學。

4.北京圖書館選編《我國十年來文學藝術書籍選目》

一九六〇年北京圖書館出版，選錄一九四九～一九五九年十年間中國大陸文學藝術作品。文學部分又分：文學理論批評及研究，創作方法與創作經驗，作家、作品評論及研究，文學史及評論，詩歌、散文、戲劇、小說、民間文藝評論及研究，兒童文學評論，文學作品綜合集，詩歌、劇本、小說、散文、雜文、報告文學、民間文藝、兒童文學。

四、小結

綜觀上述文學現象，可以得到如下的認識：

就大學中文系課程來看，無論臺灣、香港、大陸，也無論文學組或文藝組，都沒有本質上的差異，只有數量上的輕重不同。中文系課程，除共同科目與通識課程外，全可歸納在：語文學科、文藝學術通盤介紹、經史子集專著研讀、各體文選這四大類中。說明了文學以語文爲媒介，必須具備一定程度的語文學養；文藝與學術間有密切關係，尤其是與國學、哲學、歷史、美學；而傳統的經史子集是現代文學的根柢，中文系學生必須熟習歷代各體文選。如果分由各地區來看：語文學科方面，臺港於傳統文字學和現代語言學兼顧並重；大陸則捨棄了傳統的訓詁學，而加強現代語言學的訓練。文藝學術通盤介紹方面，臺港注重國學、文獻學；大陸注重文學理論與美學。臺大的國劇概論，和廣州中大的電影理論研究也成了明顯的對比。在經史子集專著研讀方面，經部：臺大四種；香港中大五種；廣州中大無，連《詩經》都不要開。史部：臺大二種；香港中大三種；廣州中大一種。子部：臺大六種；香港中大四種；廣州中大只開先秦諸子散文研究。集部，臺大十種，全屬古典作品；香港十二種，十種是古典的，二種是現代的；廣州七種，三種屬古典的，四種爲現代的。古今之比例頗堪玩味。在各體文選方面，臺大古典六種，現代二種；香港古典五種，現代五種；廣州古典三種，現代三種。總的看來，臺灣最傳統，香港較中庸，大陸很現代。至於文化大學文學組和文藝組，語文學科，文學組多了一門甲骨文，其餘全一樣。通介方面，文學組重文獻學，文藝組重文學理論。四部方面，文學組八門，文藝組併爲中國文學名著研究一門。文選方面，古典的文、詩、詞曲三種，兩組都有；現代的，文學組的新文藝一門，文藝分成詩、散文、小說、戲劇四門。所以不同的也只是量的分配上，而無本質之異。

就文學界編著的書籍詩文來看，文學呈現的有各種不同的形相。臺師大國文研究所的學位論文，包括：群經、語言文字學、史學、諸子學、文學、圖書目錄學、專家研究七大類，顯然仍把文學視爲文章博學。在國文與國學間劃上等號；在文學與學術間也劃上等號。是一種極傳統極廣義的文學定義。和國文界成明顯對比者是外文界。臺大外文系主編的《中外文學》，所刊論文，有文學史、文學理論、詩歌、小說、戲劇、散文專論、比較文學，都屬文學研究範圍。相對於文學研究者爲文學創作，該刊所刊，亦多爲詩歌、小說、戲劇、散文。足見其文學觀念，趨向現代狹義的定義。在「其他」項中，有漢學研究，表示未完全擺脫傳統；又有電影，似乎有意使文學擴展到一種新的領域。大陸的《中國新文學大系》包括：文學理論、小說、散文、雜文、報告文學、詩、戲劇、電影。臺灣的《中國現代文學大系》卻只有：詩歌、散文、小說。《中國大百科全書．中國文學分册》，對中國文學活動、文學體類、文學理論和批評，有最詳盡的描述。

就圖書館學界劃歸文學之論著來看，臺灣三種雖然因對象爲圖書、期刊、報紙，因而數量上有多寡的不同，並且導致項目的詳略有異。但其項目名稱卻相當一致，概括了古今文學創作和研究。其中部分是文學課程，甚至文學刊物所疏忽的。如：寫作翻譯演講，是研究性質的；函牘日記楹聯，屬創作性質的；只有圖書館學界對圖書論文作全面歸納後，始定其位於文學之屬。大陸書目一種，對於雜文、報告文學、民間文學、兒童文學四者創作及研究，有所凸顯。

肆・學科理論的探討

在這一項目中，我想探討的有：論理學(logic)上定義之方式、文學要素間關係之分析，以及文學與非文學間界線之釐清。茲一一討論如下：

一、論理學上定義之方式

論理學上定義的作法，視目的而異，常見的有：

1. 唯名定義

僅以意義相同的文字說明此一名詞。例如宋代邢昺以「文章博學」來訓詁《論語・先進》篇中的「文學」；又如《韋氏新國際辭典 *Webster's New International Dictionary*》以「Literary culture，文字上的修養」和「Production of literary work, esp. as an occupation，文字之作品，尤指文藝。」來詮釋「literature，文學」。都採唯名定義。

2. 實質定義

標舉名物實有的性質，因以完成其定義；與唯名定義僅以文字作訓詁有所不同。如韓愈〈送孟東野序〉：「人聲之精者爲言，文辭之於言，又其精也。」指出「文辭」爲言語之精；言語又爲「人聲」之精的實有性質。英國文學家紐曼（John Henry Newman，西元一八二一～一八八八）以爲：「文學爲思想的表現。所謂思想，乃包括人心的觀念、意見及情理等等而言。」對文學的實質有更詳盡的指明。

3. 描述定義

描述名物的情況，因而明其意義，又稱說明定義。如梁元帝蕭繹《金樓子・立言》：「至如文者，惟須綺縠紛披，宮徵靡曼，脣吻遒會，情靈搖蕩。」對文學的美學情況，包括辭藻文采，音節聳聽，語言精鍊，情意感人，諸多描述說明。又如英人哈德孫（William H. Hudson，西元一八六二～一八九二）在《*An Interduction to the Study of Literature.* 文學研究入門》中說明：「文學，第一是引人入勝的題材及其處理方法；第二是以形式及其所予於人的喜悅爲要素，唯有如此，方得稱爲文學。」對文學的內容形式，也有詳細的描述。

4. 發生定義

指陳事物所由發生的要素，因而定其涵義。如《毛詩序》：「詩者，志之所之也，在心爲志，發言爲詩。」劉勰《文心雕龍・體性》：「夫情動而言形，理發而文見，蓋沿隱以至顯，因內而符外者也。」便由「詩」「文」的發生而界定其涵義。英人桑德司（Thomas Bailey Saunders，西元一八一九）在德人叔本華（Arthur Schopenhauer，西元一七八八～一八六〇）的《*Parerga* 副業集》中選出專論文學的部分，譯成英文，〈序〉中說：「假如把文學當作心智活動的程序或結果來講，那麼把文學當作藝術來談是不會錯的。」也有意就文學起於心智活動而界定其爲藝術的一種⑱。

5. 作用定義

敘述名物的作用功能，以表明此名物的意義所在。如《論語．陽貨》記載孔子的話說：「小子何莫學夫詩？詩，可以興，可以觀，可以群，可以怨。邇之事父，遠之事君，多識於鳥獸草木之名。」又如曹丕《典論．論文》：「蓋文章，經國之大業，不朽之盛事。」以及周敦頤《通書．文辭》：「文，所以載道也。」都在功能作用上發揮詩文的意義所在。西方亦不乏類似定義。遠如羅馬詩人賀瑞斯（Quintus Horatius Flaccus，西元前六五～八）在《詩藝》中指出：「神的旨意是通過詩歌傳達的；詩歌也指示了生活的道路；詩人也通過詩歌求得帝王的恩寵；最後，在整天的勞動結束後，詩歌給人們帶來快樂。」近如俄國革命文學家車爾尼雪夫斯基（Николай Гаврилович Чернышевский，西元一八二八～一八八九）在《論文學》中卷也指出：「文學既然在於解釋生活，充當抽象的純科學以及讀者大眾之間的中介人，給人一種令人高尚起來的審美享受，激起智慧有所作爲，那麼它對人們的發展多多少少總會有所影響，在歷史運動中多多少少總會起重要的作用。」

6. 因果定義

⑱ 此書有中譯本，名《文學的藝術》，陳介白譯，臺北：長歌出版社有打字重印本，引文見頁一五。

指事物所由存在之目的而言，凡由果溯因多屬此。至於由因及果，則屬作用定義。如韓愈在〈送孟東野序〉中提出「不平則鳴」的說法：「大凡物不得其平則鳴。草木之無聲，風撓之鳴；水之無聲，風蕩之鳴；……金石之無聲，或擊之鳴。人之於言也亦然，有不得已者而後言。其歌也有思；其哭也有懷。凡出乎口而爲聲者，其皆有弗平者乎！」只是不太像定義的形式。白居易〈與元九書〉：「人之文，六經首之。就六經言，《詩》又首之。何者？聖人感人心而天下和平。感人心者，莫先乎情，莫始乎言，莫切乎聲，莫深乎義。詩者，根情，苗言，華聲，實義。」由「文」而溯及「詩」，溯及「感人心」的「情、言、聲、義」，然後給「詩」下一定義，便是因果定義。美國普林斯頓大學教授亨德（Theodore W. Hunt，西元一八四四～？）在其《文學，其原理及問題（*Literature, its Principles and Problems*）》中說：「文學是透過想像、感情、及趣味，而表現思想的著作。」由果而溯因，亦屬因果定義。

7. 本質定義

這種定義，所述名物的性能，較實質定義更爲確切。有此本質屬性，方能區別於他事他物，所謂「有之必然，無之必不然」。通常由事物的類名加上種差構成。但是，一種名物的本質屬性，可以從多方面去探討，因此，這種定義法仍然有其缺憾。如顏元叔《何謂文學．文學是什麼爲什麼》，一則曰：「究竟什麼是純文學呢？一言以蔽之，卽用想像力創作的文字作品。」這裡「作品」是類名，「用想像力創造的」和「文字」是種差。再則曰：「文學是哲學的戲劇化。」

這裡「哲學」是類名，「戲劇化」是種差。二個定義，類名和種差都不相同。可見面對文學的複雜性，本質定義的局限。今天，比較能獲多數學者認同的文學定義是「語言的藝術」。高爾基（Максим Горький，西元一八六八～一九三六）在〈論散文〉中說：「文學的根本材料，是語言——是給我們的一切印象、感情、思想等以形態的語言，文學是藉語言來作形象描寫的藝術。」[19]這裡「藝術」是類名，「藉語言來作形象描寫」是種差。周樹人（魯迅，西元一八八一～一九三六）在〈摩羅詩力說〉云：「由純文學上言之，則以一切美術之本質，皆在使觀聽之人，為之興感怡悅。文章為美術之一，質亦當然。」略含文學為文章之美術意。王夢鷗則直指文學為「語言之藝術」，詳已見上文說「當代兩岸文學觀」，此不贅述。

以上七種形式定義下所舉文學的定義，有些是跨越於此種形式之外的。這是因為這些定義的原作者只想為文學下一定義，原非為定義形式作範例；而我個人也只因這些文學定義在形式上與某種相近，就引以為例。同時，這也啓示我們：以上七種定義形式，各有所局限。欲求一更周延的文學定義，還必須由「文學要素間關係」跟「文學與非文學間界線」再作分析，始可獲得。

---

[19] 高爾基：〈論散文〉，見周揚編：《馬克思主義與藝術》，解放社一九四九年版，頁一一八。

二、文學要素間關係之分析

藉文學要素之歸納，從而爲文學下一定義，早已有人嘗試過。趙景深《文學概論講話》[20]第一章〈文學的定義〉，首先指出文學有五要素：文字、思想、情感、想像、藝術。並定義如下：「文學是爲了要寫點什麼，因而把作者自己的想像通過了情感用藝術方法寫成的文字。」這定義強調想像，忽略了寫實；強調自己，忽略了客體，所言五要素，當然不夠全面。我的老師李辰冬先生，在《文學欣賞的新途徑》中，有〈什麼叫文學〉一文，說：「凡作者的意識用意象來表現，而表現時以文字爲工具的謂之文學。從這個定義，可以看出文學有五種要素：一是作者；二是意識；三是意象；四是表現；五是文字。」這兒所謂「意象」，就是「由作者的意識所組合的形相」[21]。於「作者的意識」外，兼顧自然界和社會上各種「形相」，這是李先生比趙景深的定義較周延處。不過，趙氏由要素推得定義，用的是歸納法；李氏由定義推出要素，用的是演繹法：都偏重推理，忽略事實的分析。

美國康奈爾大學教授艾布拉姆斯(M. H. Abrams)在《鏡與燈——浪漫主義文論及批評傳統

---

[20] 臺北長歌出版社本作者故意作「趙影深」，書名也改爲《文學原論》，引文見長歌本頁一二。

[21] 李辰冬：《文學欣賞的新途徑》，一九七〇年七月，臺北：三民書局初版本，引文在頁三三。

(*The Mirror and the Lamp: Romantic Theory and the Critical Tradition*)一九五三》㉒中，明確提出文學四大要素：作品、宇宙、作家、讀者，並由此闡論文學的「客觀說」、「模倣說」、「表現說」、「實用說」。

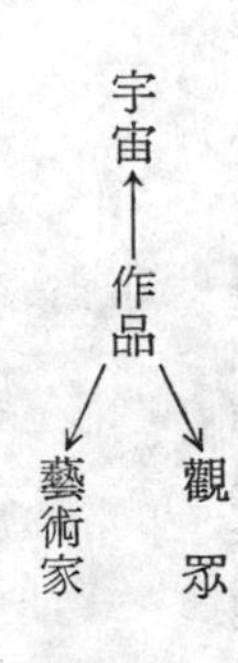

依照這四種說法，可以推出如下的文學定義：文學是用文字構成的獨立而圓足的藝術品（客觀說）。基本上是對世間萬物的模倣（模倣說），與強烈情感的自然流露（表現說），以引發讀者的共鳴爲目的（實用說）。

艾布拉姆斯這個有名的文學結構圖表，引起一連串的調整和補充，重要的有下列三家：

㉒ 艾布拉姆斯原著，酈稚牛、張照進、童慶生合譯：《鏡與燈》，一九八九年十二月，北京大學出版社初版，所述見頁一至四〇。

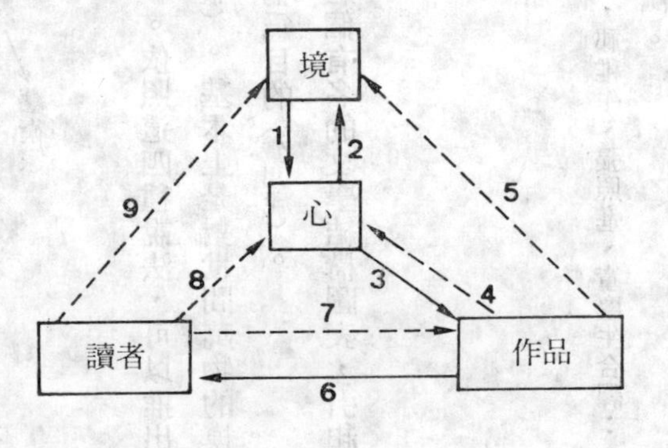

施友忠《二度和諧及其他》㉓，以心取代作者，以境取代宇宙，並以心作爲文學結構的核心，把圖改成上面的樣子。施氏說：1是心感於物的感。2是感於物而動的動。3動的結果，便

㉓ 施友忠：《二度和諧及其他》，一九七六年七月，聯經出版事業公司初版，所引見頁一一〇至一一二。

「發言爲詩」——作品。4作品既是心所創造，自然表現了心內在的情志。也就是我國「詩言志」的意思。5作品所含的客觀世界（境），是經過凹凸曲折的心鏡的折光作用後呈現出來的。作品表現作者心中的情志時，未必能如實的表現。作品不能如實呈現心境與外境，所以4與5用的都是虛線。6作品對於讀者的影響。7讀者讀一首詩，或懂或不懂，但總想知道詩中說的是什麼。8讀者可以意逆志，推測作者的原意。9讀者也要從作者的身世，其所處的社會、時代，以求了解他的詩。7、8、9究竟是外在的因素，所以用的都是虛線。依據施氏所說，可得如下的文學定義：文學是作者心感於物，而有所動，於是發言（包括口頭語言與書面語言）爲詩（包括一切文學作品），以呈現心物交融，已非如實的心境與外境；並引發讀者以意逆志，推測作者原意，或從作者身世，以求了解其作品，作品對讀者於是有教訓或愉悅等種種影響。值得注意的是，依施氏之說，文學不僅是作者的創作活動，也包括讀者欣賞活動在內。

劉若愚在《中國文學本論（*Chinese Theories of Literature*）一九七五》㉔中，將這四個要素重新排列，成爲圓周雙循環的形式。

㉔ 劉若愚：《中國文學本論》，賴春燕譯作《中國人的文學觀念》，臺北：成文出版社，一九七七年二月初版；杜國清譯作《中國文學理論》，臺北：聯經出版事業公司，一九八一年初版，附圖在杜譯本頁一三。

宇宙
作家
作品
讀者

於是四個要素之間，成爲整個藝術過程的四個階段。在第一階段，宇宙影響作家，作家反映宇宙。由於這種反映，作家創造作品：這是第二階段。當作品觸及讀者，它隨卽影響讀者：這是第三階段。在最後一個階段，讀者對宇宙的反應，因他閱讀作品的經驗而改變。由四要素與四階段的分析，劉氏發展出：形上論、決定論、表現論、技巧論、審美論、實用論。其文學定義如下：文學爲宇宙原理的顯示（形上論），是政治與社會的反映（決定論），亦是人類性情感受的表現（表現論），它是以語言爲材料的精心構作（技巧論），給讀者以美感（審美論），文學可以是達到政治、社會、道德或教育目標的手段（實用論）。劉氏《中國文學本論》，就是以此六論來說明中國人的文學觀念的。

葉維廉在臺北東大圖書公司印行的《比較文學叢書・總序》㉕於「作者」、「世界」、「作品」、「讀者」之外，加上第五個要素：「語言領域（包括文化歷史因素）」。這是確有必要的增加，可以使文學與其他藝術有足夠的區別。而劉若愚簡單明瞭的圖表，經葉維廉的補充，也複雜豐富起來。葉氏的雄心壯志，是站在比較文學的高角度，挾其對文化學、社會學、語言學、詮釋學、美學、哲學的廣泛涉獵，把形式主義、結構主義、現象主義、原型批評、新批評等理論，全融入這繁富的圖說中。就在這個圖說中，可以發現葉氏文學的定義是這樣的：作者通過文化、歷史、語言，去觀察感應世界，包括自然現象、人事層、作者內心世界等，並將觀感世界所得的經驗，即所謂「心象」，特別是「具體的普遍性」和「壓縮過的經驗」等，藉由文字作媒介，運用藝術安排設計，及相應變化的語言策略，將它呈現表達出來，跨越了觀感的時空差距，融入讀者心理的組織，所成的一個有一定律動的、自身具足的、能與讀者感通的藝術品。並且各種文學理論，也都佔有適當地位。包括：甲、觀感運思程式的理論。乙、由心象到藝術呈現的理論。丙、傳達目的與效用理論。丁、讀者對象確立的理論。戊、作品自主論。己、傳達系統自主論。庚、起源論與決定論。

雅克愼（Roman Jakobson，西元一八九六～一九八二）在《語言學與詩學（*Linguistics and Poetics*）

㉕ 葉維廉：《比較詩學》，臺北：東大圖書公司，一九八三年二月初版。〈總序〉在頁一至二四。

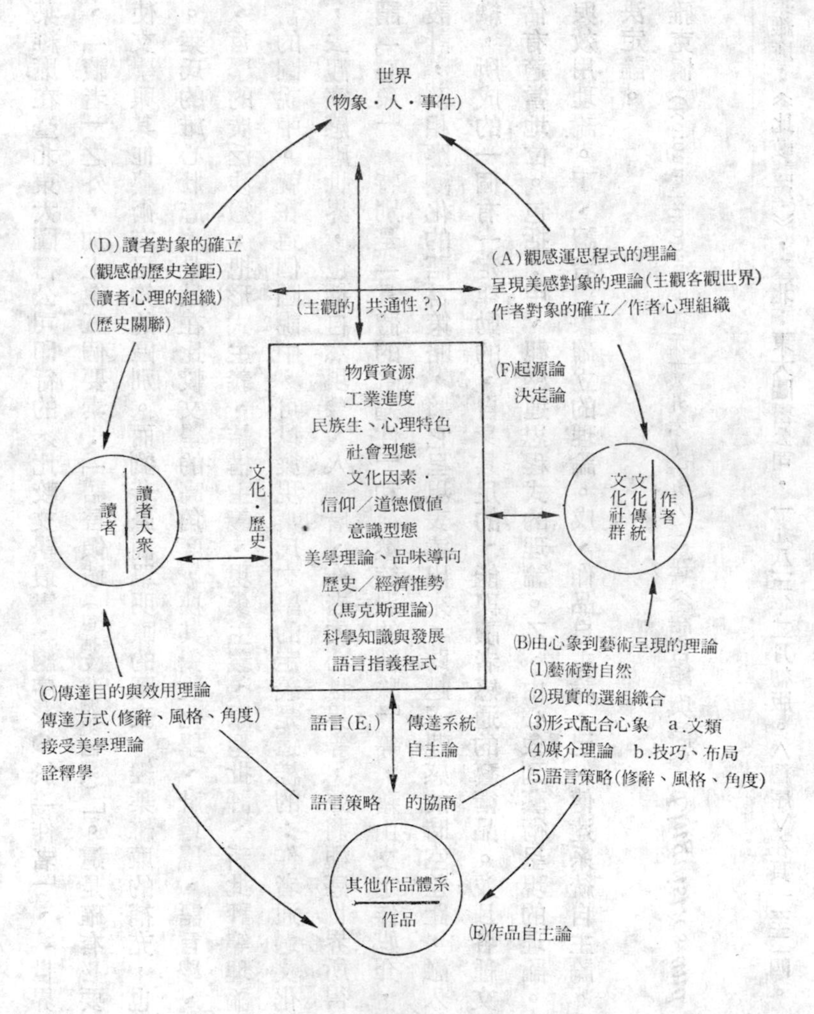
世界
(物象・人・事件)
(D)讀者對象的確立
(觀感的歷史差距)
(讀者心理的組織)
(歷史關聯)
(A)觀感運思程式的理論
呈現美感對象的理論(主觀客觀世界)
作者對象的確立/作者心理組織
(主觀的 共通性?)
(F)起源論
決定論
物質資源
工業進度
民族生、心理特色
社會型態
文化因素・
信仰/道德價值
意識型態
美學理論、品味導向
歷史/經濟推勢
(馬克斯理論)
科學知識與發展
語言指義程式
文化・歷史
讀者
讀者大衆
文化社群
文化傳統
作者
(B)由心象到藝術呈現的理論
(1)藝術對自然
(2)現實的選組織合
(3)形式配合心象 a.文類
(4)媒介理論 b.技巧、布局
(5)語言策略(修辭、風格、角度)
(C)傳達目的與效用理論
傳達方式(修辭、風格、角度)
接受美學理論
詮釋學
語言(E1)
傳達系統
自主論
語言策略 的協商
其他作品體系
作品
(E)作品自主論

一九六〇》中，提到〈語言六面六功能模式及對等原理〉，有如下之圖表[26]：

指涉
CONTEXT

話語
MESSAGE

說話人 ———— 話語的對象
ADDRESSER ADDRESSEE

接觸
CONTACT

語規
CODE

指涉功能
REFERENTIAL

抒情功能 詩功能 感染功能
EMOTIVE POETIC CONATIVE

線路功能
PHATIC

後設語功能
METALINGUAL

把艾布拉姆斯文學結構圖，和雅克愼此圖綜合起來，並略作修改，可得左圖：

㉖ 參考古添洪：《記號詩學》，臺北：東大圖書公司，一九八四年七月初版，頁二一〇。

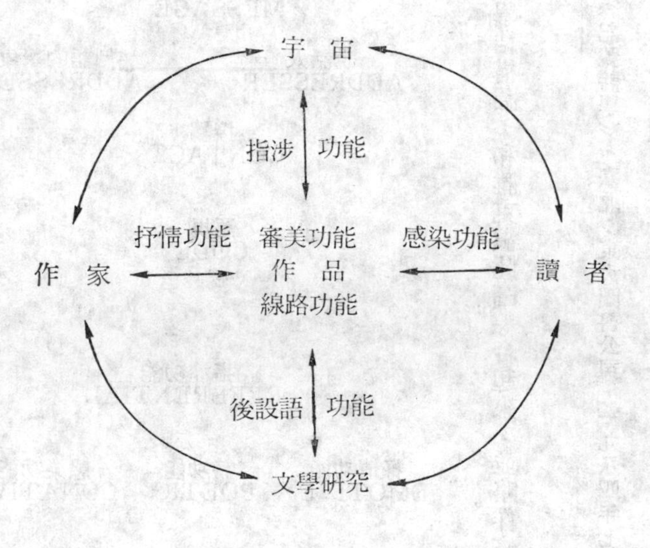

把雅克愼所說的「語規」改爲「文學研究」，二者意義當然不同；但以「文學研究」與「後設語功能」相配合，卻可能比「語規」更恰當些，也更周延些。而且它提醒我們，文學不僅限於「文學作品」，而且更應包括「文學研究」在內。這對下面爲文學下定義大有幫助。

三、文學與非文學間界線之釐清

上文已提到梁昭明太子蕭統編集《文選》，首將經、史、子部，排諸文學之外。蕭統認為史部「所以褒貶是非紀別異同」，子部「以立意為宗」，都與「以能文為本」的「篇翰」有所不同。這就在非文學的史子，與文學篇翰間劃出界線來。中國傳統上的經史子集圖書四分法，不但是實際上圖書歸類的結果：西晉荀勗領祕書監，整理國家典藏的圖書，著《中經新簿》，用四部分類；荀勗所據曹魏鄭默的《中經》，很可能也是以四部分類的：說明了四部是當時典藏圖書實際歸類的結果，也說明了梁蕭統《文選．序》之言可能受到圖書四分法某種程度的影響。而且，在理論上四部也確能分別四種圖書不同的性質：經部代表先秦根源性的古代典籍。由《尚書》、《春秋》發展出後世的史部，為記憶活動的成果，以求眞為目標；由《周易》與《禮》發展出後世的子部，為理智活動的成果，以求善為目標；由《詩經》發展出後世的集部，為感情活動的成果，以求美為目標：說明了集部與史子性質上的不同，正是文學與非文學界線之所在。

饒有現代趣味的學科分類法是由十九世紀法國哲學家孔德（Auguste Comte，西元一七九八～一八五七）提出的，孔德在實證主義的基礎上，指出在數學、天文學、物理學、化學、生物學、社會學之間，有著層遞的關係。劉述先在《新時代哲學的信念與方法》引述孔德之說，略加修正補充，作成下表：

學哲
價值科學
行爲科學
生物科學
物理科學
形式科學

並加闡釋，略云：表列所謂的形式科學大體包含數學與邏輯。所謂的物理科學則包含物理、化學、天文。其次所謂生物科學則包括一般生物、動物、植物、生理、生化等等的學問。至於行爲科學，這是專門以人的行爲爲研究對象的科學，一方面是政治、經濟、法律，另一方面則是社會、人類、心理學的合流。大體卽是我們一般稱之爲社會科學的領域，主要的目的還是在求事實的了解。價值的觀念在形式科學與實證科學中隱而不顯，價值科學才把它們當作主要的研究對象。搜集有關價值的事實，由分殊中找出它們共同的徵狀，進一步來確定價值的本性，甚至企圖決定價值的理想，是一門全然跨界的學問。大體說來，科學的對象是事實；哲學的對象是理想。科學的目的在建立知識；哲學的目的在品評智慧。深刻的史識和透闢的哲學智慧才能爲人類覓得指路的南針[27]。

---

[27] 劉述先：《新時代哲學的信念與方法》，臺灣商務印書館，一九六六年八月初版，頁二二六至二二八。

現在的問題是：文學在這種學科分類法中，位居什麼層次？它與下一層次的區別何在？與上一層次區別何在？與同層次的其他學科分別又何在？

個人看法是：文學是藝術之一支，藝術牽涉到美醜價值的判斷，與牽涉到善惡價值的判斷的倫理學都屬於價值學科。我所以不稱爲價值科學，而稱之爲價值學科，是因爲它不能以數量、定理、定律的形式來反映價值的本質。下面分別談談：文學與各種科學的區別、文學與其他價值學科的區別、文學與哲學的區別。

1.文學與各種科學的區別

有些哲理散文，如《管子》、《韓非子》，每像代數方程式般展開其雄辯；或如幾何公理證明般推明其論斷。有些敍事散文，如《莊子．列禦寇》：「秦王有病召醫，破癰潰痤者，得車一乘；舐痔者，得車五乘：所治愈下，得車愈多。子豈治其痔邪？何得車之多也！」用上了邏輯中的共變論式；又如《世說新語．言語》記孔融對陳煒說的：「想君小時必當了了。」用上了邏輯中的三段論法。還有，某些化學變化，中國錬丹家以詩歌方式來表達，如東漢魏伯陽的《周易參同契．丹鼎歌》：「河上奼女，靈而最神。得火則飛，不是塵埃。……將欲制之，黃芽爲根。」河上奼女是水銀，黃芽是硫黃，此段說的正是水銀和硫黃化合變成硫化汞的過程。而古人談到人文，常喜和天文相提並論。《周易．彖傳》：「觀乎天文，以察時變；觀乎人文，以化成天下。」後來劉勰著《文心雕龍》，固據此成其〈原道〉；《二十五史》中，像李百藥《北齊書．文苑傳・序》、魏徵《隋書・文學傳・序》，也引此來說文學㉘。其他，如史詩、歷史演義、傳記文學之於歷史；山水詩、遊記之於地理；詠物賦、田園文學之於生物與無生物；社會寫實小說之於社會學；心理分析小說之於心理學……它們之間，實在都有相當錯綜複雜的糾纏，到底該如何區別？茲就對象、作者、媒介、讀者四項分析如下：

甲、就「對象」方面言：文學要表達的是美感經驗，一個應然或想當然的世界，常由內心世界和外在世界交互融合而成。文學家的表達對象，是經過作者主觀選擇、提煉、補充、重組、融合、修飾的外在世界，注入了作者個人的情感、想像、甚至於虛構，最後形成了物我合一的美感世界。文學家筆下，日月山川、龍鳳草木、鬼神人物，這些個別事物每具備某種永恆性與普遍性，此「普遍象徵」所以成爲可能。而文學作品中一些典型人物，如莎士比亞（William Shakespeare，西元一五六四～一六一六）筆下的哈姆雷特（Hamlet），魯迅（周樹人，西元一八八一～一九三六）筆下的阿Q，之與歷史傳記人物之不同，亦正在文學典型人物具有永恆性與普遍性，而歷史傳記人物只需依其個人眞實事跡作正確的記錄。

科學家的表達對象，是眞實的客體，一個實然的世界。天文學研究的是天體的位置、分布、

㉘《文心雕龍・原道》：「觀天文以極變，察人文以成化。」《北齊書・文苑傳・序》：「夫玄象著明，以察時變，天文也；聖道立言，化成天下，人文也。」《隋書・文學傳・序》更直引：「易曰：『觀乎天文，以察時變；觀乎人文，以化成天下。』」

運動、形態、結構，及其起源與演化。地理學研究的是地球表層的自然現象和人文現象。物理學對象是物質的基本結構及其運動。化學研究對象是物質的組成、性質及變化。生物學研究動物、植物、微生物的生命結構及其功能。社會學通過社會關係和社會行為來研究社會結構與功能。心理學研究認識、情感、意志等心理過程，和能力、性格等心理特徵。科學家就事論事，不會在實然世界的描述中摻入主觀的情感，也不會把想像當作事實。科學家通過假設、求證，觀察、實驗，分析、綜合，歸納、演繹等方法，把客體的眞相系統化、數據化，形成某些規律，如天體運動的規律、物質變化的規律、社會發展的規律、心理活動的規律等。並且把這些規律恰如其分的敍述出來，形成定理定律。科學家歸納許多具體現象，得到一般的本質和規律；但是不會賦予個別現象以永恆而普遍的象徵意義。

乙、就「作者」方面言：文學以性靈爲主，受作者人格的影響，包括個人的文化背景、時空環境、家族遺傳、身心狀態、觀念、意志、情緒等，每訴諸個人直覺，並且經常把個人的喜怒哀樂投射在作品中。

科學卻以考證爲憑，不摻雜作者喜怒哀樂於作品中。像句股弦定理，《周髀算經》說：「句廣三，股修四，徑隅五。」漢趙君卿注：「句股各自乘，併之爲弦實，開方除之，即弦也。」以及希臘數學家畢達哥拉斯（Pythagoras，約西元前五八〇～前五〇〇）找出一系列滿足直角三角形三邊關係的數，如：「3、4、5」，「5、12、13」，「6、8、10」，「8、15、17」，「11、60、

61」等。他們的敍述，容有學術水平的差異（畢氏不了解無理數，所擧之例限於整數），但無關於作者個人人格的因素。

丙、就「媒介」方面言：文學使用的是大眾所能了解的語言，溝通、再現、共鳴，是作品必要的條件。經常運用能喚起讀者感官印象的意象語，以具體生動的形象間接暗示種種概念思想。有時還故意使用模稜語，使語意益發豐富。注意文體的格律和積極的修辭，講究內容形式間的有機結合，行文具有美感的成分。

科學使用的爲抽象的概念語言與某些特定符號，直接指出事物存在的因果、演變及其規律。有時符號和意義之間，有一對一的對應關係，絕無歧義。科學語言重點在簡明、精確、有條理。只需顧到消極修辭，避免詞不達意；不必注意積極修辭與文章的美感。

丁、就「讀者」方面言：文學訴之於讀者的感官與想像，要求切合讀者的理解力，讓讀者產生共鳴。它以永久的趣味使讀者樂意一讀再讀。《詩經》、《楚辭》時代的科學成就，雖只剩下歷史的回憶；但《詩經》、《楚辭》等文學作品卻仍在現代煥發著燦爛的光輝。而讀者從文學作品中得到的，可能是情緒的宣洩與愉悅、性靈的陶冶、智慧的啓發。

科學訴之於讀者的理智與求知欲，但不很在乎廣大群眾的了解與否。白居易的樂府詩固求「老嫗能解」；但是愛因斯坦（Albert Einstein，西元一八七九～一九五五）的「相對論」只要少數專家了解就行了。科學是眞理的暫時容器，當新的發明、新的理論出現，舊的常常就被拋棄，在記憶中淡出。在量子論的無規則性的挑戰下，相對論就有演變成統一理論的可能。霍金（Stephen William Hawking，西元一九四二～　）等正朝此方向努力㉙。讀者從科學中獲得的，可能只是對事物一時的了解。

2.文學與其他價值學科的區別

所謂價值學科，是指研究價值的性質、構成、類型、標準及其評價的一些學科。主要從主體的需要和客體能否滿足及如何滿足主體需要的角度，考察和評價各種物質的、精神的現象和人們的行爲，對個人、社會、生態及整個生存環境所產生的影響與意義。廣義的價值學科包括經濟學、法學、政治學、倫理學、美學、神學等等。也有將前三種劃歸行爲科學，最後一種劃歸哲學的。事實上所有價值學科都跨入相鄰的科學和哲學兩大領域。在此我只想對文學與倫理學、文學與其他藝術，明辨其區別。

先說文學與倫理學的區別。

倫理學研究道德的根源與本質，並對人的思想、言語、行爲的道德成分進行分析，探討其善惡是非，作爲道德判斷的標準，並以此修養身心、規範言行。

㉙ 霍金的《*A Brief History of Time*（時間簡史）》以及霍金參與合著的《*The Large Scale Structure of Spacetime*（時空大規模結構）》對統一理論有所說明。參閱中文版《讀者文摘》，一九九二年七月號。

文學和各種藝術都以美為最高原則；而倫理學則以善為最高原則。美與善、醜與惡，本來就有內在的、有機的聯繫，加上在「文以載道」㉚觀念下，中國古典文學作品中頗多有關倫理的議論文，使兩者界線益難釐清。歷史上以倫理論文為文學乃一既成事實，自當承認其存在；今天要區別倫理學與文學，除了最高原則，達善與達美之不同外，還要注意到：倫理學使用概念語言，注重分析與判斷，理論性強，對人類行為有指示與規範的效果；文學使用形象語言，注重想像、創造與欣賞，藝術性強，對人類行為止於暗示與啓發的作用。

再說文學與其他藝術的區別。

所謂藝術，指人類通過審美創造活動，將精神世界和現實世界作有機的融合，並以形象的方式使之呈現。通常包括以下五類：一、表情藝術，如音樂、舞蹈。二、造型藝術，如繪畫、雕塑。三、語言藝術，如文學。四、綜合藝術，如戲劇、影視。五、實用藝術，如工藝，建築。

文學和所有其他藝術一樣，要以形象來呈現內容世界。但是形象的媒介卻各有不同。文學以語言文字為媒介，讀者通過認識活動，理解了語言文字傳達的意義，才能在觀念和想像中，再現作者所描繪的藝術形象。所以文學對藝術形象的創作和感知都是間接的。必須更依賴審美想像力、創作力、和再創作力。較之其他藝術：音樂以聲音的節奏旋律，舞蹈以人體的動作表情，繪

㉚「文以載道」，許多人以為是韓愈說的，其實是宋代的周敦頤。《通書・文辭》：「文，所以載道也。」

畫以線條色彩，雕塑以立體材料，戲劇以語言、音樂、舞蹈、佈景，影視綜合了聲光：它們或可聽，或可看，或兩者兼之，其形象都是可以直接感知的，相對地，它們所受時空限制也更直接。文學，由於其感知的間接，時空限制較小，媒介的使用最方便、最靈活，因而具有極為豐富的藝術表現能力，與最為遼闊的藝術主題內容。這些都是文學與其他藝術不同的地方。

3. 文學與哲學的區別

對宇宙人生各種問題，作深入反省與全般研究，尋求其最普遍、最根本的規律，並且形成有體系的理論，叫做哲學。西方哲學講宇宙論、講本體論、講知識論、講價值論。中國哲學研究的重點則落在：世界本源問題、天人關係、名實關係、知行關係、動靜關係、和古今之變上。

文學和哲學，無論中西，始終有些糾纏不清。中國的《孟子》、《荀子》、《莊子》、《韓非子》，是哲學名著，也是優美的文學作品，固然人人都如此說。卽使某些公認為「辭賦」的，如屈原的〈天問〉，對宇宙起源、自然現象、神話傳說、歷史、人生，發出一百多個問題，難道無關哲學？西方如希臘哲學家柏拉圖（Plato，西元前四二八～前三四八）的《理想國》、塞諾芬（Xenophon，西元前四三四～前三五五）的《回憶錄》，幾乎沒有一本西洋文學史會忘了提到。而法國柏格森（Henri Bergson，西元一八五九～一九四一）那本在一九二七年獲得諾貝爾文學獎的作品：《創化論》，得獎理由是：「豐富活躍的思想與出類拔萃的表現方式」，卻十足是本哲學性質的書。諾貝爾文學獎一九五〇年得主羅素（Bertrand Russell，西元一八七二～一九七〇）是擁護人道主義的哲學大師。一九五七年得主卡繆（Albert Camus，西元一九一三～一九六○），一九六四年得主沙特（Jean-Paul Sartre，西元一九○五～一九八○），他們兩人的作品，使全世界的知識界，在幾乎長達一世紀的時間中，風靡於存在主義這個名詞的哲學概念中。文學與哲學之密切不可分的關係，於此可見。文學家在體驗生活之餘，可以從哲學那裡去尋求文學主題的啓發和靈感，以貞定自己的思考及觀念，從而提升文學作品的高度。哲學家也可以從文學中感受許多原始的直接的生命情態和宇宙關懷，從而補充了或修改了自己對宇宙人生了解的欠缺或偏差，使自己能更眞實更深入地表達對宇宙對生命的了解。甚至可以藉文學形式來表達自己的思想觀念，就像卡繆在《異鄉人》、《黑死病》中，沙特在《嘔吐》、《自由之路》、《蒼蠅》中所已經採取的，從而把文學作品提升到哲學理境的層次，也增加自己哲學理念的深度。

現在，必須把目光從文學與哲學交集的模糊地帶移向兩端，發現文學與哲學還是有些區別的。文學表現生命和宇宙情態，落實於現象界中；哲學通過對生命和宇宙情態的了解，進而追求其意義所在，超越於現象界之上。文學家把自己投入作品中，使自己主觀的意念和情緒，與客觀世界合而爲一，卽使在被稱爲「客觀敍事觀點」的小說中，作者事實上仍是故事的目擊者，或實際參與者，哲學家卻必須置身於事實之外的高處，作一位冷靜的研究者，對現象作觀察、分析、歸納，甚至對自己的思維，也使之成爲內省的客觀對象。文學在生命和宇宙的複雜現象中，選擇具有象徵意義的個例，並用形象語言具體呈現其典型；哲學注意生命和宇宙的普遍性，用概念語言抽象地概括其規律。文學作品以動人心魄爲主要目的，然後才希望啓人沈思；哲學作品以啓人沈思爲第一要義，至於動人心魄，乃其餘事。

四、小結

在「學科理論的探討」標題下，我已分三點討論，可以獲知：

論理學上的定義，無論是唯名定義、實質定義、描述定義、發生定義、作用定義、因果定義、本質定義，都只能就文學某一部分性質或某一片段現象作界說，因而有所局限。而且可能因主觀觀點和客觀場合的差異，產生不同的定義，影響定義的公正和周延。即使兼顧這七種定義而作綜合界說，但是因爲這七種定義並非針對文學諸要素特別設定，仍舊不能如預期般地給人一個圓滿充足的文學定義。

再就文學要素、相關功能，以及彼此關係來分析。艾布拉姆斯提出文學四要素，是：作品、宇宙、藝術家、觀眾。並以作品爲中心，先作客觀研究，然後就作品模倣宇宙、作品表現作者、作品感動讀者立論，可說是「作品中心說」。施友忠以「心」取代「作者」，以「境」取代「宇宙」。不只注意到心與境、心與作品、心與讀者的關係；更注意到境、作品、讀者三者之間的相互關係。文學不僅是作者創作活動，也包括讀者欣賞活動，這是施氏之說特別之處。劉若愚把四要素從放射形式，改爲圓周雙循環形式，構成藝術過程四階段，並把形上論、決定論、表現論、技巧論、審美論、實用論，融入四階段中。葉維廉於四要素：作者、世界、作品、讀者之外，加上第五種要素：語言，並包括文化歷史因素在內。這是相當必要的，使文學足以區別於其他藝術。葉氏和艾布拉姆斯等一樣，注意到各種文學理論與諸要素間的關係。而我個人，參考了雅克愼的意見，於作品、宇宙、作家、讀者四要素外，加上文學研究爲第五要素。作品是文學的中心，與其他要素間有互動的關係。而外圍的作家、宇宙、讀者、文學研究間的關係也是互動的。五要素間顯示了文學六功能，都賴語言始爲功。文學，本來就是語言的藝術。

說到文學與其他學科的界線，先從文學與科學區別說起。文學表達的是美感經驗，作者內心世界和外在世界的融合，所描寫典型人物可能具有永恆性和普遍意義；科學表達的是眞實客體，一個具體的實然的世界，不摻作者主觀因素於內，並從個別的現象中，歸納出一般的本質和規律。文學使用的是形象鮮明的藝術語言，注意文體的格律與積極修辭；科學使用的是抽象的概念語言與一些特定符號，注意語意的精確、簡明、條理。文學以永久的趣味訴之於讀者的感官與想像，能陶冶性情、啓迪智慧；科學是眞理的暫時容器，訴之於讀者的理智與求知心，使了解事實，增進知識。次說文學與倫理的區別。文學使用形象語言，注重想像、創造與欣賞，藝術性強，對人類行爲止於暗示與啓發的作用，以達美爲目標；倫理學使用概念語言，注重分析與判斷，理論性強，對人類行爲有指示與規範的效果，以達善爲目標。然後說文學與其他藝術的區別。文學以語言文字爲媒介，間接傳達作者所描述的藝術形象，具有極豐富的表現能力與最遼闊的主題內容；其他藝術藉聲、光、動作、線條、立體材料等爲媒介，直接呈現作者所表達的藝術形象，因此所受時空限制也較直接。最後說到文學與哲學的區別。文學落實於現象界中，物我合一；哲學超拔於現象界之上，物我皆爲研究對象。文學以形象語言爲事物塑造典型，作爲生命與宇宙現象的縮影；哲學以概念語言概括生命與宇宙現象的普遍規律。文學重動人心魄；哲學重啓人沉思。一個精確的文學定義，必須恪守此分際。

論理學定義方式的檢討，可使文學定義更周延；文學要素間功能關係的分析，可使文學定義更圓滿；文學與其他學科間界線的釐清，可使文學定義密合其範疇。對一個精確圓滿周延之文學定義而言，三者效用在此。

伍•結語

就文學歷史觀察，先秦時代所謂「文學」，指的是人文學養，由博學於文而獲致。孔子於「文學」之外，另有「言語」一科，以《詩經》爲教材，注重語言藝術；墨子卻總把「文學」、「言談」合在一起說。西漢仍以五經、律令、軍法、章程、禮儀爲「文學」；而把屈原、賈誼用楚辭形式寫的作品名爲「辭賦」。東漢班固《漢書·藝文志》有〈六藝略〉，有〈諸子略〉，有

〈詩賦略〉，「儒」「學」「文」逐漸分途，鼎足而三。魏晉時純文學觀念漸萌，南朝梁蕭統編纂《文選》，排除經史子部，把「文」限定於「事出於沈思，義歸於翰藻」、「娛耳悅目」之作。其時「文」「筆」之辨興，導致文、筆、儒、學之四分。文近純文學，筆近雜文學，儒重通其理，學重識其事。隋唐「古文運動」起，於是文筆之分復淆；北宋「文以載道」說興，於是文藝與學術又混。自此以後，以至民國，舊學商量，新知培養，其意仍多本於古人。章炳麟之釋文學，固依古文字義；周作人之文學定義，亦不出蕭統之意。

就文學現象作歸納，大學中文系課程，無論臺灣、香港、大陸，也無論文學組或文藝組，都可包括在：語文學科、文藝學術通盤介紹、經史子集專著研讀、各體文選這四大類中。說明了文學以語言爲媒介，必須具備語文學養；文藝與學術間有密切關係；傳統的經史子集是現代文學的根柢；中文系學生必須熟習歷代各體文選。文學界編著的書刊，有仍以國學爲文學的，如臺師大《國文研究所集刊》；有以詩歌、散文、小說、戲劇之創作與研究，及文學史、文學理論、比較文學、其他漢學研究、電影等爲文學的，如臺大《中外文學》；大陸所編《文學大系》包括雜文學、報告文學；《百科全書》注意到文學團體、文學運動等。圖書館學界，臺灣把寫作翻譯演講之研究、函牘日記楹聯之創作劃歸文學；大陸則把雜文、報告文學、民間文學、兒童文學，列爲文學之大類。

就學科理論作探討，論理學上的定義方式，不能如預期般給人一個圓滿充足的文學定義。因此，必須從文學要素、及要素間關係與功能作分析。圓足的文學定義，要以作品爲中心，旁涉作品與作者、宇宙、讀者、研究者的互動關係，以及作者、宇宙、讀者、研究者間的互動關係，從而顯示文學的：指涉、線路、抒情、審美、感染、後設各項功能。而文學之所以不同於科學，在於文學表達的是美感經驗，作者內心世界和外在世界的融合。所描寫的典型人物可能具有永恆性和普遍性。文學使用形象鮮明的藝術語言，注意文體的格律與積極修辭，常以永久的趣味訴之於讀者的感官與想像，能陶冶性情、啓迪智慧。文學之不同於倫理學，在於文學注重想像、創造與欣賞，藝術性強，以達美爲目標，對人類行爲止於暗示與啓發。文學與其他藝術之區別，在於文學以語言文字爲媒介，所傳達的藝術形象是間接的，所受時空限制最少。文學與哲學之不同，在於文學以形象語言爲事實塑造典型，作爲生命與宇宙現象的縮影，落實於現象界中。

總之，文學在歷史上曾經是人文學養的意思，指一切刻畫於甲骨、鑄勒於金石、書寫於簡牘帛紙、印刷於紙張上的文獻，以及對這些文獻的研究。此定義即使在現代，仍爲部分人上所接受。但更通行的定義則是語言的藝術及其研究。作家觀察宇宙、人生各種現象，並通過個人的思考與想像，對外在的與內心的世界，有了某種程度的感應，因而情境交融、意象與發，藉由語言文字作媒介，加以描述、抒寫，精心營構而成藝術作品，並能與讀者交通，產生美感，使之對宇宙人生，有所觸發，感受永久之趣味者，謂之「文學創作」；而通過對「文學創作」的研究，明瞭其歷史、理論，或作比較、批評者，謂之「文學研究」。綜合「文學創作」和「文學研究」，也許才是比較圓足的「文學」義界。

（本文原刊於一九九四年九月出版的《中國文哲研究集刊》第五期。）

《名家論國中國文》序

早已過了知命之年，實在不該再停留在夢想的階段；但是，一些夢境總是沈潛在心底，遇到某種刺激，譬如現在，《國文天地》約我寫〈序〉，它就不期然而然地從心底湧現，縈迴腦際，驅之不去！

夢想著有這麼一套國中國文教科書：

一百一十八篇範文，是有系統有計畫選擇而來的。既能縱貫從《詩經》、神話，以至現代文學，各朝各代的作品；又能大致概括韻文、散文所寫的各種不同的文類。

選文的標準，以語文訓練與文藝欣賞爲主，美的感受本身就是精神陶冶！而且也要注意作品是否確能呈現這位作家、這種流派、那個時代，那種文類獨特的、眞實的風貌。懷抱著這樣的理念，《詩經》中選的，也許該是〈將仲子〉，而不該是〈蓼莪〉；王維詩中選的，也許該是〈鹿柴〉和〈山居秋暝〉，而不該是〈觀獵〉和〈出塞作〉。要陽剛豪邁的作品嗎？要！當然要！岑參的〈走馬川行奉送封大夫出師西征〉等，多的是！

一百一十八篇文章，減去少數一人兩篇的，至少該有百位作家。要是把這百位作家小傳貫串起來，能夠成為中國文學發展簡史，多好！實在不必浪費太多筆墨在作家職位的升降上，多介紹這位作家的文學造詣和文學史上承先啓後的地位，如何？

題解的重點，一在此種文類的簡明介紹；二在這篇文章的結構剖析。讓我們在國中就讀的子女們，能藉此了解中國文學上各種重要文類的性質、格局，並且儘可能地掌握其性質，模仿其格局，用白話文來作！一百一十八篇題解合起來，應該是一部簡明的文體辨略和實用的文章作法！

現行國小國語課本，曾相當完整介紹了國字的部首；在國語習作中，也有「寫出同部首的字」一目。國中國文實在可以在這基礎上加強文字教育。部首字本義的探討，和屬於這部首文字的大致類別的介紹，是值得考慮添入的兩項教材。例如「馬」字的形體，從甲骨、金石、簡帛，一路排下來，說明其本義，應該是受學生歡迎的教材。又如「人」部的字，雖然內容很複雜，但大致上仍可區別為三類：一是表示人的類別，如俊、傑、儒、俠等等；二是表示人的德性，如仁、儉、倨、傲等等；三是表示人的行為，如仰、伏、借、付等等。這麼簡單介紹對國中生是可以接受的，而且也足夠了。六書的進一步分析解說，可以留待高中去完成。國中國文每一課隨時介紹一個部首，六册書是可以先把國字所有部首介紹完畢的。

國中國文和國小國語最大的不同，是增加了文言文。現行國小國語課本和習作，對白話文各種句型的模倣造作，命題設計十分周延妥善，國中國文在文法教學方面，重點似乎可以放在文言文和白話文差異現象上。戴璉璋教授在〈文言文教學上值得注意的文法問題〉一文中指出：「大致不外乎：一、詞類的活用；二、語序的變換；三、句式的變化；四、虛詞的作用。」這是經驗之談。國中國文課本在「注釋」和「問題與討論」兩目，以及「語文常識」部分，對此四項材料，能否作全面而有系統的穿揷安排呢？

修辭學看起來像是一門高深的學問，其實學起來遠比文法簡單。有一點千萬要記住：不要把注意力放在辭格的分辨上，去爭論「魯衞之政兄弟也」到底是「借代」還是「譬喻」，對國中學生來說，是沒有太必要的。重要的是，課文中一些好句子，是用什麼方法寫得這麼好？知道了後，更要練習照著作。這樣才有實際用處。拙著《修辭學》蒐集了三十種，一〇五項修辭方法。國中國文課本如果能選二十來種，七八十項方法，配合範文，作有計畫的介紹，對學生作文和欣賞力的提高，會有幫助。

這樣的國中國文課本，由各科專家和國中教師同心協力，作系統安排，計畫編輯，當能完成，其實不難的。應該不會是一個永遠不能實現的夢境！

夢境未圓之前，十分高興看到《國文天地》計畫出版的《名家論國中國文》。這裡有：文字的訓詁、語法的分析、修辭的探討、精義的深究、作者的訪談、課文的賞析、教學的指導，還有參考資料。每一篇都是教師教學的心血結晶，學生學習的良師益友。附錄陳滿銘教授幾篇談文章主旨安排和演繹敍論運用的大作，更是綜合國文課本上的範文，全面歸納、深入發揮的精心之作。對國文教學實具有示範和啓發的功能。

夢境，愈來愈淸晰；夢境，愈來愈覺得有實現的可能！

（本文原刊於一九八八年九月出版的《名家論國中國文》。）

談國文教科書的編寫

常常有這樣一種自覺：編教科書不同於個人著作。個人著作要有主見，要有創見；偶而有些錯誤、發點謬論也沒關係。讀者自有選擇之明與拒絕的權利。教科書卻不然，讀者是在校的學生，是沒有能力拒絕接受的。所以，寫來要格外審慎，一點兒也錯不得。民國六十七年，當我接受國立編譯館委託，編輯師專國文教科書，我就秉持這種自覺，兢兢業業地編寫。一得之愚，也許可以提供全國國文教師作參考。

壹•所選範文要仔細作斟酌的工夫

國文教科書上的範文，大多是膾炙人口的好文章，流傳久遠。往往臺灣選它，海外僑校也選它，彼此詞句均無不同，照說不致還有文字上的錯誤才是。但事實不然。

例如，《韓詩外傳·臯魚之泣》有句：

樹欲靜而風不止，子欲養而親不待也。往而不可得見者親也！吾請從此辭矣！

「樹欲靜而風不止」是一句譬喻。但是，它隱藏的意義是什麼？所謂「樹欲靜」是否指「子欲養」而言？所謂「風不止」是否指「親不待」而言？仔細想想，終感譬喻失義。經查《說苑》和《孔子家語》，亦記此事。《說苑·敬愼》篇作：

樹欲靜乎風不定；子欲養乎親不待。往而不來者，年也；不可得再見者，親也。請從此辭。

《孔子家語·致思》篇作：

夫樹欲靜而風不停；子欲養而親不待。往而不來者，年也；不可再見者，親也。請從此辭。

三處文字，相斠之下，我發現《韓詩外傳》在「往而」下，可能脫去「不來者年也」五字。所以師專國文第五冊第十六課選錄此文，作：

樹欲靜而風不止，子欲養而親不待。往而不來者，年也；不可得見者，親也。吾請從此辭矣！

後來在《後漢書・桓榮傳》「求謝師門」句下發現李賢注引《韓詩外傳》作：

樹欲靜而風不止，子欲養而親不待。往而不可追者，年也；去而不見者，親也。

更直接證明今本《韓詩外傳》確有脫文。而把脫文補上，此數句的意思就十分明白的了：由於「年」之「往而不來」，所以臯魚有「樹欲靜而風不止」之嘆；由於「親」之「不可得見」，所以臯魚有「子欲養而親不待」之泣。樹欲靜而風不止，意指：人雖希望長生不老，而時光卻一去不回；絕不是用來譬喻「子欲養而親不待」的！

有時，文章的題目都可能發生錯誤。朱熹的〈白鹿洞書院學規〉就是一個現成的例子。此文在《朱文公全集》中，題爲〈白鹿洞書院揭示〉。西京清麓叢書續編所收的「養蒙書九種」、東聽雨堂刊書「儒先訓要十四種」。及復性齋叢書收的「集解」，標題也都作「揭示」。黃宗羲《宋元學案》收此文，標題則是〈白鹿洞書院教條〉。仔細想想，名之為「學規」是不合朱子本意的。因為朱子在「揭示」之後的「說明」中，明明白白地說過：「近世於學有規，其待學者為已淺矣。而其為法，又未必古人之意也。故今不復以施於此堂。」朱子不會出爾反爾，把「不復以施於此堂」的「學規」作為這些「揭示」的標題。黃宗羲名之為「教條」，應該最合朱子本意。朱子在「說明」中不是說：「特取凡聖賢所以教人為學之大端，條例如右，而揭之楣間。」嗎？「教條」的「教」，就是「教人為學之大端」的「教」；「教條」的「條」，就是「條列如右」的「條」。職是之故，我編師專國文，選錄此文，把題目訂正為〈白鹿洞書院教條〉。聰明的讀者也許要問：「於學有規」，又怎會「其待學者為已淺」？原來「規」有「規範」、「約束」之義，著重事後的責罰。所以朱子在下文強調：「而或出於此言（教條）之所棄，則彼所謂規者，必將取之！」話不是夠明顯了嗎？而著一「彼」字，則此非「學規」者明矣！「教條」則不然，它給學生指出了為學的目標、方法，以及修身、處事、接物的要點。它是積極的指導鼓勵，而不是消極的規範約束。可惜，我們一聽到「教條」，就聯想到教條主義，覺得還不如「學規」平實。加上《朱文公全集》書前目錄，誤題「學規」，以致積非成是，難正其誤。其實，宋明書院多有教條，王陽明〈教條示龍場諸生〉便是一例，是不可能盡改為「學規」的。

至於明知正文有誤，但是苦於缺乏版本上的證據，就不敢改動正文，只有在注釋中略加說明。如：師專國文第二册選了韓愈的〈師說〉，末段：

李氏子蟠，年十七，好古文，六藝經傳，皆通習之。不拘於時，請學於余，余嘉其能行古道，作〈師說〉以貽之。

曾滌生選本《韓昌黎文》和王文濡《精校評註古文觀止》錄此文均作「年四十七」。雖然這兩種版本都當不了證據；但是「年四十七」卻甚有道理。因爲〈師說〉之作，在西元八〇七年；而李子蟠之中進士，在西元八〇三年。韓愈作〈師說〉時李子蟠如年四十七，則中進士時年四十三，這是可能的。是年韓愈年四十，李子蟠比韓愈大七歲。所以〈師說〉一則曰：「生乎吾後，其聞道也，亦先乎吾，吾從而師之。吾師道也，夫庸知其年之先後生於吾乎？」再則曰：「愛其子，擇師而教之；於其身也則恥師焉，惑矣！」三則曰：「彼與彼年相若也，道相似也。位卑則足羞，官盛則近諛。嗚呼，師道之不復可知矣。」並以「孔子師郯子、萇弘、師襄、老聃」來比況子蟠之師事自己。原因都由於子蟠年齡比自己大，而且四年前已中進士，所以必須這樣強調，也必須在末段點明李子蟠的年齡。假如李子蟠只有十七歲，文章便不能這樣作了。但是，沒有十分證據，我不敢講十分話，因此正文未改，而加注云：

年十七　王文濡《精校評註古文觀止》云：「據先生年譜，李蟠應四十七歲。他本均於『年』下脫『四』字。」案：柳宗元〈答韋中立論師道書〉：「獨韓愈奮不顧流俗，犯笑侮，收召後學，作〈師說〉……愈以是得狂名。居長安，炊不暇熟，又挈挈而東。」知〈師說〉之作，當在憲宗元和二年（西元八〇七年），愈以國子博士分敎東部洛陽之年。設是年李子蟠十七歲，則貞元十九年（西元八〇三年）子蟠中進士時僅十三歲。豈可信耶！王氏校訂作四十七歲，可作參考。是年韓愈年四十。

貳•注意篇章段落詞句的結構

師專國文範文之後，有「題解」、「作者」、「注釋」、「研習」。「題解」在闡明文章體裁、內容、主旨外，兼述段落大意。希望學生由段落內容的分析，進而了解篇章結構的種種方法，期對作文有所幫助。

例如：師專國文第一冊，范仲淹〈岳陽樓記〉的「題解」，對段落大意就作了如下的分析：

文分五段：第一段：敘重修岳陽樓及作記因緣。第二段：略敘巴陵勝狀，而由「覽物之情得無異乎？」引出下文「雨悲」、「晴喜」兩種境界。第三段：敘覽物而悲者。第四段：敘覽物而喜者。第五段：敘古仁人用心，一以天下為重，故能不以物喜，不以己悲。而結語以「先天下之憂而憂，後天下之樂而樂」，自是作聖氣象，最為千古名言。

如果前人析評有可取者，就附在段落大意之下。如：師專國文第二册柳宗元〈始得西山宴遊記〉：

文分二段：首段：敘貶謫永州，日以流覽風物遣懷。州中佳山水，遊歷殆偏，乃未始知西山之怪特。次段：接寫發現西山之經過，及登山覽勝之樂，至心凝形釋，與萬化冥合之境界。點出遊於是乎始。宋文蔚《文法津梁》評云：「此篇題目只六個字，皆係眼前事實。若在庸手，敘西山，則林壑泉石；敘宴遊，則賓朋絲竹。題首始字，容易略過，文偏於此著眼。前段反跌始字，後段扣到題面，正收始字，此作者手眼與眾不同處。」

這種作法原只希望有助於學者作文謀篇，沒想到竟發現前人在分段上的一些錯誤。例如：曹植〈與楊德祖書〉：

文分四段：首段：縱論並世諸子之文章，致慨於文章優劣之難自知。次段：以為世人之著作，自孔子制春秋之外，不能無病。而以丁敬禮之使己潤飾其文為美談。三段：申論評論文章者，必以己之能文為要件。並由各人好尚不同，暗示客觀批評之不易。末段：結言以辭賦一通相與，並自抒一己之懷抱。

所以：「昔尼父之文辭，與人通流；至於制春秋，游夏之徒，乃不能措一辭。過此而言不病者，吾未之見也。」屬於第二段，於理甚明；可是海內外其他課本，都把此句下屬第三段。師專國文第四册選此文，才改正過來。

韓愈〈張中丞傳後敍〉錯得更離譜，先錄各本第四段全文於下：

愈嘗從事於汴、徐二府，屢道於兩州間，親祭於其所謂雙廟者。其老人往往說巡、遠時事云：「南霽雲之乞救於賀蘭也，賀蘭嫉巡、遠之聲威功績出己上，不肯出師救。愛霽雲之勇且壯，不聽其語，彊留之，具食與樂，延霽雲坐。霽雲慷慨語曰：『雲來時，睢陽之人不食月餘日矣。雲雖欲獨食，義不忍；雖食，且不下咽。』因拔所佩刀，斷一指，血淋漓，以示賀蘭。一座大驚，皆感激為；雲泣下。雲知賀蘭終無為雲出師意，卽馳去。將出城，抽矢射佛寺浮屠，矢著其上甎半箭，曰：『吾歸破賊，必滅賀蘭，此矢所以志也。』」

愈貞元中過泗州，船上人猶指以相語：「城陷，賊以刃脅降巡。巡不屈，卽牽去，將斬之。又降霽雲，雲未應。巡呼雲曰：『南八，男兒死耳，不可為不義屈。』雲笑曰：『欲將以有為也；公有言，雲敢不死？』卽不屈。」

開頭「愈嘗從事於汴、徐二府，屢道於兩州間，親祭於其所謂雙廟者。其老人往往說巡、遠時事云。」應上屬第三段。理由是：前面三段說的是「巡、遠時事」，而下文說的是「南霽雲事」；所以此句用以總結上文，而非另開下文。又「愈貞元中過泗州，船上人猶指以相語。」亦爲結束上文。所謂「指」，是指浮屠上的矢痕；所謂「語」，語南霽雲憤賀蘭不發兵。也非謂下文南霽雲欲詐降事。〈張中丞傳後敍〉末段末句是「張籍云」。韓愈故意留此線索，表示全文二「云」字及一「相語」皆上指而非下指。師專國文卽據此而改正其分段與標點。

至於句讀錯誤之訂正，姑舉師專國文第八册所選曾國藩〈聖哲畫像記〉爲例。末段有句云：

士方其佔畢咿唔，則期報於科第祿仕；或少讀古書，窺著作之林，則責報於遐爾之譽，後世之名。纂述未及終篇，輒冀得一二有力之口，騰播人人之耳，以償吾勞也。朝耕而暮穫，一施而十報，譬若沽酒市脯，喧聒以責之貸者，又取倍稱之息焉。

「喧聒以責之貸者」，指纂述未及終篇之人，希望得一二有力之口，而得遐爾之譽；「又取倍稱之息焉」，指欲朝耕暮穫，一施十報，求名聲騰播於人人之耳。「貸者」下應作一逗。遺憾的是：許多大學國文選把「喧聒以責之」作一句，把「貸者又取倍稱之息焉」作一句，以致意不可解。

叁・注釋要兼顧訓詁、修辭和科際整合

爲國文教科書範文作注釋，當然要參考各種舊注；但也要求在前人訓詁的基礎上有所發展。由於近代圖書運用的方便，古人終其一生難以查考的，現在舉手之勞就可解決。舉例來說，古代地名下之附注現代地名，可查《古今地名大辭典》；中曆之下附注西曆年月日，可查《兩千年中西曆對照表》。師專國文注釋大體上這樣作了。有時，還參考了各種方志和史籍。例如師專國文第四册，歸有光〈先妣事略〉的注釋，就據《崑山縣志》注出「吳家橋」、「千墩埔」等《古今地名大辭典》不載的地名。〈岳陽樓記〉的注釋，也據《湖南通志》找到〈滕子京與范仲淹求記書〉，從而說明了「刻唐賢今人詩賦於其上」的唐賢今人是些什麼人。又如「滕子京謫守巴陵郡」之年月日、事件經過以及與范仲淹的關係，都可由《續資治通鑑》查出。這些資料，對老師

和同學在了解作品的歷史背景方面，將有多大助益！師專國文的注釋因此也有所提示。

修辭技巧的說明和作者意念之抉發，也是注釋的重要任務。尤其是藝術性、思想性較突出的詩文，更應注意及此。師專國文第一册選了徐志摩的〈再別康橋〉。於「那河畔的金柳，是夕陽中的新娘」下，注明為「隱喩」；於「是天上虹揉碎在浮藻間」下，注明為「形象化」修辭法；於「沈澱著彩虹似的夢」下，注明為「物性化」修辭法。這些都是修辭技巧的說明。又如於「輕輕地我走了」下，注明「有不忍干擾自然之意」；「波光裡的豔影在我心頭蕩漾」下，注明「顯示自然界現象，能投影於詩人之心中，形成詩人與大自然內外合一的境界。」在「漫溯」下，注明「隱含與大自然相融合之忘我境界，而全無機心。」這些都是作者意念的抉發。

由於師專除普通科外，有音樂科、美勞科、體育科，因此國文教科書中，選了《禮記・樂記》篇、李霖燦先生〈山水與人生〉、宋濂〈秦士錄〉等有關音樂、美術、體育的文章。〈山水與人生〉雖然是由白話寫的，但作者信筆寫來，每有其人生哲學，涉及的知識範疇亦相當遼濶。作注釋的時候，頗有一番面臨考驗的喜悅。希望對在校學生，於科際整合之餘，益能放開自己的視野。在這篇文章的注釋中，讀者可以知道：佛陀如何能在樹下成道；耶穌怎樣在山上訓眾；穆罕默德在逃亡中開創何種新紀元；「共同遺傳」說在心理學上的理論基礎；貝多芬「田園交響樂」全曲內容；康德哲學之特點及「哲學家之路」得名之故；柯羅風景畫的特徵所在；以及什麼叫作「假相之美」。黃山谷「三日不讀書，便覺言語無味，面目可憎。」的話，《大漢和辭典》

和《中文大辭典》都說見於《世說新語》，南朝的劉義慶怎可能記載宋人黃山谷的話？我在師大珍藏東北大學寄存的古書中找到明朝何良俊《世說新語補》，才尋出此話的眞正出處。

肆・要有「研習」題目供師生討論

師專國文於範文之後，都有「研習」的題目。

例如第一册第十五課〈岳陽樓記〉，研習題目有：

一、試比較孟子「樂以天下，憂以天下」與范仲淹「先天下之憂而憂，後天下之樂而樂」二者精義之異同。

二、本篇段落分明，照應周到。試闡明之。（提示：首段「謫守巴陵」之謫，二段「朝暉夕陰氣象萬千」、「覽物之情得無異乎」，皆是伏筆；末段「或異二者之爲」、「不以物喜不以己悲」、「先憂後樂」、「微斯人吾誰與歸」，皆是回應。）

三、本篇第四段寫晴喜之境，頗具層次。有日景，有夜景。日景又有遠景近景，夜景又有仰觀俯瞰所及「無人之境」，與客觀主觀所及「有人之境」。試一一分析指明之，並儘可能加以仿作。

四、本篇雖為散文，但頗不乏對仗工整之對偶句，試摘錄之。
五、唐詩詠洞庭湖與岳陽樓者甚多，即唐詩三百首中亦有之，試各舉一二例，以與本篇對照而較論之。

我微末的心意乃在盼望通過這些研習題目，使學者留意到文章的主旨、篇法、章法、句法，並作課外閱讀。

又如第六册第十課〈瀧岡阡表〉，研習題目有：

一、本篇以「待」字貫穿全文，試逐段指明之。
二、試由本文論歐陽修母之為人，並由修母之所述，論修父之為人。
三、本篇虛詞「也」，用法有三：第一類表示語氣到此稍頓。第二類表示語意完足。第三類表示反問與感嘆。請一一舉例說明。
四、語譯「求其生而不得」、「其何及也」、「汝其勉之」三句。並說明句中三「其」字之文法功能。
五、本篇記事，多詳其年歲。請依：「宋年號」、「西元」、「歐陽父子年歲」、「大事」等四項，試作歐陽觀、歐陽修父子年譜。

第一題明文章之作法；第二題測了解之程度；第三、四題不僅在探討虛詞用法，更欲藉此訓練學者歸納之能力和比較之能力；第五題則求與輔助教材「工具書簡介」中「年表年譜」有所配合。課程標準上所列教學目標，實在可以藉研習而全部完成的。

我深深了解自己天資之魯鈍，正因爲此，我必須以「人一能之己百之」的態度從事師專國文教科書的編輯工作。感謝業師高仲華先生，給我這個編輯教科書的機會；感謝國立編譯館館長熊先舉先生和教科書組主任黃發策先生，對我的信任和支持；感謝編審會全體委員和師專所有的老師們，予我鼓勵和督導。師專國文教科書如果有什麼優點，都是全體委員老師們的心血；而師專國文教科書必然還有許多缺點，就有待各位繼續指正了。

（本文原刊於一九八五年六月出版的《國文天地》第一期。）

斠讎在國文教學上的重要性

壹・前言

「斠讎」是一門比斠篇籍文字之同異，以求恢復古書正確面目的學問。自有文字，卽有斠讎。根據中央研究院所藏的殷墟甲骨，已發現有改刻的痕跡，這便是最早的斠讎工作。《國語・魯語・閔馬父》云：「昔正考父校商之名頌十二篇於周大師，以〈那〉爲首。」這條記載又見於《詩・商頌譜》。孔穎達《正義》云：「言校者，宋之禮樂雖則亡散，猶有此詩之本，考父恐其舛謬，故就太師校之也。」據此，孔子七世祖正考父曾校「商頌」之舛謬，而定其篇次，以「那」爲首。此爲斠讎工作見於典籍記載之始，時當西元前六四〇年。《公羊傳》昭公十二年：「伯于陽者何？公子陽生也。子曰：我乃知之矣。」何休《解詁》：「子，謂孔子；乃，乃是歲也。

時孔子年二十三，具知其事。後作《春秋》。案《史記》：知公爲伯；子誤爲于；陽在，生刊滅闕。」公羊此條，可見孔子頗諳斠讎之道。其中「公」誤爲「伯」，屬聯想之誤；「子」誤爲「于」，屬形似而誤；「生」刊滅闕，則屬誤脫。孔門諸子，能以斠讎名者，則有子夏。《呂氏春秋・察傳》篇：「子夏之晉，過衞，有讀《史記》者，曰：『晉師三豕涉河。』子夏曰：『非也；是己亥也。夫己與三相近；豕與亥相似。』至於晉而問之，則曰：『晉師己亥涉河也。』」亦知子夏於斠讎之既捷且精。斠讎的定義及其起源，大略如是。

春秋以降，古書一厄於秦火，再厄於王莽之亂，三厄於董卓之亂，四厄於五胡，五厄江陵焚書。加以增刪改乙的失眞，古籀篆隸草俗楷體的相亂，六朝隋唐寫本的不同，宋元明清刻本的各殊。所以古書離其本來面目愈甚。故讀古書，第一件事在恢復古書本來之面目，字句篇章之正確，然後才能欣賞古人的詞章，探究古代的義理，考證古代的行事。

貳・斠讎與詞章欣賞

詞章欣賞，要以原文不誤爲先決條件。

我願以《韓詩外傳・皋魚之泣》章中：「樹欲靜而風不止，子欲養而親不待也。」二句爲例，加以說明。很明顯的，「樹欲靜而風不止」是一句譬喻。但是，它隱藏的意義是什麼？所謂「樹欲靜」是否指「子欲養」而言？所謂「風不止」是否指「親不待」而言？仔細想想，終感譬喻失義。爲了追原究本，先看今本《韓詩外傳》原文：

孔子行，聞哭聲甚悲。孔子曰：「驅！驅！前有賢者。」至則皐魚也。被褐擁鎌，哭於道傍。孔子辟車與之言曰：「子非有喪，何哭之悲也？」皐魚曰：「吾失之三矣：少而學，遊諸侯，以後吾親，失之一也；高尚吾志，間吾事君，失之二也；與友厚而小絶之，失之三矣！樹欲靜而風不止，子欲養而親不待也。往而不可得見者親也！吾請從此辭矣！」立槁而死。

孔子曰：「弟子誡之，足以識矣！」於是門人辭歸而養親者十有三人。

今案：《韓詩外傳》此條，又見於《說苑・敬愼》篇，及《孔子家語・致思》篇。三書文字稍有不同：

《韓詩外傳》：

樹欲靜而風不止，子欲養而親不待，往而不可得見者親也。

《說苑・敬愼》篇：

樹欲靜乎風不定，子欲養乎親不待。往而不來者，年也；不可得再見者，親也。

《孔子家語・致思》篇：

樹欲靜而風不停；子欲養而親不待。往而不來者，年也；不可得見者，親也。

三處文字，相斠之下，就可發現《韓詩外傳》在「往而」下，脫去「不來者年也」五字。於是，「往而不來者，年也；不可得見者，親也。」竟合成「往而不可得見者親也」一句話了。

試把脫文補上，此數句的意思就十分明白的了；由於「年」之「往而不來」，所以臯魚有「樹欲靜而風不止」之歎；由於「親」之「不可得見」，所以臯魚有「子欲養而親不待」之泣。樹欲靜而風不止，意指：人雖希望長生不老，而時光卻一去不停。所謂「樹」，實以喻「人」；所謂「風」，實以喻「時」。絕不是用來譬喻「子欲養而親不待」的。因此，「風樹」只能興起

「遲暮」之感，卻不能象徵「孝子」之悲。而唐白居易詩：「庶使孝子心，皆無風樹悲。」宋朱熹〈跋趙中丞行實〉：「趙公之孝謹醇篤，雖古人猶難之，三復其書，令人起敬，不勝霜露風木之悲。」都承襲《韓詩外傳》脫文之誤，錯用了「風樹」、「風木」的典故。

如果古籍不經斠讎，而讀其有脫誤之文，如何能了解其詞章？更談不到欣賞了。

叁・斠讎與義理探求

義理探求，亦以斠讎爲先務。

茲舉《論語・學而》篇「有子曰」章爲例：

有子曰：其為人也孝弟，而好犯上者，鮮矣！不好犯上，而好作亂者，未之有也。君子務本，本立而道生。孝弟也者，其為仁之本與？

末句「孝弟也者，其爲仁之本與」，《群書治要》所引，及日本足利本、津藩本、正平本皆作「孝弟也者，其仁之本與」，無「爲」字。有子的意思是：仁只是作人的道理；而孝弟正是作人道理的根本，所以孝弟就是仁的根本。「其爲仁之本與」的「爲」，是一個「繫語」，義同今「是」字。古代判斷句的繫語可省，所以或本作「其仁之本與」，省去「爲」字。

「仁」，是孔門倫理學說的重心。推其根本，則爲「孝弟」。孝弟可說是人類孝順父母、友愛兄弟的一種天性。存養此種天性，予以擴充，然後能老吾老以及人之老，幼吾幼以及人之幼。人類一切道德皆由此開出，而美滿的人際關係，亦由此而建立。所以《孝經》開宗明義即曰：「夫孝，德之本也，教之所以由生也。」《論語》「孝弟也者其仁之本與」，正與《孝經》「夫孝德之本也」同義。

但是，我國今傳《論語》之本，如《何晏集解》本、《朱子集注》本，「其仁」都作「其爲仁」，「其」下多出一個「爲」字。朱注：「爲仁猶曰行仁」。於是，「孝弟」從「本體」的崇高地位，一降而成「行仁」之「用」，其重要性也就一落千丈。《朱子集注》還引程頤的話：

程子曰：為仁以孝弟為本；論性，則以仁為孝弟之本。或問孝弟為仁之本，此是由孝弟可以至仁否？曰：非也，謂行仁自孝弟為始，孝弟是仁之一事，謂行仁之本則可，謂是仁之本則不可。蓋仁，是性也；孝弟，是用也。性中則有箇仁義禮智四者而已，曷嘗有孝弟來。

「爲仁以孝弟爲本；論性則以仁爲孝弟之本」的話，已覺鹵莽滅裂；又強以「仁是性，孝弟是用」，而否認性中之有孝弟，就更支離破碎，與告子「義外」同病了。

其後謝顯道謂孝弟非仁；陸子靜斥有子之言爲支離；王伯安謂仁只求於心，不必求諸父兄事物：種種謬說，都因多出一個「爲」字而起。假如能依古本，早作斠讎，知「爲」爲衍文，也就不會以辭害意，誤解了孔門的孝弟之大義了。

肆・斠讎與古事考證

古事的考證，更多賴斠讎。

以禮經的傳授而言，《史記・儒林列傳》的記載是這樣的：

> 諸學者多言禮，而魯高堂生最本。禮固自孔子時，而其經不具。及至秦焚書，書散亡益多。於今獨有士禮，高堂生能言之。

是漢初傳禮者，爲魯人高堂生。

《漢書・儒林傳》：

漢興，魯高堂生傳禮十七篇。

賈公彥〈序周禮廢興〉云：

禮經三百，威儀三千。及周之衰，諸侯將踰法度，惡其害己，滅去其籍。自孔子時而不具。至秦大壞。漢興，至高堂生博士傳十七篇。孝宣世，后倉最明禮。戴德、戴聖、慶普，皆其弟子，三家立于學官。

是高堂生曾爲博士。

但是，《經義考》卷一百三十引阮孝緒《七錄》云：

古經出魯淹中，其書周宗伯所掌，五禮威儀之事，有六十六篇。無敢傳者，後博士侍其生得十七篇。鄭注今之儀禮是也。餘篇皆亡。

則以傳《儀禮》十七篇者為博士「侍其生」。於是傳禮十七篇的，有「高堂生博士」、「博士侍其生」兩種說法。

其實，歷史上並沒有「侍其生」其人。瀧川資言《史記會注考證》卷一百二十一引《史記正義》：

《七錄》云：後博士傳其書得十七篇。

《七錄》所謂「博士」者，即賈公彥所謂「高堂生博士」也；而「侍其生」為「傳其書」之誤，草書「傳」字與「侍」形近，「書」字與「生」形近，所以致誤。清儒張金吾撰〈兩漢五經博士考〉，直以「侍其生」為西漢博士。博學如皮錫瑞，所作《經學通論》，也以侍其生曾傳《儀禮》，只是「侍其生不知何時人」，都因疏於對聯而考證失實，眞是可笑。

伍・結語

雖於目前中學國文教材，採用的是國立編譯館編審修訂的「國文教科書」，注釋詳明，對聯精確。但是，對古籍異文的存在，國文教師仍宜有所了解。因此，在本文結語中，我要介紹一些有關斠讎的資料，以供參考。

首先，我介紹經史子集各方面精校的專書。在經方面，自然要推阮元的《十三經注疏校勘記》(南昌府學本十三經注疏附)為最通行的巨著。此外，李富孫的《易經異文釋》、《詩經異文釋》、《左傳異文釋》、《穀梁異文釋》、《公羊異文釋》(均有續清經解本)、兪樾的《禮記異文箋》(續清經解本)、李國英的《周禮異文考》、陳新雄的《春秋異文考》(均見師大國文研究所集刊)，也是易覓之書。在史方面，最著名者，當推錢大昕的《二十一史考異》、王鳴盛的《十七史商榷》、趙翼的《二十二史劄記》。此三書坊間影印本頗多。此外，張森楷的《史記新校注》(楊家駱先生刊本)、王先謙的《漢書補注》、《後漢書集解》、盧弼的《三國志集解》、王士鑑的《晉書斠注》，亦屬精斠之作。在子方面，王先謙的《荀子集解》、戴望的《管子校正》、朱晴園的《老子校釋》、王叔珉先生的《莊子校釋》、楊伯峻的《列子集釋》、陳奇猷的《韓非子集釋》、孫詒讓的《墨子閒詁》、吳毓江的《墨子校注》、楊樹達的《淮南子證聞》、于大成的《淮南子校訂》、許維遹的《呂氏春秋集釋》、黃暉的《論衡校釋》、左松超的《說苑集證》、楊勇的《世說新語校箋》，均值得推介。在集部方面，師大國文研究所集刊中頗多此類作品，此不贅述。

在斠讎學專書方面，陳垣有《校勘學釋例》，舉五十例以明斠讎之法。胡樸安、胡道靜合著有《校讎學》，上卷為〈敍論〉，中卷為〈學史〉，下卷為〈方法〉。蔣元卿有《校讎學史》，歷敍校讎學之發軔、建立、衰落、復興、鼎盛的經過。以上二書有商務人人文庫本。張舜徽的《中國古代史籍校讀法》，雖標「史籍」之名，但對整理古書有深入淺出的說明，今有地平線出版社影印本。王叔珉先生的《斠讎學》，分：〈釋名〉、〈探原〉、〈示要〉、〈申難〉、〈方法〉五章；爲中央研究院歷史語言研究所專刊之三十七。臺聯國風出版社在六十一年三月重刊。王先生致力斠讎數十年，積其豐富之經驗，而撰此書，自然十分精彩。

至於歷代學者的筆記，如：宋代有黃震的《黃氏日鈔》、沈括的《夢溪筆談》、洪邁的《容齋隨筆》、王應麟的《困學紀聞》。明代有王恕的《石渠意見》、楊愼的《丹鉛總錄》、《丹鉛雜錄》、顧炎武的《日知錄》。清代有閻若璩的《潛丘劄記》、盧文弨的《鍾山雜記》、《羣書拾補》，嚴可均的《鐵橋漫稿》、梁玉繩的《瞥記》、桂馥的《札樸》、錢大昕的《十駕齋養新錄》、俞正燮的《癸巳存稿》、《癸巳類稿》，張文虎的《舒藝堂隨筆》、孫詒讓的《札迻》，也都名重士林，代表他們讀書斠讎的心得。

斠讎古書自然是十分枯燥的工作。不過，沒有斠讎，就沒有正確的古書，也就談不上詞章欣賞、義理探求、古事考據了。我們甚至可以說，斠讎是整個國文教學的基礎。至於在實際斠讎之中，培養出一種實事求是，追根究柢的精神，那更是附帶的重大收穫了。

（本文原刊於一九七六年六月臺灣師大出版的《中等教育》二十七卷三期。）

修辭學在國文教學上的重要性

壹•修辭學的意義

「修」原是修飾；「辭」本指辯論的言辭，引申包括一切的言辭和文辭。我國古書上「修辭」二字連用，初見於《周易》。〈乾文言〉：「子曰：君子進德修業。忠信，所以進德也；修辭立其誠，所以居業也。」認爲「修辭」必須建立在誠信的基礎上，爲創造以及維護事業的憑藉。分析地說：修是方法，辭是內容，誠是原則，居業是效果。〈乾文言〉短短一句話，居然把修辭的方法、內容、原則、效果都顧到了。

修辭學是研究如何調整語文表意的方法，設計語文優美的形式，使精確而生動地表出作者的意象，期能引起讀者共鳴的一種藝術。修辭的內容本質，乃是作者的意象。所謂意象，就是作者主觀意識觀照之下所組合的客觀景象。修辭的媒介符號，包括語辭和文辭。從語文關係上考察，語辭與文辭都是傳情達意的符號，文辭的修飾方法，十九就是語辭的修飾方法。從修辭歷史上考察，古代修辭，所修多指言辭，近代卻偏重文辭了。修辭的方式，包括調整和設計。如譬喻、轉化、映襯、倒反、象徵等，就屬於表意方式的調整；類疊、對偶、層遞、錯綜、跳脫等，就屬於優美形式的設計。修辭的原則，要求精確而生動。大致上說，科學的說明或記述僅僅要求精確。它以平實地傳達客觀之眞實爲目的，力避主觀的色彩；而文學的語言除精確外，更要求生動，它以藝術地表現直覺的感受爲目的。修辭的目的，要引起對方的共鳴。當修辭以語辭爲主的時代，修辭學的任務在「專對」或「勸說」。它當然以說服對方爲目的。當修辭以文辭爲主的時代，修辭學的使命在「美感」或「欣賞」。它仍然以引起對方的共鳴爲要務。修辭學的性質，屬於判斷語文美醜的價値學科，是一種語言的藝術。它的雙腳踩立在行爲科學中語言文字學的基礎之上；它的理想要求修辭立誠，把頭腦伸入哲學的領空。

貳•修辭學的重要

關於修辭學的重要性，可就修辭學在學術體系所居地位，以及在實際運用所顯示的效果中發現。

就學術體系而言，修辭學居於國文系基礎學科的最高層。

國文系的基礎學科有五：文字學是研究文字構造的學問；聲韻學是研究文字聲音的學問；訓詁學是研究文字意義的學問。這三種學科的學習，有助於對文字形音義的了解。接著有文法學，是一門研究詞句結構方式的學問。文法學的學習，可以使學生知道怎樣構成通順的說辭或文章。最後一門，便是修辭學了。它要使學生們在了解文字、造通句子之後，更進一步地追求辭令之美。

在這五門學科之中，文字、聲韻、訓詁、文法，研究的對象都是「事實」，事實的了解是知識的第一個層次。修辭研究的對象除「事實」外，還牽涉到美醜、善惡等「價值觀念」，要使辭令臻於「理想」；而價值的判斷和理想的追求正是知識的第二層次。

基於上面的簡單分析，我們發現：修辭學實與文字學、聲韻學、訓詁學、文法學同等重要；它居於國文系基礎學科的最高層。

就實際運用而言，修辭學有助於優美辭令之創造、文學作品之欣賞，在語文教育上具有偉大的貢獻。

「一言可以興邦；一言可以喪邦。」如何使辭令精確生動，而不流於巧言令色？如何使文章動人而不朽，而不背修辭立誠的原則？修辭的功用，此其一。

傳統的文學欣賞與批評，過分注意作品與作者、讀者、時代、環境間的相互關係，而忽略了文學作品本身的價值。因此，本世紀有「新批評學派」的興起。把文學作品看作一種完整獨立的藝術品，超越時空的永恆結構，孜孜於其內在結構與成分之探討。於是：字句的研究、結構的研究、意象的研究、多義的研究，便成文學批評家之興趣所在。這樣一來，文學欣賞與批評幾乎全以修辭為對象。而修辭的美善與否便成為文學欣賞與批評的標準了。修辭學之功用，此其二。

語文教育，應該是：閱讀、欣賞、說話、寫字、作文五者並重。遺憾的是：今天語文教育，文言文太偏重注釋翻譯，白話文更只念過就算。很少有人注意到文學欣賞；閱讀與創作也完全脫節。要改正這種毛病，必須重視修辭學。

叁●修辭分析舉例

下面，我以朱自清的〈春〉為例，指出其修辭方式，為修辭學在國文教學上的重要性舉一個例子。

現在把原文先讀一遍。

〈春〉

盼望著，盼望著，東風來了，春天的腳步近了。

一切都像剛睡醒的樣子，欣欣然張開了眼。山朗潤起來了，水長起來了，太陽的臉紅起來了。

小草偷偷地從土裡鑽出來，嫩嫩的，綠綠的。園子裡，田野裡，瞧去，一大片一大片滿是的。坐著，躺著，打兩個滾，踢幾腳球，賽幾趟跑，捉幾回迷藏。風輕悄悄的，草軟綿綿的。

桃樹、杏樹、梨樹，你不讓我，我不讓你，都開滿了花趕趟兒。紅的像火，粉的像霞，白的像雪。花裡帶著甜味；閉了眼，樹上彷彿已經滿是桃兒、杏兒、梨兒。花下成千成百的蜜蜂嗡嗡地鬧著，大小的蝴蝶飛來飛去。野花遍地是：雜樣兒，有名字的，沒名字的，散在花叢裡，像眼睛，像星星，還眨呀眨的。

「吹面不寒楊柳風」，不錯的，像母親的手撫摸著你。風裡帶來些新翻的泥土的氣息，混著青草味，還有各種花的香，都在微微潤濕的空氣裡醞釀。鳥兒將窠巢安在繁花嫩葉當中，高興起來了，呼朋引伴地賣弄清脆的喉嚨，唱出宛轉的曲子，與輕風流水應和著。牛背上牧童的短笛，這時候也成天在嘹亮地響。

雨是最尋常的，一下就是三兩天。可別惱。看，像牛毛，像花針，像細絲，密密地斜織著，人家屋頂上全籠著一層薄煙。樹葉子卻綠得發亮，小草也青得逼你的眼。傍晚時候，上燈了，一點點黃暈的光，烘托出一片安靜而和平的夜。鄉下去，小路上，石橋邊，撐起傘慢慢走著的人；還有田裡工作的農夫，披著簑，戴著笠的。他們的草屋，稀稀疏疏的在雨裡靜默著。

天上風箏漸漸多了，地上孩子也多了。城裡鄉下，家家戶戶，老老小小，他們也趕趟兒似的，一個個都出來了。舒活舒活筋骨，抖擻抖擻精神，各做各的一份事去。「一年之計在於春」；剛起頭兒，有的是功夫，有的是希望。

春天像剛落地的娃娃，從頭到腳都是新的，它生長著。

春天像小姑娘，花枝招展的，笑著，走著。

春天像健壯的青年，有鐵一般的胳膊和腰腳，他領著我們上前去。

讀完了〈春〉的全文，接著我們分析一下，它是使用哪些修辭技巧，把〈春〉這種題目寫得如此清新、活潑，美好！

1.摹寫：文學原訴諸直覺感受。而把個人對事物的感受，加以形容描述的，就叫摹寫。如：小草嫩嫩的、綠綠的；桃樹、杏樹、梨樹，開滿了紅的、粉的、白的花朵……都是摹寫視覺的感受。

蜜蜂嗡嗡地鬧著，鳥兒賣弄清脆的歌喉，與清風流水應和；牧童的短笛也在嘹亮地響……都是摹寫聽覺的感受。

各種花香，帶著甜味；風裡帶來些新翻泥土的氣息，混著青草味……都是摹寫嗅覺和味覺的感受。

草軟綿綿的；風像母親的手撫摸著……都是摹寫觸覺的感受。

春，本是表示時間的一個抽象名詞，單從這個名詞看，它應是無色、無聲、無臭、無味、無體積、無動作的。朱自清卻透過主觀的感受，把自己所看到的、所聽到的、所嗅到的、所嘗到的，以及所接觸到的，加以選擇、組織、描繪，於是一個有色、有聲、有香、有味、有體積、有動作的春天的種種景象，就這樣鮮活地呈現在讀者眼前了。

2.示現：把實際上讀者看不到聽不到的事物，說得就在讀者目前一樣，叫作示現。

作者說「草」，要讀者「瞧去，一大片一大片滿是的」；說「雨」，要讀者「看，像牛毛，像花針，像細絲」；說「風」，像母親的手撫摸著「你」；說「小草」，也青得逼「你」的眼。把讀者不聞不見的事物，都說得如聞如見。至於「閉了眼，樹上彷彿已經滿是桃兒、杏兒、梨兒」，更屬「預言的示現」。

文學，原就是作者將自己對客觀景象的卓越新穎的觀感及想像，通過文字的媒介，以優美的適當的形式使之再現。文學活動注重觀察與想像，訴之於感官，要求情緒上的效果。朱自清把自己感官的觀察及想像所得，活神活現地描述一番，使讀者感覺得好像就在自己跟前發生一樣，感官上也似有所見，似有所聞，而產生情緒上的共鳴。這是一種十分優美的文學手段。

3. **引用**：語文中援用別人的話及典故、俗語等等，叫引用。是一種訴之於權威或訴之於大眾的修辭法。文學作品的引用，還可能由於「文境」與古人相合。

〈春〉引用古人語有二處。「吹面不寒楊柳風」，是宋朝僧人志南的詩，全首是：「古木陰中繫短蓬，杖藜扶我過橋東；沾衣欲濕杏花雨，吹面不寒楊柳風。」又「一年之計在於春」，是古代俗語。梁元帝〈纂要〉已記載「一年之計在於春，一日之計在於晨。」的話。宋朝理學大師邵雍的《擊壤集》：「一歲之事慎在春；一日之事慎在晨；一生之事慎在少；一端之事慎在新。」文字略有出入。

朱自清引用古人的話，好像從自己的口說出來似的，跟上下文義及語調配合得十分妥貼。這才顯示出朱自清控制文字的本領來。

4. **譬喻**：譬喻是一種「借彼喻此」的修辭法。凡二件或二件以上的事物中有類似之點，說話作文時運用「那」有類似點的事物來比方說明「這」件事物的，就叫譬喻。它的理論架構，是建立在心理學「類化作用」的基礎上——利用舊經驗引起新經驗。通常是以易知說明難知；以具體說明抽象。使人在恍然大悟中驚佩作者設喻之巧妙，從而產生滿足與信服的快感。

〈春〉文用了許多譬喻。如：「一切都像剛睡醒的樣子。」、「紅的像火……」、「像母親的手撫摸著你。」、「像牛毛……」、「他們也趕趟兒似的」、「春天像剛落地的娃娃……」等，都是。

這些譬喻，使得抽象的春光都具體起來，變得十分明白了。

5.**轉化**：描述一件事物時，轉變其原來性質，化成另一種本質截然不同的事物，加以形容敍述，叫作轉化。如：

「春天的腳步近了」、「太陽的臉紅起來了」、「桃樹、杏樹、梨樹，你不讓我、我不讓你，都開滿了花趕趟兒。」把「春天」、「太陽」、「桃杏梨樹」都當作人來敍述，叫作「人性化」。「還有各種花的香，都在微微潤濕的空氣裡醞釀。」這是把「花香」當釀酒般的形容，叫作「形象化」。

人性化使自然界親切而生動；形象化使感受鮮明而實在。朱自清就這樣爲我們描繪出一個親切生動、實在而鮮活的世界來。

6.**類疊**：同一個字、詞、語、句，連接或反覆地使用著，叫類疊。

如：「家家」、「戶戶」是名詞的重疊；「稀稀」、「疏疏」是形容詞的重疊；「舒活舒活」「抖擻抖擻」是動詞的重疊；「盼望著，盼望著」是語句的重疊。

又如：「天上的風箏多了，地上孩子也多了」，反覆使用「多了」；「山朗潤起來了，水長起來了，太陽的臉紅起來了」，反覆使用「起來了」：都用反覆法。

疊字借聲音和諧張大語調的和諧，借聲音的繁複增進語感的繁複；反覆更能使語文形成優美的旋律。〈春〉文聲音方面的美感，就是用重疊、反覆的方法造成的。

7.**對偶**：上下語句，字數相等，句法相似，平仄相對，就叫對偶。它源於自然界的對稱現象，受心理學「聯想作用」的支配，合乎美學上「對比」、「平衡」、「勻稱」諸原理。而漢語的單音、平仄之特性，尤能滿足對偶在形式聲音雙方面的要求。

其中「繁花嫩葉」、「呼朋引伴」、「輕風流水」、「城裡鄉下」爲「句中對」；「風輕悄悄的，草軟綿綿的」、「舒活舒活筋骨，抖擻抖擻精神」爲單句對。

8.**排比**：用結構相似的句法，接二連三地表出同範圍同性質的意象，叫作「排比」。

〈春〉一文中排比很多。如「打兩個滾，踢幾腳球，捉幾回迷藏。」、「春天像剛落地的娃娃，從頭到腳都是新的，它生長著。春天像小姑娘，花枝招展的，笑著，走著。春天像健壯的青年，有鐵一般的胳膊和腰腳，他領著我們上前去。」

這些「對偶」、「排比」的句子穿插在散文中，使「春」在繁雜中有整齊，更顯得多采多姿了。

9.**倒裝**：語文中特意顛倒文法上的順序的句子，叫作「倒裝」。倒裝是朱自清構句的最大特色。

例如：「小草偷偷地從土裡鑽出來，嫩嫩的，綠綠的。園子裡，田野裡，瞧去，一大片一大片滿是的。」是「(我們)瞧園子裡田野裡去，一大片一大片滿是嫩嫩的，綠綠的，偷偷地從土裡鑽出來的小草。」的倒裝。

又如：「野花遍地是：雜樣兒，有名字的，沒名字的。」是「遍地是雜樣兒有名字的沒名字的野花。」的倒裝。

再如：「還有地裡工作的農夫，披著簑，戴著笠的。」是「還有披著簑戴著笠的，在地裡工作的農夫。」的倒裝。

這些倒裝句，或使長句分化成許多短句，或把片語變成判斷句或表態句，使人感到活潑而新鮮。

肆•修辭研究途徑

關於修辭學入門書籍有：

1. 傅隸樸著《修辭學》，正中書局印行。全書共十四章，六十五目。每章開始，先對章名作簡單介紹，然後分目說明，引例範圍，經、史、子、書，駢散文章，概加甄錄。以文言文的修辭而論，當以此書最爲精審。語體文的修辭，亦可由此觸類旁通。

2.徐芹庭撰《修辭學發微》，臺灣中華書局印行。自序言今日修辭書可見者有：楊樹達《中國修辭學》、陳望道《修辭學發凡》、陳介白《修辭學講話》。此書綜合上面三本書的內容，重加組合。所以自序又說：「蘊三家之精義，宏修辭之大端」，內容之豐，辭格之詳，確是一本集大成的著作。

3.黃永武著《字句鍛鍊法》，原由臺灣書館印行，增訂本改由洪範書店印行。此書先說鍛句的方法，再說鍊字的方法。例句多作者自己從中外古今名著中摘錄而得。全書脈絡分明，敍述條暢；旁徵博引，例釋精當，深淺適度，文筆雅致。雖未以修辭學名書，實際上是學習修辭很好的入門書。

4.黃慶萱著《修辭學》，三民書局印行。此書取例，早自殷墟卜辭，近至現代文學。分三十辭格。每種辭格，先有「概說」，說明其定義、原理與發展（文言例子多在「發展」部分敍述）。次爲「舉例」，著重現代作品。末有「原則」，說明運用之方。卷首另有「前言」，說明什麼叫修辭學，爲何學修辭學，以及怎樣學修辭學。書後附有引用書索引。嚴格說來，此書詳於辭格；於篇章結構及消極修辭皆略而未言。是當不起「修辭學」之名的。當名爲「漢語修辭格」，才名實相符。

5.董季棠著《修辭析論》，益智書局印行。本書自序、前言之後，再分三篇：上篇是意境的寫實與理想；中篇是字句的取樸與求新；下篇是形式的整齊與變化。三篇辭格，合計也是三十種。取例文言、白話並重；例句之後，每有詳細的欣賞說明。對音節的美感曾有專章敍述。

讀了這五本入門書之後，要想對修辭學作更進一步的研究，那麼我建議兩點：其一，向邏輯學、心理學、語言學、社會學、文學批評、實驗美學、哲學進軍，以求修辭學有更廣更深的理論基礎。其二，從社會各階層人士的談話中，從古今中外文學名著中，覓取修辭實例，分析比較，使修辭學有更多更大的實用價值！

（本文原刊於一九七七年六月臺灣師大出版的《中等教育》二十八卷四期。）

辭格的區分與交集

壹・前言

「羅家倫〈運動家的風度〉：『來競爭當然要求勝利；來比賽當然想創紀錄。』是對偶？還是排比？或者是類字？」「張曉風〈行道樹〉：『我們唯一的裝飾，正如你所見的，是一身抖不落的煙塵。』應該屬於跳脫格中的插語呢？還是倒裝句法？」我經常接到這類電話，大致上都是正在國中教國文的臺師大校友打來的。有時候還是出現在段考考卷上的題目，由於老師們見解不同，來向我求斷。國中國文教師實在過度重視修辭學上辭格的區別了。其實，學習修辭學主要是爲了說好話和寫好文章，以及領略別人談話和文章的眞意和美感。辭格的區分不是重點所在。再說，老師們自已對辭格都有爭論的句子，怎可拿來考國中學生，要學生分清辭格呢？但是，我自已在臺師大教了二十年的修辭學，現在國中國文教師中很多都是跟我學過修辭學，或讀過我寫的《修辭學》一書的。他們今天的疑問，正是我當年上課時沒說清楚，或書中沒寫清楚所造成的。所以，我實在有責任對這些疑問公開作個答覆。

貳・辭格的區分

依據自己教學的經驗，並歸納各方的疑問，最不容易分得清楚的辭格，大致有下列幾種：

一、仿諷和反語

仿諷和反語，都意帶諷刺。不過，仿諷以刻意模仿別人的話語或特種既定的文學形式而構成諷刺；反語卻是把正面意思反過來講而構成諷刺。舉例來說：

全祖望〈梅花嶺記〉：

吳中孫公兆奎以起兵不克，執至白下。經略洪承疇與之有舊，問曰：「先生在兵間，審知故揚州閣部史公果死耶？抑未死耶？」

孫公答曰：「經略從北來，審知故松山殉難督師洪公果死耶？抑未死耶？」

這是孫兆奎故意模仿洪承疇的話，諷刺洪承疇不能爲國殉難，卻投降清朝，屬仿諷。又如：

打聲、罵聲、吵架聲，聲聲入耳；
閒事、雜事、無聊事，事事關心。

這是沈謙在《修辭學》書中，故意模仿明末大儒顧憲成的一段名言：

風聲、雨聲、讀書聲，聲聲入耳；
家事、國事、天下事，事事關心。

來諷刺當今社會現象的。顧憲成這幅聯語，後人仿作的很多，如：

松聲、竹聲、鐘鼓聲，聲聲自在；

山色、水色、煙霞色，色色皆空。

可以說已成爲文學上一種既成形式。現在再模仿它的形式來諷刺世俗現象，藉形式和內容的不調和而產生幽默諷刺的效果，也是一種仿諷。

至於王溢嘉的〈霧之男〉：

「你實在是一個很難得的女孩子，全身上下都充滿了靈性。我們兩個和你比起來，簡直是不學無術，俗不可耐。」說完，我忍不住惡作劇地笑了一笑。

這當然在諷刺對方自以爲充滿靈性，實際上卻俗不可耐。但既未模仿對方的話語，也未模仿特種既定形式，所以是反語，不是仿諷。

總之，仿諷因事實與敍述方式矛盾而令人發噱，必須以模仿別人話語或特種既成形式爲條件；反語乃寓意與字面意義相反之語，不必模仿別人話語或既成形式。二者的區別十分清楚。因此，我猜想，所以有人把二者弄混了，可能因爲反語又叫反諷，和仿諷在字形字音上都很接近的緣故吧！

二、引用、藏詞和飛白

引用成語或俗語，無論明引或暗用，都有省略之法，這和成語藏詞法、俗語藏詞法，有些什麼不同？還有，引用是援用別人的話或典故、俗語等等；飛白是把語言中的方言、俗語、吃澀、錯別，故意加以記錄或援用。那麼，文中使用俗語，到底算引用或飛白？

這兩個問題，要分開來說。先說第一種，引用省略法和藏詞法的區別。

引用的省略法，如劉長卿〈過賈誼宅〉：

秋草獨尋人去後；寒林空見日斜時。

二句暗用賈誼〈鵩鳥賦〉原句而有所省略。原句是：

庚子日斜兮，鵩集予舍；野鳥入室兮，主人將去。

劉長卿的意思就在所引用的「人去」和「日斜」中，而所未引的「庚子」啦，「野鳥」啦，意無所取。

藏詞法卻不然。試看魯迅的〈祝福〉：

這實在是叫作「天有不測風雲」，她的男人是堅實人，誰知道年紀輕輕，就會斷送在傷寒上？

「天有不測風雲，人有旦夕禍福。」是常語。《金瓶梅》第八十一回，和《清平山堂話本．戒指兒記》都有這兩句話。尤其膾炙人口的在《三國演義》第四十九回〈七星壇諸葛祭風．三江口周瑜縱火〉：

孔明曰：「連日不晤君顏，何期貴體不安？」瑜曰：「人有旦夕禍福，豈能自保？」孔明笑曰：「天有不測風雲，人又豈能料乎？」

魯迅在〈祝福〉中，字面上引的是「天有不測風雲」，實際上意思是「人有旦夕禍福」，卻是深藏未曾形諸語言文字的。這就是藏詞了。

據說一戶窮人家，過年時湊熱鬧也貼門聯和橫披。上聯是「二三四五」；下聯是「六七八九」；橫披是「南北」。意思是「無一」，諧音「無衣」；「無十」，諧音「無食」；橫披「南北」是「無東西」的意思。也是藏詞的一種。又如罵人「一二五六七」，是指「丟三忘四」；罵人「貓哭耗子」，意爲「假慈悲」。用的都是「藏詞」之法。

至於「外甥打燈籠，照舅（舊）。」「青埂峯下的大石頭，有點兒來歷。」「毛蟹過河，七手八腳。」「疵布作衫，看透透。」這些歇後語，連譬帶解，字面意思，背後含意，全說出來了。實在不宜再歸入藏詞格，應另成一類，名爲「譬解」或「歇後」。許多《修辭學》書，包括拙著在內，都以之爲「藏詞」，是容易造成誤會的。

第一個問題交代清楚了，再說第二個問題：援用方言俗語是引用還是飛白的問題。我現在意見是：援用俗語，就算引用，不宜再視之爲飛白。全篇使用方言，那是文學語言的選擇問題，也不是飛白。但爲了存眞或逗趣，偶而使用幾句方言或幾個方言詞彙，仍可視爲飛白。

舉例來說：像田原〈古道斜陽〉：

> 牛皮不是吹的，火車不是推的。不知誰輸誰贏哩；有種，別藉酒遁給溜了。

「牛皮不是吹的，火車不是推的。」是俗語的引用。又如王禎和〈鬼・北風・人〉：

> 你四兩人講什麼半斤話，早就跟你說過，我的一切犯不著你擔心，那眞是活見鬼。

我著實太沒心眼嘍！我的心可也太軟啦，老想他會變好。一樣米百樣人，誰曉得他會不會變好？

「四兩人講什麼半斤話」「一樣米百樣人」也是俗話的引用。這些全不可以看作飛白。

另如：沙汀的《還鄉記》，全用四川官話來寫作。王禎和的〈嫁粧一牛車〉，全用閩南方言來寫作。這是鄉土文學的特徵之一，不是修辭學上的飛白所能局限的。

至於如高陽的〈愛巢〉：

你們知道各地方言怎麼自稱我們兩個嗎？譬如說，像老姚，你們北平話，稱的是「咱們倆兒」。朱雲，你是四川人，你們叫「我跟我堂客」。章鐵中，你們蘇州人叫做「偃搭偃伲家主婆」，對不對？還有，他提高嗓門壓住了滿座大笑：「惠美，你們臺灣人說是『窪跟窪愛攣手』，你說是不是？」

把北平話、四州話、蘇州話、臺灣話，湊合在一起，「我」變成了「偃」或「窪」，是方音的記錄，不是本字本義，仍可算飛白。「壓住了滿座大笑」，正是飛白逗趣的證明。

我前撰《修辭學》，把方言俗語的記錄與援用，全當作「飛白」，實在失之於太寬，特別在此訂正。

三、飛白、字音雙關和諧音析字

把俗語的記錄與援用自飛白中剔除，而歸之於引用；再把以方言寫作的文學作品視為鄉土文學，僅保留偶而出現的方言語句於飛白之內。因此，飛白的定義要重新界定。我看到唐松波、黃建霖主編，中國國際廣播出版社出版的《漢語修辭格大辭典》，「飛白」(非別)定義如下：

故意使用白字或在語音、語義、句法上有意歪曲附合，實錄援用。

這個定義很能掌握飛白的實際內容。而某些方言語句的偶而出現，如把「我跟我太太」說作「偪搭偪俔主婆」或「窪跟窪愛攀手」之類，可以看作語音上的有意附合的方式之一。

但是，問題沒有完全解決。所謂語音上的有意附合和字音雙關及諧音析字又如何區別呢？最為大家熟悉的字音雙關的例子，是一首據說是劉禹錫所作的〈竹枝詞〉：

楊柳青青江水平，聞郎江上唱歌聲。
東邊日出西邊雨，道是無晴還有晴。

句中「晴」字，表面上指「日出」之「晴」，實際上兼指與「郎」之「情」。所以字音雙關，是說文字的讀音關聯到兩件不同事物。但字音飛白只是單純的別字和語音上的附會。如金庸《鹿鼎記》中韋小寶說的「皇上鳥生魚湯」，只是「堯舜禹湯」的錯別，存眞逗趣之外，別無他意。

說到諧音析字，我不禁先自說聲慚愧！我仔細檢查了自己《修辭學》上諧音析字中借音一項，所有例子幾乎都可以劃歸飛白，如把「學術著作」說成「瞎說豬炸」，把「無量亭」說成「無樑亭」之類。我又進一步檢查了陳望道的《修辭學發凡》的例子，如以魚取「富貴有餘」的意思，似乎也可以歸入字音雙關。這樣看來，諧音析字一目可以取消，分別併入飛白或雙關中。

四、對偶和排比

在陳望道《修辭學發凡》中，對偶的定義是：「說話中凡是用字數相等句法相似的兩句成雙作對排列成功的，都叫做對偶辭。」排比的定義是：「同範圍同性質的事象用了結構相似的句法逐一表出的，名叫排比。」我在《修辭學》對排比和對偶所下的定義，大抵參照《發凡》的定義。關於二者的分別，《發凡》也曾指出三點：

1. 對偶必須字數相等，排比不拘；
2. 對偶必須兩兩相對，排比也不拘；
3. 對偶力避字同意同，排比卻以字同意同爲經常狀況。

《發凡》以爲「排比格中也有只用兩句互相排比的」，並舉例如下：

我有所念人，隔在遠遠鄉；我有所感事，結在深深腸。（白居易〈夜雨〉詩）

挽弓當挽强，用箭當用長；射人先射馬，擒賊先擒王。（杜甫〈前出塞〉九首之六）

雖然《發凡》未說明其所以爲排比的理由，不過由上面所述排比與對偶的三點分別，可以發現此二例不避字同意同，如第一例上下句都有「我有所」與「在」，第二例都有「當」與「先」。所以爲排比而非對偶。《發凡》這種分別標準，我在《修辭學》也大致遵從。上下兩句，力避字同，就視爲對偶；上下兩句，不避同字，就視爲排比。並且依據《發凡》第一點意見，上下兩句，字數不同，也視爲排比。

但是二十多年教下來，發現問題多多。就歷史發展上看，早期對偶根本不避同字，如《詩經・邶風・谷風》：

就其深矣，方之舟之；就其淺矣，泳之游之。

又如《論語・述而》：

用之則行；舍之則藏。

都不避同字。而王力在《漢語詩律學》卻援引作爲「對仗」的例子。再就實際區別來說，對偶力避字同意同。這個「力」原是盡力盡量的意思，沒有客觀標準，無法落實在百分比上。而且，字雖有同而意不同，或字雖未同而意相同，又如何判斷？上面所引《詩經》、《論語》二例，上下句雖不避同字，但意思上一深一淺、一用一舍，卻是相反的。這就造成判斷上兩難的局面。

沈謙《修辭學》給排比加了一個條件：「最少三句。」大陸出版的《漢語修辭格大辭典》，「排比」定義爲：「用三個或三個以上結構相同或相似，語氣一致的詞組或句子，以表達相關的內容。」於是，對偶與排比有了數學上的標準，而能客觀區別了。

綜上所述，再給對偶、排比劃一簡明的界線：

字數相同，結構相同或相近，上下相連的兩個語句，無論上下句有無同字，也無論意同意反，都算對偶。

三個或三個以上的語句，結構相同或相近，都算排比。

上下相連的兩個句子，結構相同或相近，但字數不同，既非對偶，亦非排比，當歸於「錯綜」之「伸縮文身」。

叁．辭格的交集

由於分析角度、注意重點等等的不同，有些句子修辭方式，既屬甲辭格，又爲乙辭格，種種交集現象就出現了。我在《修辭學》中，已指出的，有譬喻與借代的交集，層遞與頂眞的交集等。茲再舉四種，其中有些甚至是可以合併的。

一、映襯和對偶

映襯屬於意念表達方面的辭格；對偶屬於形式設計方面的辭格。有時表達映襯的意念，採用對偶的形式，於是映襯與對偶就有了交集。

拙著《修辭學》〈映襯〉章中某些例句，如劉大白〈鄰居的夫婦〉，我們可以認爲：「一邊簫鼓聲中，一雙新夫婦在那兒嫁——娶；一邊拳腳聲中，一雙舊夫婦在那兒打——哭。」是對偶中的隔句對。其下「新新舊舊」、「寃寃親親」都是對偶中的當句對。又如朱西寧〈冶金者〉：「遇見送親的心熱，遇見送葬的心冷。」也可看作對偶中的單句對。至如高適〈燕歌行〉：「壯士軍前半死生，美人帳下猶歌舞。」更是標準的工對。

同樣的，《修辭學》〈對偶〉章中，所舉例子如：「花開，葉落；雨霽，霞明。」「白晝纏在你頭上；黑夜披在你肩上。」「酒，蕩漾在玻璃杯裡，琥珀般的豔紅；笑，蕩漾在她的脣邊，紅梅般的動人。」也都可以視爲映襯。

二、句中對和拼字

句中對又叫當句對，是對偶的一種。拼字，我在《修辭學》把它歸入錯綜中的詞的錯綜；但是也有把它歸入鑲嵌的，《漢語修辭格大辭典》就這樣作。

拙著《修辭學》依形式分對偶爲四：

1. **句中對**：如丁穎〈南窗小札〉：「白雲蒼狗，故交舊知，天各一方，生死未卜。」中白雲對蒼狗、故交對舊知之類。

2. **單句對**：如王維〈使至塞上〉：「大漠孤煙直；長河落日圓。」之類。

3. **隔句對**：如《文心雕龍・原道》：「雲霞雕色，有踰畫工之妙；草木賁華，無待錦匠之奇。」

4. **長對**：上下相對，各有三句或三句以上。如連橫《臺灣通史・序》：「斷簡殘篇，蒐羅匪易；郭公夏五，疑信相參：則徵文難。老成凋謝，莫可諮詢；巷議街談，事多不實：則考獻難。」

此外，還有

5.排對：由許多兩兩相對的句子排比而成。如王怡之〈不如歸〉：「北海如豔妝的美女；南海如灑脫的名士。北海多朱欄翠閣；南海多老樹枯藤。北海紅藥欄邊，宜喁喁清談；南海鷓鴣聲裡，宜沈思假寐。北海漪瀾堂的彩燈，雙虹榭的雪藕，惹人遐思；南海卐字廊的岑寂，流水音的清爽，滌人塵懷。賞北海紅蓮，如靜觀少女曼舞；玩南海煙月，如諦聽老僧談禪。」從前寫《修辭學》時，把它歸入排比。現在仔細想想，還是視為對偶中的排對較妥。

拼字是把兩個雙音節的複詞拆開，重新穿插拼合。如「驚動天地」拼成「驚天動地」，「鸞鳳飛舞」拼成「鸞飛鳳舞」，「輕細言語」拼成「輕言細語」，「眉目清秀」拼成「眉清目秀」之類。

拼字結果，事實上就是句中對。因此，從「錯綜」中排除拼字，併入「對偶」中的句中對，是合理的解決方法。

三、排比和類字

黎運漢和張維耿合著的《現代漢語修辭學》，把排比分為三類，三類都可能和類字有些牽扯。分述於下：

1.句子成分的排比：有類字的如秦牧的〈潮汐和船〉：「第一個從樹上下來生活的猿人，第一個用火烤東西吃的原始人，第一個抓野馬來騎的獵人，第一個從草中找出五穀來播種的農人，第一個挖獨木舟的漁人，都應該在人類歷史博物館裡立個銅像才好。」主語由五個形名結構組成，而每個結構中都有「第一個……人」一類的字。沒有類字的排比，如謝冰瑩〈蘆溝橋的獅子〉：「每個獅子的形態，或仰或臥，或笑或怒，都各有不同，維妙維肖。到了這裡，你不能不佩服我國古時藝術的精巧、細緻、偉大！」最後一句的賓語，由三個轉品爲名詞的形容詞「精巧」、「細緻」、「偉大」構成，其中並無類字。

2.**句子的排比**：有類字的如臺灣主婦聯盟集體創作〈淡水河神話〉：「已然，水裡的魚兒不再產卵；已然，室中的鳥兒不再生蛋；已然，大地的母親默默哭泣，流產、畸形兒處處。」三句都以表示時間的狀語「已然」開頭。沒有類字的如張可久〈水仙子・樂閒〉：「鐵衣披雪紫金關，彩筆題花白玉闌，漁舟棹月黃蘆岸。」元曲中此類甚多；詞曲之外作品中無類字的排比句卻不多見。

3.**段落的排比**：大都有類字。如余光中的《鄉愁四韻》：

給我一瓢長江水啊長江水——

酒一樣的長江水。

醉酒的滋味，

是鄉愁的滋味。
給我一瓢長江水啊長江水。

給我一張海棠紅啊海棠紅——
血一樣的海棠紅。
沸血的燒痛，
是鄉愁的燒痛。
給我一張海棠紅啊海棠紅。

給我一片雪花白啊雪花白——
信一樣的雪花白。
家信的等待，
是鄉愁的等待。
給我一片雪花白啊雪花白。

給我一朵臘梅香啊臘梅香——

母親一樣的臘梅香。
母親的芬芳，
是鄉土的芬芳。
給我一朵臘梅香啊臘梅香……

關於排比和類字的關係，《發凡》已注意及此，並有所論列：

排比往往每句摻有幾個相同的字。因為如此，所以陳騤以下常有專於著眼在這一點的議論，說什麼「文有數句用一類字，所以壯文勢廣文義也。」（《文則》卷下庚條）實際上所謂「用一類字」，如：「有弗學；學之弗能，弗措也。有弗問；問之弗知，弗措也。有弗思；思之弗得，弗措也。有弗辨；辨之弗明，弗措也。有弗行；行之弗篤，弗措也。」（《中庸》）。每句同有「之」、「弗」、「也」等字，雖然是排比格中所常見的，卻也只是排比中一面的現象。

於是修辭學家有以類字爲排比的必要條件的。例如張弓的《現代漢語修辭學》，就說過「共同的提綱詞語」是排比三「必須」之一。我們從上文各種例子的觀察中，可以發現，排比有用類字的，有不用類字的。而用類字的，說它是排比也可，說它是類字也可。

四、吞吐與脫略

搵著《修辭學》在〈婉曲〉格，有「吞吐」一項；在〈跳脫〉格，有「脫略」一項。吞吐是在將說未說之際，強自壓抑，想說的仍然沒有完整的說出來。脫略是爲之表達情境的急迫，要求文氣的緊湊，或覺得無須說，因而故意省略。所以吞吐是不忍說、不敢說，或不方便說；而脫略是不想說、不須說，或沒有時間說：其間分別很細微。實際上，是可以把吞吐併入脫略，成爲〈跳脫〉的一項。

肆・結語

回頭再分析一下前言提出的句子。「來競爭當然要求勝利；來比賽當然想創紀錄。」是不避同字的對偶。由於只有二句，不到三句，所以不是排比。上下二句中雖然都有「來……當然」一類的字，但非重點所在，說它亦爲類字，有些兒勉強。「我們唯一的裝飾，正如你所見的，是一身抖不落的煙塵。」可以認爲是在「我們唯一的裝飾，是一身抖不落的煙塵。」中插入「正如你所見的」；也可以認爲是「正如你所見的，我們唯一的裝飾，是一身抖不落的煙塵。」的倒裝。所以說它是「脫略」中的插語，或倒裝句法都對。而且〈行道樹〉自稱「我們」，是「轉化」格中的人性化；「煙塵」怎能稱之爲「裝飾」？又屬「倒反」的修辭法。一些膾炙人口的佳句，往往不只使用一種修辭法，而是好幾種方法同時使用，使其韻味慢慢釋放，才耐人仔細品味。

關於辭格間不易區別的，或有所交集的，當然不僅上述幾種。拙著《修辭學》分辭格爲兩大類，三十種，一〇五項，也只是擇要而論。《漢語修辭格大辭典》分辭格爲一五六個，遠詳於拙著。這一五六個辭格的分合區別，問題也就更爲龐大複雜了。二十年前寫《修辭學》時，全臺灣只有臺師大、高師院有「修辭學」課程。書禁森嚴，參考書很少。加以爲每週二小時教學時數所限。因此，只能安於孤陋，就最實用的修辭格談談。現在看看舊作，應增刪修正處太多了。臺灣已有三師大八師院，都有「修辭學」課程，而其他綜合大學如臺大也逐漸開設修辭學課。兩岸文化交流，更日見頻繁。學術上單打獨鬥，或「我輩數人，定則定矣！」的時代，應該過去了。修辭學界何時能聚多士於一堂，共同切磋琢磨，進而與大陸作學術交流呢？而經周延討論，而收集思廣益之效者，又豈僅辭格之區分與交集而已。

（本文原刊於一九九三年十二月出版的《華文世界》七〇期。）

作文與修辭

作文要作得好，並不全靠修辭；修辭的用處，也不只在作文。但是，一篇好文章，卻必須修辭精美而動人。

首先，作文要有充實的內容。把你個人生活的體驗，待人接物的心得，對人類社會、宇宙自然的感懷等等，恰當地表達出來。時時省察自己和周遭發生的事情，加上博學、審問、愼思、明辨，有了卓越新穎值得表達的意思，用文字寫出，才算是內容充實的作文。這是好文章的先決條件，卻並不屬於修辭的範圍。所以，我說作文要作得好並不全靠修辭。

有了充實的內容，然後講求內容表達的恰當，這才屬於修辭的問題。包括穩妥的段落結構，適當的詞語運用，和表意方法的調整，語句形式的設計。

段落結構方面，要如何起頭？如何承接？如何轉折或展開？如何結尾？應先考慮淸楚。還有，段落結構常視文體而有所不同。例如，記敘文有順敘、倒敘、合敘、分敘種種方式；議論文也有歸納型、演繹型等等的講究。廣義的修辭學包括段落結構在內。也有把段落結構從修辭學中分出去，獨立爲「文章結構學」的。我們中學生，如果能把國文課本中範文的段落大意，逐篇分析，歸類比較，對自己作文時的段落安排，是很有參考價值和啓發作用的。

詞語運用方面，要辨析詞語涵義，使用最適當的詞語。例如，「並不」和「並非」，意思很接近，但涵義微有不同。我們說「內容充實並不屬於修辭的範圍」，可以；但是，「內容充實並非屬於修辭的範圍」，就嫌累贅，要說「內容充實並非修辭的範圍」才是。可見在這句話中，如用「並不」，下面必須有「屬於」；如用「並非」，下面可以省去「屬於」。又如：「親近」、「親熱」、「親暱」，意思一個比一個重；「寬闊」、「廣闊」、「遼闊」，範圍一個比一個大；「謙沖」、「謙虛」、「謙恭」，主賓關係不同；「成果」、「結果」、「後果」，褒貶色彩有異：這些都要仔細辨別。

法國小說家莫泊桑（Gup de Maupassant，西元一八五〇～一八九三）在《福樓拜》書中，記載他的老師福樓拜（Gustave Flaubert，西元一八二一～一八八〇）告訴他用詞遣語的要領說：「在所有動詞中，所有名詞中，所有形容詞中，只有一個動詞，一個名詞，一個形容詞可以表達我的意思。」正是這個道理。詞語的精確運用在修辭學裡稱作「消極修辭」。

王鼎鈞先生寫過一本散文集：《碎琉璃》。書名暗示美麗古老卻已破碎的世界，是一種「象徵」。首篇〈瞳孔裡的古城〉，借具體的「瞳孔」來代抽象的「記憶」；借典雅的「古城」來代通俗的「故鄉」；採用的是「借代」手法。第一段開頭說：「我並沒有失去我的故鄉。當年離家時，我把那塊根生土長的地方藏在瞳孔裡，走到天涯，帶到天涯。」則在「婉曲」中帶有「夸飾」的意味。余光中先生〈滿月下〉詩最後一章：「那就折一張闊些的荷葉／包一片月光回去／回去夾在唐詩裡／扁扁地，像壓過的相思。」「月光」怎能用荷葉來包，用唐詩來夾呢？這使得月光形象化了。「相思」如何「壓過」呢？這使得相思物性化了。形象化和物性化都是「轉化」。而壓扁的月光「像壓過的相思」，卻是一種「譬喻」。上面說的「象徵」、「借代」、「婉曲」、「夸飾」、「轉化」、「譬喻」，全屬表意方法的調整。

蔣介石先生在擔任中華民國總統的時候，發表了一篇文告，題目是〈時代考驗青年・青年創造時代〉。很可能從爭辯不休的「時勢造英雄還是英雄造時勢」得到的靈感。後來約翰・甘迺迪(Kennedy John Fitzg erald，西元一九一七～一九六三)競選美國總統，提出的口號是：「不要問國家能給你們什麼；而要問你們能對國家作何等貢獻！」這些語言，形式設計上具有共同點：利用相同而且有關鍵性的詞彙，回旋往復，構成純粹簡單之美，連續不斷之妙；使人記憶深刻，並且有圓滿的感覺。在修辭上稱作「回文」，為語句形式設計的一種。以上無論表意方法的調整，或語句形式設計，都屬於「積極修辭」。

作文既有充實的內容，又講究段落結構，消極修辭和積極修辭，必然成為膾炙人口的好文章。

上面說過，修辭的用處，並不限於作文。它同樣有助於講話，使人出口成章。更有助於文章的鑑賞和言辭的體會。可以聽出別人言外之音，聞弦歌而知雅意；或破解別人的花言巧語，遁辭知其所窮。那就別有一番趣味了。

（原刊於一九九三年三月十一日《中央日報・中學國語文》副刊。）

大學聯考作文題之檢討

——應《聯合文學》「文學作家看大學聯考國文科作文題」大評鑒而寫

假如把「文學作家看」五字刪去，再在「大學聯考國文科作文題」下面加「之檢討」三字，實在是很好的論文題目，早該作的。

假如由我來寫這篇論文，那，麻煩大了！我要勞動主管聯招單位供給我歷年聯考全部作文卷子和評分表。我要統計一下每年聯考作文評分的平均數，並且一律換算爲百分計分法的分數，這樣，可以評判每年作文題目的難易程度。我要統計一下每年聯考作文分數的「離中差數」，這樣，可以論斷全部成績的分布是否合理。一個良好的作文考題成績分布曲線應爲鐘形常態分配的。我更要選擇十所具有代表性的學校的同班考生，統計他們聯考作文分數和他們高三作文平均分數間的「相關係數」，否則怎樣證明作文考題眞能正確甄別考生程度的差異呢？有了這三項數據，我就可以發現難易適中、成績分布合理、能正確顯示考生程度的好題目。從這些好題目中，我更要找出內容最具代表性的十個題目；每題抽出十份成績最具代表性的卷子，從最高分排列到最低分，製作「大學考生作文量表」，給以後命題和閱卷先生們作參考。

假如一時沒有工夫這樣作，那就先參考教育部頒布的高中國文課程標準有關作文的條文罷。目標：「提高寫作語體文之能力」、「培養寫作明易文言文之能力」、「增進其文藝創作之能力」。方法：「指導其各種文體之寫作及審題、立意、運材、布局、措辭等方法」、「提高學生語體文寫作速率，養成不起稿習慣；並指導寫作明易文言文（以上兩項寫作均包括應用文）。」作文考題實在不一定要「單題長文」；也不妨考慮「多題短文」，測驗一下考生「審題、立意、運材、布局、措辭」的能力；或者出兩個題目，一限作語體，一限作明易文言，能跟文藝創作、應用文配合上就更好了。決定十萬考生一輩子的事，實在該慎重些！

假如沒有這麼多的考試時間，假如沒有這麼多的閱卷先生，假如怕方式固定了，補習班和參考書會「大家一起來」，那就維持單題長文的方式罷！部頒課程標準還這麼規定：「題目務須適合學生理解力及寫作能力，或配合生活環境，與課文密切聯繫。」歷屆大學聯考作文題大致上還適合學生能力，也許六十五年考題〈仁與恕互相爲用說〉深了一些，但題目仍是有根據的。沒有像〈阿里山之秋〉這類不能配合全體考生生活環境的題目。可能有人挑剔，芸芸考生和站在社會頂端的「一二人」有段距離，會說六十二年的作文題：〈曾文正公云：「風俗之厚薄，繫乎一二人心之所嚮。」試申其義〉，與生活環境偏離了些。但是，像〈人性的光輝〉、〈生活中的苦澀與甜美〉、〈看重自己、關心別人〉，倒眞能激發考生生活經驗中某些崇高的情愫、甘苦的回憶、恢宏的意志和淑世的精神的。說到與課文的聯繫，已夠密切了。五十年〈論「己所不欲勿施於人」〉、五一年〈「先天下之憂而憂，後天下之樂而樂」說〉、五二年〈孟子云：「生於憂患死於安樂」試申其義〉、五三年〈孔子云：「知之者，不如好之者；好之者，不如樂之者。」試申其義〉、六二年〈曾文正公云：「風俗之厚薄，繫於一二人心之所嚮。」試申其義〉、六三年〈荀子云：「吾嘗終日而思，不如須臾之所學。」試申其義〉，還有七三年度〈海不辭水，故能成其大；山不辭土石，故能成其高。〉的考題，都摘自課本中。

假如通常課堂上作文，命題注意到課程標準也就可以了。聯考作文到底不是課堂作文，聯考既要考驗考生作文的能力，還要避免題目陳舊或易被猜到。我不太贊成題意過於明確的題目，如〈公共道德的重要〉，那會使考生千人一辭，分不出程度高下。倒是〈海不辭水，故能成其大；山不辭土石，故能成其高〉，題旨模稜，考生因象悟意，或許能使文章更易呈現不同的意念、層次和風貌。差些的，「積少成多」的道理總該說得出來罷；悟性好的，會從「有志竟成」、「取法乎眾」、「謙以待人」、「有容乃大」各方面去思索，再添些例證，很能引人入「勝」的！至於像〈先天下憂，後天下樂〉、〈生於憂患，死於安樂〉、〈憂勞興國，逸豫亡身〉，陳陳相因；像〈自由與守分〉，簡直可以襲用課本上蔡元培〈自由與放縱〉的主旨；像〈論國文的重要〉、〈學問爲濟世之本〉，題目呆板，太容易被猜到：若此之類，不出也罷！

（原刊於一九八四年十二月出版的《聯合文學》第二期。）

《史記漢書儒林列傳疏證》述例

《史記漢書儒林列傳》者，蓋合《史記儒林列傳》及《漢書儒林傳》而言也。秦火之後，不重庠序，唯建元元狩之間，文辭粲如，司馬遷爲作〈儒林傳〉。及班固綜理六學綱紀，著其師徒終始，述〈儒林傳〉。西京二百年間經學之師承家法，始有條理可尋。本書合此二傳，爲之疏證，定名爲：《史記漢書儒林列傳疏證》。

《史記》一書，原有三家注：裴駰《集解》，司馬貞《索隱》，張守節《正義》是也。茲據武英殿本全部採用。日人瀧川資言作《史記會注考證》，據彼邦古鈔本，補今本刪落《正義》千餘條。其中多爲轉錄《漢書》顏師古注，或前注已見，後復重出者，故國人不甚重視。然瀧川所補亦有頗具價值者。如「於今獨有士禮，高堂生能言之。」下，瀧川本所補《正義》引「謝承」、〈藝文志〉、《七錄》三說。「謝承云」一條，王應麟《漢書藝文志考證》亦據《史記正義》引之，則宋本《史記正義》猶有此條。《七錄云》一條，有「後博士傳其書得十七篇」之言。博士者，謂高堂生也，賈公彥序周禮興廢言「至高堂生博士傳十七篇」，可爲明證。今本《七錄》及諸家所引皆誤「傳其書」爲「侍其生」。張金吾撰《兩漢五經博士考》，直以「侍其生」爲西漢博士姓名；皮錫瑞作《經學通論》，亦謂「侍其生不知何時人」。皆不知「侍其生」爲「傳其書」行書之訛，無其人也。若非彼邦古鈔本，千年不白之誤，且永無訂正之日矣。玆檢瀧川所補《正義》，標以「瀧川本正義」之目，以與今本《正義》別也。

成都大學教授張森楷氏，嘗事二十四史之校勘，史學深邃。其所撰《史記新校注》稿，大半采自經緯雅言，子集施訓，自唐宋至清儒舊說，而參以個人之創見。楊師家駱云：「張氏據校之本四十四，參校之本一十七，徵引之書在四百五十八種以上，自始校至注成，歷時五十年，六易其稿，誠可謂太史公書之功臣矣。」玆自楊師處借得《新校注》五稿六稿，以六稿爲主，參補以五稿，列於三家注之後。

日人瀧川資言作《史記會注考證》，參考《索隱》、《正義》以後，中日兩國注馬之作，彙而載之。雖徵引蕪雜，然其所據彼邦之本，除古鈔本外，有楓山本、三條本、博士家本、南化本、慶本諸種，爲張森楷氏所不見，故亦錄之，標目曰「會注考證」，蓋以別於武英殿本之「考證」也。

《漢書》注家，前有顏師古，後有王先謙。顏注蓋集唐前服虔、應劭、晉灼、臣瓚、蔡謨五種注本之大成；且補之以荀悅、崔浩、郭璞之說。《四庫提要》稱其「條理精密，實爲獨到。」

王先謙以清末大儒，治學循乾嘉遺軌，自言：「自通籍以來，即究心班書，博求其義，薈最編摩，積有年歲。」其《漢書注》引用自唐至清先賢四十家之說，補苴闕漏，漢書義蘊，多得通貫。茲據補注本兼採之。

清儒言治古書，當審諦十事：稽篇章，一也；定句讀，二也；通訓詁，三也；辨聲音，四也；訂羨奪，五也；正錯誤，六也；校異同，七也；徵故實，八也；援旁證，九也；輯逸文，十也。本篇疏證，除於輯逸文一事，本不知蓋闕之義而從略外，他皆奉爲準則。又〈儒林列傳〉就其內容言爲經學之歷史，性質頗爲特殊。其經學淵源、時代環境，尤應重視，疏證於此二事，並詳明之。

篇章者，所以明文章之組織。《史記》、《漢書》之文，雖有所謂「提行特起」之例，然各本或有或否，嫌疏略也。茲重析其章節：第一篇《史記儒林列傳》分爲二章。首章序文，依時代順序復析爲七節；次章正文，視五經次第亦得七節，其中《詩》有魯齊韓三家也。第二篇《漢書儒林傳》分爲七章。首章爲序文；以下五章依次論《易》、《書》、《詩》、《禮》、《春秋》五經傳受；末章爲結論。序文依時代先後分節；五經傳受依師承家法分節；結論僅一節，〈儒林傳贊〉是也。章節標題，亦爲追加。割裂傳文，妄植標題，自知或不免狂妄之譏；然欲明其綱領，稽其篇章，以便讀者，情非得已。讀者其曲諒之。

古人重精讀，故刊行書籍，未有加符號分別其句讀者，欲令讀者自得其句讀也。而研閱古籍，偶一不愼，常失其句讀。以《漢書儒林傳》爲例言之：有「申章昌曼君」者，申章其姓，昌其名，曼君其字也。當於「君」下一逗。而唐晏作《兩漢三國學案》，析「申章」爲一人，「昌章君」爲一人，蓋誤於「章」下增一逗也。又「疑者丘，蓋不言。」丘蓋二字，說者多引《荀子．大略》篇：「言之信者在乎區蓋之間」而並釋之。王氏補注引劉敞，錢大昭說；楊樹達《漢書窺管》引段玉裁、李玆銘、吳承仕說，皆然。按：荀子以「在乎區蓋之間」爲「信者」，〈儒林傳〉謂「疑者丘蓋不言。」一言信者，一言疑者，義殆相反，僅以丘區雙聲而併爲一談，其謬不亦甚乎？今世人「丘蓋」二字連讀，已積非難返矣！孰不知漢人讀「丘」爲「空」，《史記公孫弘傳》：「丘虛而已。」郭嵩燾《史記札記》云：「當時或名空虛爲丘虛。」《漢書息夫躬傳》：「寄居丘亭」，師古曰：「丘，空也。」是其例證。「蓋」者，發語辭也。丘蓋二字中有一逗，不可連讀。「疑者丘，蓋不言。」者，謂有疑則空闕之，蓋不置言也。《論語》：「多聞闕疑」「君子於其所不知，蓋闕如也。」其意並同。於此可見定句讀之不易。玆依文法結構，全部加以新式標點符號，以明其句讀。

章太炎先生曰：「文字之學，聲韻爲本，能明聲韻以貫通文字，則叚借之理得，轉注之道通，而訓詁之用宏矣。」誠哉斯言也。以《史漢儒林列傳》爲例以言，馬班皆喜用通叚之字，若不明此理，則不能得其訓詁。如公孫弘請與學官之議，曰：「弘爲學官，悼道之鬱滯，迺請曰：丞相御史言……。」郭嵩燾《史記札記》云：「案此謂弘元光五年對策拜博士時也。」意學官卽博士也。張森楷《史記新校注》云：「公孫時爲學官，此其職權內事，非所不當言，而必請丞相御史以昭鄭重，故白于二府爲言之於朝以實其云。」蓋亦以學官爲官名也。按：弘議引武帝元朔五年（西元前一二四年）詔，則其議非元光五年（西元前一三〇年）弘對策拜博士時所上可知。元朔五年，弘以丞相兼御史，見《漢書百官公卿表》，故其議自稱「丞相御史言」，則弘時非任職學官可知。然則學官究作何解耶？朱駿聲《說文通訓定聲》曰：「官，叚借爲館。《易·隨》：官有渝，蜀才本正作館。」學官者，學館也。《漢書·循吏傳》：「文翁又修起學官於成都市中。」師古注云：「學官，學之官舍也。」《文獻通考》卷四十：「請因舊官而興焉。」馬端臨自注：「舊官爲博士舊授徒之黌舍也。」皆是明證。郭張二氏，蓋偶忽其叚借之理，故不能通其訓詁也。他例尚多，未能悉舉。本疏證於《史漢儒林傳》叚借之字，皆一一考訂之，務考其聲韵，通其訓詁。

顏師古注《漢書》，其最爲人詬病者，輒爲字音之不辨。《四庫提要》引《猗覺寮雜記》，稱師古注《漢書》，魁梧音悟，票姚皆音去聲，杜甫用魁梧票姚皆作平聲云云。一二字音之出入，固不可以病其大體；然此一二字音苟能辨正，則顏注更臻完善矣。玆於顏監注音，均以《切韻》諸殘卷，及《唐韻》、《廣韻》以校之。如「太后喜老子言。」師古曰：「喜音許既反。」按：《廣韻》上聲六止「虛里切」有「喜」字，下注云：「又香忌切」，許香雙聲，而既忌不疊韻，師古以「許既」切喜，必訂爲「許忌」而後合也。此其一例，他不多舉。

《史漢儒林列傳》文字，頗多羨奪，致有語不可解者，尤以公孫弘〈興學官議〉爲最。李慈銘《越縵堂日記》云：「平津此議，關係學術，乃漢世一大制度；而文義茫昧，莫能考正。」馬端臨《文獻通考》亦以：「殊不可曉，考訂精詳者，必能知之。」云。按：李氏以爲「莫能考正」者，謂「以治禮掌故，以文學禮義爲官，遷留滯。」一句而言。「以治禮掌故」應訂作「次治禮掌故」，說在《史記儒林列傳疏證》第七節注三三；《漢書儒林傳疏證》第七節注三一。馬氏以爲「殊不可曉」者，指郎中秩較卒史爲高而言。未審郎中之「中」實爲衍文。郎秩比二百石，卒史秩二百石，郎秩在卒史之下也。說在《史記儒林列傳疏證》第七節注二六，《漢書儒林傳疏證》第七節注二四。然則前賢所謂「莫能考正」、「殊不可曉」者，至本疏證始得大白。故必訂其羨奪，方能得其正解也。

太史公受《易》於楊何；司馬遷聞《春秋》於董仲舒；皆見〈太史公自序〉。故《史記儒林列傳》敍《易》與《春秋》，於楊董二氏，特爲推崇；而《易》學源於田何，《公羊》起於胡毋，非由楊董也。於是《史記》行文，每自牴牾。以《易》言，一則曰：「言易，自菑川田生。」再則曰：「要言易者，本於楊何之家。」《漢書》雖以：「要言易者，本於田何。」然贊復作「易楊」。其矛盾錯誤之故，王國維〈漢魏博士題名考〉辨之詳矣。以春秋言，《史記》、《漢書》並列胡毋生董仲舒二家。《史記》先董而後胡；《漢書》反之，曰董仲舒著書述胡毋生之德。又東平嬴公者，眭孟何休之學所從出也。《漢學》以嬴公爲仲舒弟子，《後漢書儒林傳》及

《隋書經籍志》皆歸之於胡毋生。其實仲舒之學亦出於胡毋子都，故嬴公爲仲舒弟子而可歸於胡毋生。《史記》、《漢書》胡董平列，蓋誤。徐彥《公羊疏》：「胡毋生以公羊經傳授董氏。」當有所據。是乃《儒林傳》錯誤之大者。至若文字訛誤，皆即文校之，玆不多贅。

班固《漢書》百卷，自武帝以前，全本《史記》，此人人所知也。故二書《儒林傳》文，其異同可得而言焉。《史記儒林列傳》敍倪寬與董仲舒行事頗詳，《漢書》別有《倪寬董仲舒傳》，故於《儒林傳》略其行事。此《史漢儒林列傳》異同之大較一也。武帝之後，經學師承，史遷未能之及，班氏乃詳其家法，一一補之，此《史漢儒林列傳》異同之大較二也。至於班傳採《史記》之文，其文字亦偶有出入，一字之異，每成巨案。如《史記》言申公「亡傳疑，疑者則闕不傳。」班書省一「疑」字，於是梁玉繩《史記志疑》據班訂馬，以爲《史記》衍一「疑」字。楊樹達《漢書窺管》承其說，以爲魯詩但有「故」而無「傳」。不知《漢書楚元王傳》嘗載：「申公始爲詩傳，號魯詩。」也。《漢書儒林傳》言申公「亡傳」，其下蓋脫一「疑」字，正應據《史記》補也。「亡傳疑，疑者則闕不傳」語互足，蓋亦闕疑之意，爲魯學一貫之純謹學風也。凡此文字繁簡，爲《史漢儒林列傳》異同之大較三也。皆於《漢書儒林傳疏證》中詳之。至於《史記》各本同異，《漢書》文字校勘，有張森楷《史記新校注》、王先謙《漢書補注》在，疏證不能贊一辭矣。

西漢儒林，大師百餘，而以一傳敍之，故其行事、學說、著述，皆語焉不詳。然就行事言：

諸儒於《漢書》固多自有傳；就學說言，其本傳頗載其奏議，可資考徵；就著述言，則有《漢書藝文志》在。疏證欲徵其故實，於此三事，皆覆按其本傳、各表，及藝文志，爲之敍明。（參考他書者，下條言之。）務使西京二百年經學之源流發展，一一貫穿於〈儒林傳〉之疏證中。《文心雕龍·論說》篇云：「秦延君之注《堯典》，十餘萬字；朱普之解《尚書》，三十萬言。所以通人惡煩，羞學章句。」慶萱非不知文繁爲病，故疏證力求簡潔；然每一經師，略引數言以明其學說內容，卽卷帙浩繁，至於二十多萬言。讀者以西漢經學史視之，當仍嫌其疏略也。

本疏證除參考《史記》、《漢書》各卷外，於《十三經注疏》、《十四經新疏》，清儒王謨、馬國翰等所輯漢儒著作佚本，三通、《西漢會要》、《釋文序錄》、《隋書經籍志》，及王應麟、洪邁、朱彝尊、朱睦㮮、顧炎武、閻若璩、王鳴盛、錢大昕、錢大昭、洪亮吉、姚振宗、唐晏、皮錫瑞、章太炎、王國維、劉師培、楊樹達、郭嵩燾、錢穆、呂思勉、余又蓀、施之勉諸家，以及師友之說，並多所采摭，疏證均已注明出處，於此未能一一。

以《史漢儒林列傳》爲西漢經學史，就經學部分言，須詳數事：一曰今文古文，一曰齊學魯學，一曰師法家法。疏證均已於有關各條分別言之。而尤要者，在審其學術流別。故轅固生與黃生爭論於景帝前，黃生言湯武乃弒，必引《韓非子·忠孝》篇「湯武爲人臣而弒其主」之言以疏證之。又如谷永習魯詩，《漢書儒林傳》載其奏疏，有「退食自公私門不開」之語。顏師古注以《毛詩·鄭箋義》釋之，故與谷永意終覺扞格。疏證則必引《三家義集疏》魯說：「卿大夫入朝治事，公膳於朝，不遑家食，故私門爲之不開。」方是谷永之意。至於諸儒師承，追溯先秦；經學流衍，兼及東京；皆略爲數語。務使其來龍去脈，條理井然，並作〈西漢儒林傳授圖〉一種，爲附錄之一。

以《史漢儒林列傳》爲西漢經學史，就歷史部分言，須詳二事：空間時間是也。疏證於諸儒籍里，除「免中」一地待考外，皆注明今地。大抵依本傳所載，參之《漢書地理志》、《清一統志》、《中華民國地圖集》而得之，間亦考之方志，如傳云「濟南伏生」，據《鄒平縣志》，則伏生爲鄒平縣伏生鄉人，於漢屬濟南郡也。他如胡毋生爲齊之泰山人，韓嬰爲燕之涿郡人，焦贛爲梁之蒙縣人，皆〈儒林傳〉所未詳。大事年代，如可考則考得之，並附以西元。除求之於本傳，〈恩澤侯表〉、〈百官公卿表〉、〈古今人表〉，及後人所撰〈漢諸儒年譜〉外，尤多旁推所得。如蔡千秋爲郎，明穀梁，宣帝召見，與公羊家並說，傳雖無年代，然言其時「丞相韋賢，長信少府夏侯勝。」韋賢相在宣帝本始三年(西元前七一年)，本始四年夏侯勝卽以長信少府遷諫大夫，故蔡千秋說穀梁，當不出此二年也。卽其一例。並作〈西漢儒林大事年表〉一種，爲附錄之二。

竊維中國學術演進，可分三期，先秦爲子學時代，兩漢爲經學時代，宋明爲理學時代。經學理學，皆淵源於孔子。孔子嘗兩言吾道一以貫之，子貢以爲多學而識，曾子以爲忠恕而已。學識之道爲經學，忠恕之道爲理學也。就其相互關係言之，心性之理，固有自誠明者；然大率皆由博學審問愼思明辨篤行而得。然則經學者，理學之基礎也。就其歷史發展言之，秦火之後，若非漢儒整理古經，傳其訓詁，則後人安得從中發其義理哉？然則經學者，理學之先驅也。宋明理學之歷史，黃子宗義撰《宋元學案》、《明儒學案》，言之審矣。西漢經學之開拓，則尚乏佳構如黃子之作者以述之。慶萓自入師大受業，倏已七易寒暑，比復事金陵楊師家駱治史籍，因自忘愚鈍淺陋，爲《史記漢書儒林列傳》之疏證，冀西京經學之發展，能大明於斯篇。蓋亦扶微闡幽之意也。至於東京以降，迄乎宋前，儒林源流之激盪顯揚，其敍述當俟來日。大雅君子，幸教正之。

（原刊於嘉新文化基金會出版的《史記漢書儒林列傳疏證》）

《魏晉南北朝易學書考佚》提要

壹•前言

易道之原，由於陰陽相二之理，以⚊表陽，以⚋表陰。積三爻乃有八卦；重八卦乃有六十四卦。（本師瑞安林先生《中國學術思想大綱》：「若夫易道之原，則實由於陰陽相二之理。『天地絪蘊，萬物化醇，男女構精，萬物化生。』故近取諸身，遠取諸物，推而及於天地萬類之變化，其作始之簡，決不如後世所述之玄奧也。」）先民用爲占筮。以通神明之德，以類萬物之情。殷周之際，世多憂患，於是卦爻辭作焉。（《周易》之作，出於憂患意識，其與佛之大悲心，耶教之博愛，同屬「宇宙之悲情」。）孔子晚而學《易》，以爲寡過之書；（《論語・述而》：「子曰：加我數年，五十以學易，可以無大過矣。」《釋文》：「易，如字，魯讀易爲亦，今從古。」蓋《論語》「易」字有異音而無異文也。）儒者遂奉之爲經典。〈十翼〉之傳，先後述作。（〈十翼〉雖不必爲孔子作，然必爲儒家之學。本師高郵高先生《周易研究講稿》：「〈文言〉、〈繫辭〉皆有『子』字，必孔門弟子據其師說而作。〈象傳〉、〈象傳〉，其文辭樸拙，似較〈文言〉、〈繫辭〉爲早。而又因〈卦爻辭〉而爲說。疑孔子爲之；或孔子前其他傳易者爲之。〈說卦〉、〈雜卦〉、〈序卦〉，就其內容言之，其爲後人所附益，蓋無疑也。然至遲亦不出於西漢。」）此《易》所以由占筮而晉於學術也。西漢中葉，術數災異之說盛行，孟喜京房，用以說《易》，於是象數易又興。東漢易家，推衍其說；及至虞翻，煩瑣臻極。魏時王弼作《周易注》，乃盡掃象數，以義理說《易》。歷魏晉南北朝至唐，義理易由孔穎達《周易正義》集其大成，象數易由李鼎祚《周易集解》作一總結。此古易學發展之大略也：茲編承高師仲華、林師景伊之命，特取魏晉南北朝易學書佚文，考證論述者，蓋欲細說此一時期易學之潛流。撰作綱領，全文內容，略如下述。

貳、方法概述

一、蒐集佚文

魏晉南北朝易學著作，凡一百一十九家，一百四十九部，而迄今尚存者，阮籍《通易論》、王弼《周易注》、《周易略例》、韓康伯《繫辭注》，四書而已。清人學重考證，輯佚之作，既盛且精。張惠言《易義別錄》、孫堂《漢魏二十一家易注》、馬國翰《玉函山房輯佚書》、黃奭《漢學堂叢書》，攟拾舊疏類書所引。《周易》古注，乃存崖略。茲編博采諸家所輯，一一校之原著；益以諸家未見之書，於南北朝易著得佚文凡二十八家。輯佚之例，略如下述：

1.增諸家所未輯：

諸家輯佚所資，《經典釋文》、《周易正義》、《周易集解》、《三國志裴注》、《文選李注》、《初學記》、《藝文類聚》、《太平御覽》諸書。而釋慧琳《一切經音義》載於「大藏經」中，諸家皆未之見。茲篇據《慧琳音義》，所輯頗增於前。如劉瓛《周易乾坤義疏》，暨《繫辭義疏》，張惠言所輯計十五條，孫堂所輯計十三條，馬國翰所輯計十六條，黃奭所輯計十八條。而茲篇所輯，達二十五條，所增皆得自《慧琳音義》。

2.補諸家之漏輯：

輯佚之業，後出轉精。馬黃二家，集其大成。然猶偶有所遺。如《釋文》於子夏《易傳》下引張璠云：「或馯臂子弓所作，薛虞記，虞不詳何許人。」為張璠《集解》序文。諸家皆漏，是其一例。至於《周易．爻辭象傳》，上下字句，或同有異文。諸家之輯，每存其上而遺其下，如「資斧」一辭，張軌作「齊斧」，諸家皆僅輯旅九四爻辭「得其齊斧」一條，不知旅九四象傳，巽上九爻辭及象傳之「資斧」，張軌並作「齊斧」也。又如：上繫「擬之而後言，議之而後動。」

議字桓玄等作「儀」，諸家輯之；而下文「擬議以成其變化」，桓玄亦當作「儀」，諸家皆漏輯。若此之類，皆補輯之。

3.正諸家之誤輯：

宋本之善，眾所熟知；諸家輯佚，每依宋本，良有以也。然亦有迷信宋本反致誤者。如坎初六「入于坎窞」，宋本《釋文》：「窞，徒坎反，《說文》云：坎中更有坎。王肅又作徒感反，云：窞，坎底也。《字林》云：坎中小坎。一曰：旁入。」張孫馬黃輯王肅《易注》，皆依宋本作「徒感反」（通志堂本亦作徒感反）。考「徒感反」與「徒坎反」為一音（感坎為疊韻）。若王肅果「又作徒感反」，則無需別出其反切。阮元刻十三經本所附《釋文》作「陵感反」，晁氏易引《釋文》亦作「陵感反」，《類篇》引《釋文》作「盧敢反」（盧陵皆為來母字）。揆諸從臽得聲之字如藍、籃、檻、襤（皆讀魯甘切）、𨡕、濫（皆讀盧瞰切）、嚂、𡡞（皆讀盧敢切。自藍以下諸字皆由監聲，監由衉省聲，衉以臽得聲也。）並屬「來」母字，則肅以窞讀「陵感反」者亦不背文字衍聲之例。唯《廣韻》窞字有「徒感切」而無「陵感切」之音，淺人遂據以妄改，故宋本乃有「徒感反」之又切。於是四家所輯，佞宋而生誤矣。至於為晚出諸書所惑致謬者，更所在多有，聊舉一例以明之。《說卦》「震為旉」，《釋文》：「旉，王肅音孚。干云：花之通名，鋪為花兒，謂之藪。」戴侗《六書故》卷三十三（馬輯誤作三十六）。據《釋文》說旉之字義而脫去「干云」二字。馬國翰、孫堂、黃奭於是並以「旉，華之通名，鋪為花兒謂之藪。」為王肅注而輯之，不知為干寶語也。

玆篇於諸家所輯誤之大者，皆於佚文下一一正之。

4. 乙諸家之誤次：

注書之例，凡重出之語，當前注而後略。諸家所輯，於此例或從或否。如：「介於石」爲豫六二爻辭，「无祇悔」爲復初九爻辭；而下繫均引之。王廙「介」作砎，音古黠反；「祇」音支。張惠言、黃奭以爲下繫注，馬國翰以爲豫復爻辭注。以例推之，馬氏是也。然諸家遵例未嚴。如：「定天下之吉凶，成天下之亹亹」一語，上下繫皆有之，而張孫馬黃四家，並誤次王肅注：「亹亹，勉也。」於下繫。若此之類，悉加乙正，以符注例。

5. 删諸家之贅輯：

輯佚之貴，貴在存眞；炫多濫取，則爲大忌。馬黃二家，采擇未嚴。馬氏所輯，每攔孔穎達《正義》作佚文。如：〈屯象傳〉「雷雨之動滿盈」，《正義》引周氏褚氏云：「釋亨也，萬物盈滿則亨通也。」周褚之文止此。而馬輯下更有「皆剛柔始交之所爲者，雷雨之動，亦陰陽始交也。萬物盈滿亦陰陽而致之，故云皆剛柔始交之所爲也。」此數句乃孔氏釋王弼注「皆剛柔始交之所爲」者，非周褚語也。黃奭所輯，則喜由宋元易注取材。不知魏晉南北朝易注，宋代多亡。宋元人所引，多自《正義》、《集解》轉錄。如：序卦「需者，飲食之道也。」《集解》引干寶曰：「需，坤之遊魂也，雲升在天，而雨未降，翺翔東西，須(當依《窺餘》訂作需)之象也。」宋鄭剛中《周易窺餘》轉引以注需象傳「雲上于天需」，曰：「干寶曰：雲升在天，雨未降，翺翔東西，需之象也。」二條內容相同。本是一條。而黃奭植《集解》引於序卦下，植《窺餘》引於象傳下。而不知其贅。茲篇於馬氏誤攔《正義》語及黃奭所贅輯，皆刪去之。至於諸家皆未輯，而其文可疑者，亦不輯之。如《太平御覽》卷九十八引孫盛《晉陽秋》曰：「太康三年，建業有寇，餘姚人任振以《周易》筮之，曰寇滅矣。後三十八年揚州當有天子。」此必非孫盛語。考孫盛嘗以占筮為「仲尼所棄」，此條則言易筮之驗，立意矛盾。此必非孫盛語之證一。《御覽》引孫盛下文有「恭王妃夏氏通小吏牛欽而生元帝」語。孫盛晉人，何忍誣其中興之王若此之甚，豈獨不懼國法耶（孫盛嘗避簡文鄭太后名阿春諱，故所作《晉史》名《晉陽秋》而不名《晉春秋》）？此必非孫盛語之證二。《太平御覽》出多人之手，所引有非逕據原文，而由前人類書轉錄者。此引孫盛《晉陽秋》文，亦見於《藝文類聚》卷九十八，而彼題《晉中興書》，乃劉宋何法盛撰。御覽蓋因內有「盛案」之語，故誤以為孫盛《晉陽秋》文。此必非孫盛語之證三。馬國翰等或因未見此條而未輯；茲篇則雖見此條而不輯。蓋懼資料不確導致推論錯誤也。

二、比較分析

凡「符號」之抽象層次愈高，則其涵義愈廣。《易》以六十四卦三百八十四爻籠罩萬物萬事，故卦爻之涵義，自極淵博。而卦辭爻辭，彖象文言，所以釋卦爻者，復語多蘊藉。唯其如此，讀《易》者意念活動之範疇愈為深廣，而得騁其神思焉。易義多歧，其故在此。茲篇既集佚文，乃依經傳，櫛次其條。下加案語，則不事煩瑣之訓詁；而專就其同異而較之，務期辨其得失，理其派別。茲分述於後：

1. 較諸經傳而辨其得失：

諸家注易，或崇義理，或崇象數。其是非得失，論者多矣。茲篇盡去成見，一以經傳爲斷。不問義理象數，凡合於經傳者，爲是爲得；凡背於經傳者，爲非爲失。如：〈上繫〉：「聖人以此洗心。」洗字，京荀虞董張蜀才並作「先」。蓋以「先心」爲「預知未來」之義，揆諸〈繫辭〉「是故聖人以通天下之志，以定天下之業，以斷天下之疑。」「神以知來」之語，殆是。劉瓛從王肅、韓康伯字作「洗」。而釋義不從韓康伯洗濯之說而訓「盡也。」（《尚書．酒誥》：「自洗腆。」《釋文》：「洗，馬云：盡也。」）則洗心者猶言盡心也。考《易．繫辭》：「一陰一陽之謂道；繼之者善也；成之者性也。」以性爲善。故說卦云：「窮理盡性以至於命。」窮理盡性，即此洗心之謂。〈中庸〉：「唯天下至誠爲能盡其性。」《孟子．盡心》：「盡其心者，知其性也。」其意並同。劉瓛此注，合於《周易》經傳且頗獲儒家思想之精義，亦以爲是。若韓康伯以「洗心」爲「洗濯萬物之心」，增「萬物」字以訓；朱熹以「洗心」爲「洗濯自家之心」，聖人皦然清潔，何勞洗濯耶！並以爲非。又如：渙六四：「渙有丘」盧景裕注云：「互體有艮，艮爲山丘。」蓋以渙卦坎下巽上䷺，三四五爻互艮故也。考爻象多有取之互體者，如泰六五「帝乙歸妹」，謂泰䷊之二三四爻互兌，三四五爻互震，兌下震上，即歸妹也。（俞樾嘗即其明白可據者著於篇，成〈周易互體徵〉一卷。可參閱。）《左傳．莊公二十二年》載陳侯之筮，遇觀之否，曰：「風爲天於土上，山也。」亦以互體立說。盧言互體，限於二至四、三至五，合於經傳，即以爲是。若虞翻既以二至四、三至五互三畫之卦各一；復以一至五、二至上，互六畫之卦二；更以初至四、二至五、三至上，各互六畫之卦一；又有本不成體，而據其半象以爲互體者，則一卦可化爲數卦。揆之經傳，實爲無據，即以爲非。

2. 較諸他注而理其派別：

東漢之世，師法已壞，魏晉以降，家法又亡。研經之士，出入多家，異義紛起。苟非逐條比較，焉能理其派別？茲篇於佚文下首必羅列各家注釋，以資比較。如：渙初六：「用拯馬壯吉。」前人之注凡有六家，約之則有二說。子夏「拯」字作「抍」，蓋訓上舉也。馬融、王肅、陸德明字作「拯」，馬云舉也；肅云拔也；陸云拯救之拯。其義皆承子夏《易傳》，此一說也。伏曼容拯訓濟，朱熹云「濟渙」，即用伏義，此二說也。於是王肅、伏曼容二家之說，脈絡井然，淵源影響，皆可知矣。然僅較結論，猶嫌粗率。必細案其觀點，始得眞相。如：臨卦辭：「至於八月。」鄭玄、虞翻、何妥皆以爲未月；王弼、孔穎達、李鼎祚皆以爲申月；荀爽、褚仲都皆以爲酉月。此就其結論而粗分之，不得云其師承家法即如此也。蓋荀爽之說，祖於孟喜卦氣。鄭玄、虞翻並以遯當周之八月；王弼、孔穎達並以否爲八月，皆用十二消息卦之說。實與卦氣說同祖孟喜，而屬象數也。唯何妥以十二地支爲序，謂建子至未爲八月；褚仲都以夏曆爲序，謂夏正月至八月爲八月；始盡掃卦氣消息，自創新解。於是知荀爽爲一派，鄭玄、虞翻爲一派，王弼、孔穎達爲一派，何妥爲一派，褚仲都爲一派也。至於單條佚文，仍不足論定其師法。必綜合全部佚文，參考有關資料，始能判斷。當於「綜合考證」節述之。

三、綜合考證

基於易義多歧之事實，茲篇於蒐集佚文之後，每條加以「案語」，以爲分析比較，前節所述是也；繼之則作「考證」，所以綜合前所分析比較之得也。就思維程序言之：分析者，乃將全體解剖爲各因素，爲一「發現」之歷程；綜合者，乃將各因素復組合爲一總體，爲一「說明」之歷程。而此綜合所得之新總體，已不復爲原始迷濛直覺之全體矣（略從吳錫園先生《哲學思想之方法》文中語）。綜合之例，則有下列四者：

1. 由異文之比較，探索其易注底本：

異文之比較，每能考知其所據之底本，試先以王肅《周易注》爲例。其異文凡七十三條八十三字。歸納如下：㈠不同諸家，獨存異文者凡二十三字，另加較諸家增出者十九字，凡四十二字，倘非王肅於孟費之本外，另得施讎梁丘賀高相之本，則必肅自行改字，二者必居其一。㈡與馬鄭本相較：同馬者十五字，同鄭者十八字，其中「矢壺昧戕匙輮」六字與馬鄭並同。異馬者三字，異鄭者十字。遠較相同之字爲少。則肅本必有取於馬鄭本。㈢與孟京本比較，同孟者八字，異者七字；同京者五字，異者亦五字，則孟京本於肅關係至疏。㈣與虞翻本比較：同虞者十字，異者反得二十字。㈤與王弼、韓康伯本相較：同肅者十一字，異肅者七十二字。則肅本與虞本，弼本與肅本，文字大異。前人每以肅背鄭，弼從肅，就《周易》底本言，決非事實。更以干寶爲例，其易注異文，同孟者四字；異孟者七字。同京者一字；異京者五字，同鄭者四字；異鄭者八字。同弼者十六字，異弼者九字。故知干寶易注，雖多採京房象數之學，然其底本，則用王弼本，而偶以孟鄭本訂弼本，不從京房本。其他各家，異文較少，不足以論定底本者，則從略焉。

2. 由佚文之分析，綜合其易注內容：

以單條佚文演繹推斷，每易產生錯誤之結論；必歸納綜合之，方可見其全貌。試以王肅注爲例。張惠言《易義別錄·小序》云：「肅著書務排鄭氏，其託于賈馬，以抑鄭而已。故于易義，馬鄭不同者則從馬；馬與鄭同，則並背馬。」今綜觀肅注：其義同馬同鄭者皆十四條，則「托馬抑鄭」之說誣矣；異馬同鄭、異鄭同馬者皆四條，則「馬鄭不同者從馬之說」非矣；與馬鄭並同者十一條，則「馬與鄭同則並背馬」之說不可信矣。張氏治《易》，言象數而鄙人事，於馬鄭肅弼皆肆其詆毀；且爲《三國志》「肅善賈馬之學而不好鄭氏」一語所誤，故其說鹵莽滅裂似此。再以盧景裕《周易注》爲例。盧氏之注《周易》，有採消息之說者，如剝卦注云：「此本乾卦，群陰剝陽，故名爲剝也。」有採卦變之說者，如噬嗑卦注云：「此本否卦乾之九五分降坤初，坤之初六分升乾五。」節卦注云：「此本泰卦，分乾九三上升坤五，分坤六五下處乾三。」有採互體之說者，如賁卦注云：「有坎之水以自潤。」是互賁䷕之二三四爻為坎；渙卦注云：「互體有艮，艮為山丘。」是互渙䷺之三四五爻為艮也。然則盧氏之以消息、卦變、互體說易，似同乎荀爽、虞翻、蜀才諸家以象數說《易》矣。馬國翰且以為「其說易爻用升降，與蜀才略相似，大抵宗荀氏之學者」矣。細綜合其注而考之則又不然。何以言之？盧氏之注易，非不得已，不以象數為釋。如注需九五象辭「酒食貞吉以中正也」，曰：「沈緬則凶，中正則吉。」不採荀氏升降說。注訟卦辭，則由彖傳「險而健訟」推出「險而健者恆好爭訟」，不採荀爽、虞翻、蜀才卦變說；注既濟六四，亦純依字義說之，不採虞翻卦變互體說，皆足以證。且盧氏之說消息，僅剝注一見，實本彖傳；之說卦變，則限於三陰三陽之卦，皆卦變正例；之說互體，或由二至四爻互一體，或由三至五爻互一體，經傳固有其例；由是觀之，其與荀爽、虞翻務於穿鑿、輾轉相益，以致矛盾齟齬者，旨趣大異。若以盧氏偶採消息、卦變、互體之說而列為荀虞象數一派，則程頤謂剝：「羣陰消剝於陽故為剝」，用消息說；王弼謂渙：「二以剛來而不窮於險，四以柔得位乎外而與上同。」用卦變說：王弼、程頤亦可列為荀、虞象數一派矣！果可乎？蓋盧氏言象，不出鄭玄範圍；其注《易》，以義為重，多引經注經。尤堪玩味者，頗有意近王弼，而伊川《易傳》，多與盧注暗合。是盧氏亦傳鄭王之學者也。苟非綜合全部佚文考察之，焉能得其眞相哉！

3.由相關之材料，考證其易學思想：

魏晉南北朝易注佚文，除於王肅得二百餘條、於干寶得一百二十餘條、於董遇、王廙、劉瓛、褚仲都、周弘正、張譏、盧景裕各得二十餘條，於向秀得十餘條。其餘各家，皆數條而已。純由佚文考察，殊難獲其易學思想之全貌。故茲篇除蒐集佚文外，凡諸有關之材料，亦頗採用。如孫盛《易象妙於見形論》，今存佚文僅一條而已。然《三國志》裴松之注、《弘明集》、《廣弘明集》、《周易正義》頗引孫盛之言，其中亦有與易有關者。如《周易正義》云「孫盛以爲夏禹重卦」，可作研究易卦淵源之參考。《魏志・鍾會傳》注引孫盛評王弼易注，可知盛於弼「援老」、「掃象」二端，皆有微詞。《魏志・毛玠傳》注引孫盛「易稱明折庶獄」，《魏志・司馬朗傳》注引孫盛「易稱顏氏之子」，皆稱易以說人事義理者。《吳志・趙達傳》注引孫盛語，則可知盛以易占爲仲尼所棄，君子志大，所重者爲易變及易理。《廣弘明集》卷五有孫盛老聃非大賢論及老子疑問反訊，大抵多引《易》以斥老子。蓋純然儒者言也。又如蕭衍《易》著，所存佚文僅四條，且其中三條皆易音。然自《陳書・周弘正傳》所載〈梁武帝詔答〉，則其易學遠祧梁丘，近宗王弼，師承家法，可以略知。由其〈淨業賦〉及〈天象論〉所引《易》文，則知其依人事而說易義，理至深長；據《易經》而言天象，亦多精義。由其注解〈大品經序〉、〈出古育王塔下佛舍利詔〉，知其好援引《周易》以證明佛法。凡此，皆由佚文以外有關材料綜合所得也。

4. 由史志之記載，審察其易學著述：

著作之成書、眞僞及流傳，關係學術流變至鉅。前人因其愛惡，每生偏頗。有欲遂其私見，至不惜竄改史實，誣衊先賢者。以王肅爲例。皮錫瑞《經學歷史》卷五〈經學中衰時代〉曰：

「肅以晉武帝爲其外孫，其學行於晉初。《尚書》、《詩》、《論語》、三禮、左氏解、及撰定父朗所作《易傳》，皆列學官。」一似王肅於晉武帝時尚健在，憑其國戚地位強列其經學於學官者然，並以「經學中衰」責諸王肅。其實肅卒於魏高貴鄉公甘霖元年（西元二五六年），下距晉武帝篡魏（西元二六五年）相隔十年。據《魏書・齊王紀》：「正始六年十二月辛亥（西元二四六年一月五日），詔故司徒王朗所作《易傳》，令學者得以課試。」則肅撰定其父王朗之《易傳》於魏正始六年即列於學官，其時曹爽執政。三年之後（齊王嘉平元年，西元二四九年），方有司馬懿殺曹爽而奪權事。皮氏謂肅以晉武帝爲其外孫，晉初其《易傳》列於學官。後之通人，多爲瞀惑。設非核以史傳，焉能發蒙露覆，雪王肅之沉寃哉！又有崇其鄉賢，至強以他人著述，歸之其人者。以干寶爲例。《隋志》載其著作有：《周易注》十卷、《周易爻義》一卷、《周易宗塗》四卷。又有《周易問難》二卷，王氏撰；《周易玄品》二卷，不著撰人。後二書，皆非干寶撰也。元海鹽屠曾輯干氏《易》注，明樊維城刻入《鹽邑志林》中。項皐謨〈跋〉云：「干令升寶《周易注》十卷、《周易宗塗》一卷、《爻義》一卷、《問難》二卷、《玄品》二卷。」崇其邑先賢，不惜以《問難》、《玄品》屬干寶。清朱彝尊《經義考》，馬國翰輯佚書小序皆爲項氏所欺，而沿其謬。玆篇一本《隋志》，唯以《周易注》、《周易爻義》、《周易宗塗》三書爲干寶作。至若王肅注亡於宋，而姚振宗《隋志》考證誤以宋時肅注未亡。又如南朝顧歡、劉瓛、褚仲都、周弘正、張譏說《易》兼採鄭玄；北朝劉昞、盧景裕說易有近王弼注音者。於是知《北史・儒林傳》：「大抵南北所為章句，好尚互有不同。江左周易則王輔嗣；河洛周易則鄭康成。」之不可盡信。若此之類，皆於各家「考證」節詳之，茲不一一。

四、述其撰者

茲篇既輯魏晉南北朝二十八家易注佚文，比較分析，綜合考證；每家之前，例有「撰人」一節，所以述其撰者年里、行跡、思想、著作也。大抵節錄正史紀傳；補以史注、《世說新語注》及《人名譜》、《法苑珠林》、《洛陽伽藍記》、《湖錄金石考》、《十六國春秋》、《文心雕龍》、《史通》、《太平御覽》、《困學紀聞》、《容齋隨筆》諸書所記。正史無傳者，則據《隋志》、《釋文序錄》、《冊府元龜》等，略敘里爵而已。偶有考訂辯正，皆已隨文發之，此不贅述。

叁● 內容簡介

一、魏董遇《周易章句》

董遇《周易章句》佚於宋，其佚文見於《周易正義》者三條，《釋文》所引雖達二十餘條，然限以其書體例，故多爲異文異音異義，皆寥寥數言。是以不得窺其全豹。大略言之：董氏章句所據底本爲《費易》，而偶有取於《孟易》。其釋義，則多從馬鄭荀爽，不採象數之說。

二、魏王肅《周易注》

王肅《周易注》，由其父王朗《易傳》改定。魏齊王芳在位，已列於學官。其書亡於宋。茲自《經典釋文》、《周易正義》、《周易集解》、《文選李注》、《孔子家語注》、《史記集解》、《北堂書鈔》、《尚書正義》、《禮記正義》、《舊唐書》、《漢上易傳》、《周易會通》諸書所稱引者，輯得二百餘條。

王肅《周易注》，其文字或出入孟費，或獨存異文。其中與諸家悉異者二十三條。儻非肅於孟費鄭氏之外，另得古本，則肅必自行改字，二者必居其一。肅易底本於諸家中與鄭玄最近；於孟易關係較遠；與王弼本頗多異文，則肅之於弼，影響至微。前人每以肅背鄭，弼從肅，就《周易》版本文字言，殆非事實。

王肅《周易注》之注音，凡七十五條。其中屬於四聲之異者三十條，內二十五條涉及去聲。此現象決不得以方音解釋之，蓋其時猶無去聲所致。又肅音同於他家者九條，異於他家者十五條，以上凡五十四條皆純屬字音同異。至於因字形異而致音異者八條，字義異而致音異者十三條，則併入異文及釋義項另述之。

對王肅《周易注》釋義之態度，曰：依於經傳，棄象言理；必須言象者，以本卦之象爲限。試與兩漢經師相較，同費者四十三條，同孟者七條，自創新解者九條，無關師法者六條。同費者四十三條中，同馬同鄭者皆十四條，異馬同鄭、異鄭同馬者皆四條，與馬鄭並同者十一條。張惠言謂王肅：「托馬抑鄭，馬鄭不同者從馬之說，馬與鄭同則並背馬。」其說不可信。王肅易義對後世易學之影響有二：限於本卦而言象數，卦中牽卦，有所不取，開王弼掃象之先聲。依據人事而言義理，解釋字義，務求簡明，爲王孔程朱之所宗。

三、魏何晏《周易解》

何晏《周易解》，史志不錄，然李鼎祚《周易集解》引其二條，孔穎達《周易正義》引其一條。皆以義理解《易》，不及象數。其餘不得而聞。時人管輅嘗評其「美而多僞」，裴徽亦覺其「辭妙於理」云。

四、晉向秀《周易義》

向秀《周易義》，史志不錄。張璠作《周易集解》序云「依向秀本」，又列所集二十二家之名，向秀《易義》爲其一。《經典釋文》、李氏《周易集解》、《史記集解》、《史記索隱》亦嘗引之。佚文凡十二條。其文字與他家異者，多從鄭玄。至其釋義，則依本卦卦象而言其理，與鄭玄、虞翻、王肅、王弼互有異同。

五、晉鄒湛《周易統略》

鄒湛《周易統略》，《隋志》著錄，爲論難之屬。今唯《釋文》引其二節。其一以泰初九「拔茅茹」之茹爲「牽引」，義從王弼。其二譏荀爽釋「箕子」爲「荄滋」之漫衍無經，同施讐、梁丘賀、馬融、王弼諸儒之說。湛蓋宗王弼者也。

六、晉楊乂《周易卦序論》

楊乂《周易卦序論》，《隋志》、《唐志》皆著錄一卷。今唯《初學記》引其釋「山水蒙」者一條。其書似就《周易》六十四卦，一一依序而論其得名之故者。又《藝文類聚》節錄楊乂〈刑禮論〉及〈雲賦〉，中頗用易道立說者，可窺知楊乂於品物之源、刑禮之本，皆歸之於「乾坤」。

七、晉張軌《周易義》

張軌著作，史志未載。《釋文》嘗自張璠《集解》引其旅九四「得其齊斧」，字作「齊斧」，與子夏、班固、應劭、服虔、張晏、虞喜並同，與弼本作資斧者異。義云：「齊斧，蓋黃鉞斧也。」與班固、蔡邕同。

八、晉張璠《周易集解》

張璠《周易集解》所集二十二家中，鍾會、向秀、王宏、阮咸、阮渾、王濟、鄒湛、宣騁，多善清談及好老莊，要皆王弼一派言義理而近於道家者也；應貞、張輝、楊乂、衞瓘、欒肇、杜育、張軌，皆博學通經。蓋宗義理而近於儒者也。荀輝則世傳荀氏學，自屬象數一派。其他如庾運、楊瓚、邢融、裴藻、許適、楊藻，則不可考。璠《集解》序云：「蜂蜜以兼採爲味。」儻謂於儒道二家皆有所取乎？璠《集解》之底本，係據向秀本而有所訂正。除集前人注解外，自下案語，則多說文義，大抵與王弼意近。

九、晉干寶《周易注》

干寶《周易注》、《周易爻義》二書，隋唐志皆著錄，宋宣和四年（西元一一二二年）蔡攸嘗上其書。蓋北宋時其書猶存。《經典釋文》、《周易集解》頗引用之，凡一百二十餘條。

寶注所據之底本，可由其異文而得知。試與孟、京、鄭、弼本異文比較：與孟易同者四字，異者七字；與京易同者一字，異者五字；與鄭易同者四字，異者八字；與弼易同者十六字，異者九字。蓋干寶易注，採王弼本爲底本，而偶用孟喜、鄭玄本訂正弼本，不從京房本。

其釋《易》義也：有釋字義者，有明章句者，有言易旨者。喜託人事而闡其義理。《周易》每以個人生命之來源爲根據，而類推及其他事物之來源；又以其他事物之現象爲根據，而類推個人行爲之法則。干寶於此二端均有所體認。其言人事義理，即由此二基端出發。於《周易》退省、進修、中和之義，嘗三致意焉。至其注解之依據，或依《周易經傳》，以本書注本書；或依《尚書》、《詩經》、《周禮》、《禮記》、《穀梁》、《左傳》、《論語》、《白虎通》、《說文》、《易緯》、《老子》、《莊子》以爲注。徵引繁富，足證其淵博。或從子夏、馬融、鄭玄、荀爽、虞翻、王肅、杜預、王弼之說以爲注。除韓嬰、虞翻外，其餘皆傳費易者。蓋干寶說易義，亦多從費氏也。至其好以史事說《易》，據殷周之際史事爲注者，十有八焉。則本於〈繫辭傳〉「易之興也當文王與紂之事」之語，與夫《周易》卦爻辭中多殷周故事之事實；而《毛詩》大小序以史解詩，亦頗予以影響也。《周易》之貴，在乎人人皆可由中覓取教訓。而干寶多以周史釋之，遂使《周易》降爲周朝紀事之書，讖數妖災之言，易義小矣，是其陋也。

其釋易象也：由卦體而言卦象、反卦，由爻位而言得失、相應、乘據，固彖象說卦所已有，傳易諸儒所共言。然干寶又由卦象而言爻象、逸象，由爻位而言遠近、貴賤。並有互體、消息、卦氣、八宮世應遊魂歸魂、世卦起月例、八卦十二位、五德終始、五星、八卦休王、爻體、卦身、納甲、納支、納支應時、納支應情、爻等諸例，大抵皆京房之學。非唯取自京房《易傳》、抑亦取自京房易占也。援占入經，固有不值一駁者。

蓋干寶生東晉之世，值弼學鼎盛，故所注《周易》卽採弼本爲底本。所說易義，頗有取於費氏者。其人博學，所注廣徵典籍，至爲富贍。受詩序以史說詩之啓示，故多取殷周史事以說《易》。至其說易象則多本京房。其注駁雜，不主一家，精言奧旨，固頗有之；附會虛妄，亦不能免也。

十、晉王廙《周易注》

王廙少能屬文，書爲右軍法，畫爲明帝師，以餘力注《周易》，非窮經皓首者之比。其書亡於宋之南渡。《經典釋文》、《周易正義》、《周易集解》、《周易口訣義》、《太平御覽》所引，凡二十餘條。多從馬鄭二王之說。偶有改字生義（如改「侵伐」爲「寢伐」），意頗深長；依卦說象，（如說賁山下有火，文相照也。）文辭斐然。

十一、晉黃穎《周易注》

黃穎《周易注》，其書唐初尚存，《經典釋文》引其八條。皆異文異音異義。其說多同馬鄭弼董，而尤宗鄭玄。偶用虞翻之說，然於象數仍有所不取。

十二、晉孫盛《易象妙於見形論》

孫盛《易象妙於見形論》，史未著錄，《世說新語注》略載其說。主旨為重道而輕器，以觀器不及六爻。蓋本於《繫辭傳》「形而上者謂之道，形而下者謂之器」，以及六爻變化，擬象託器諸義。又《三國志裴注》、《弘明集》、《廣弘明集》、《周易正義序》，頗引孫盛論《易》之言，知其於王弼「援老」、「掃象」二端皆有微詞。好稱《易》以說人事，以為君子志大，當重易變及易理，易占則仲尼所棄者也。又主夏禹重卦。於魏晉易學中，純然為儒家之言。

十三、晉桓玄《周易繫辭注》

桓玄《周易繫辭注》，今唯《釋文》錄其三條，第為文字之異。或從馬融、王肅；或從陸績、姚信。蓋出入孟費，不主一家，猶其為人之多反覆。叛逆之徒，不足以明經；唯《釋文》既引其異文，不得不輯耳。

十四、宋荀諺《周易繫辭注》

荀諺《周易繫辭注》，今唯《釋文》引其三條，其讀「通乎晝夜之道而知」之「知」為「智」，本乎荀爽，儻其家學乎？「議之而後動」之「議」作儀；從陸績、姚信。「歸奇於扐」之「扐」訓「別也」，略異於馬融。惜乎隻字片言，未足論定其家法為憾耳。

十五、齊顧歡《周易繫辭注》

顧歡所注《繫辭》、《論語》、《老子》，多先釋字義，復推言其故。《釋文》引其《繫辭》注二條，說卦注一條，《正義》引其《繫辭》注一條。其釋「辯吉凶」之「辯」爲「別」，又以「神明其德夫」絕句，皆同虞翻。釋「雷風相薄」之「薄」爲「入」，則從馬鄭。說「大衍之數」，則義近王弼。

十六、齊明僧紹《周易繫辭注》

明僧紹《周易繫辭注》，《釋文》錄其佚文三條，皆異文異音，如「通乎晝夜之道而知」之知音智，同於荀爽、荀柔之；「何以守位曰人」之人作仁，本於王肅；「易有聖人之道」之聖人作君子，則僧紹一人而已。三者皆不甚得當，蓋非於《易》有深入研究者也。

十七、齊沈驎士《易經要略》

沈驎士《易經要略》，史志不載，蓋散佚已久，今唯李鼎祚《集解》存其說潛龍一節，本於〈文言〉，兼合《禮記》及《說文》。義精辭粹，足見其博洽。

十八、齊劉瓛《周易乾坤義疏》、《周易繫辭義疏》

劉瓛《周易乾坤義疏》、《周易繫辭義疏》、《周易四德例》三書，《隋志》皆著錄之。至《唐志》則僅載其《乾坤義疏》、《繫辭義疏》二書，蓋其時《四德例》已不存也。今則三書並亡佚矣。馬國翰輯其佚文，得十六條；黃奭所輯，則十八條。茲編所錄，凡二十五條，所增者皆自釋慧琳《一切經音義》中輯得。劉氏義疏，最喜依《易》解《易》，於先儒則尊馬鄭。梁元帝嘗云瓛爲「今之馬鄭」，非僅謂瓛之淵源篤學一如馬鄭，亦兼指瓛之學問直承馬鄭也。

十九、梁蕭衍《周易大義》

蕭衍《周易大義》、《周易講疏》、《周易繫辭義疏》，《隋志》並著錄。兩《唐志》唯載《大義》二十卷。《宋志》以下，並《大義》亦不錄，則其書皆亡佚矣。今唯《釋文》引其四節。其言文言是文王所制，恐是附會。「何」音「賀」，「離」音力智反，皆誤。「假」音「賈」，則從馬融。又考梁武崇信佛教，故所撰文每引《易》以證佛法。言易學源流，遠祧梁丘、近宗王弼。依《易》而言政理，頗富卓識。據《易》而言天象，復多精義。而於《周易》占驗之學，亦嘗從事焉。

二十、梁伏曼容《周易集解》

伏曼容《周易集解》，《隋志》云梁有八卷，亡。賴《周氏集解》、《經典釋文》各引一則。其釋「蠱」爲惑亂，本於《左傳》而同於許慎；又「蠱」引申爲事，則用序卦及九家易說。其釋渙初六「用拯馬壯吉」之拯爲濟，爲朱熹「濟渙」一語之所本。又漢上《周易叢說》嘗記伏曼容旁通往來之說，則伏氏於虞翻卦變之說，亦有所採取也。

二十一、梁褚仲都《周易講疏》

褚仲都《周易講疏》，隋唐志均著錄。至宋亡佚。茲自《正義》得十九條，自《釋文》及《口訣義》各得一條。凡二十一條。褚氏易說，不主一家。故其疏易，或本於王弼，或同於鄭玄，復有與鄭王並同者，亦有與鄭王並異者。每由卦爻之象而悟人事之宜，深獲儒家闡易之旨。於消息卦氣之說，一概不採，蓋較鄭王爲尤醇。其解字義標字音偶有誤者，然不足病其大體矣。

二十二、陳周弘正《周易講疏》

周弘正《周易講疏》，《隋志》著錄名《周易義疏》，凡十六卷。《唐志》未載，今則佚矣。茲自《正義》錄得十四條，自《釋文》錄得四條，自《口訣義》錄後四條，自《古周易訓詁》錄得一條，都二十三條。周氏治《易》，首重歸納分析。如析乾文言爲六節，上繫爲十二節，下繫爲九節，爲孔穎達所遵用。又歸納序卦用序之例，以爲約之不外一「中」，並分六門主攝之，饒有新意。並喜以人事義理講易，意味深長。於先儒易說，多採鄭玄；間亦從馬融說。而江南盛行弼注，故衍輔嗣易旨者，亦所在多有。蓋周氏研《易》，歷六十年，故能綜合鄭王，自生新義。孔氏《正義》，頗多引用，蓋非偶然也。

二十三、陳張譏《周易講疏》

張譏《周易講疏》，隋唐志並著錄，其書且遠傳至日本。至趙宋時亡佚。茲自《正義》得六條，自《釋文》得十三條，自《口訣義》得一條，凡二十條云。張譏講《易》首重義理，務於淺明。其說不主一家，與馬融、鄭玄、虞翻、王肅、王弼、姚信、陸績、干寶、周弘正諸人，皆有所同。亦有所異。蓋凡諸儒之說，義理明達，不涉象數者，每從之；若牽強附會，窒塞難通者，即不從。喜以史事證易。說解文字，多用本字本義；若必不可通，始以假借說之。於唐宋易學，頗具影響。

二十四、北魏劉昞《周易注》

劉昞之著作，《隋志》一無著錄。蓋昞處涼州，國小地僻，且時値分崩，南北隔絕。梁時阮孝緒作《七錄》，殆未見昞之書。《隋志》承之，故亦無著錄也。陸德明撰《經典釋文》，引其《周易注》豐初九「雖旬」作「雖鈞」。與荀爽作「均」，王弼作「旬」訓「均」，義並相近。與鄭虞作「旬」訓十日者異。雖殘篇斷簡，僅此一字，然可考知弼注亦嘗行於北也。

二十五、北魏姚規《周易注》

姚規《周易注》，《隋志》著錄七卷，今唯《集解》引其大有卦注一則，以互體立說，極牽引附會之能事。蓋宗虞翻者也。

二十六、北魏崔覲《周易注》

崔覲《周易注》，《隋志》著錄十三卷，兩《唐志》同。《正義》、《集解》各引其一則。《正義》所引崔覲言易一名三義，同劉瓛，蓋用鄭玄易論之說。《集解》所引崔覲以「不雜不變」釋乾文言「純粹」及「剛健中正」，亦本鄭玄乾純陽至健之義。崔覲《易》注，似本鄭玄。《北齊書・儒林傳》謂：「河北講鄭康成所注《周易》，徐遵明以傳盧景裕及清河崔瑾。」覲之與瑾，時代既同，師法又一，疑為一人。

二十七、北魏傅氏《周易注》

傅氏字號爵里並不詳，《隋志》次於盧氏前，知其為北魏人。所著《周易注》，《隋志》著錄十三卷。今唯《釋文》引其三則。泰初九「拔茅茹以其彙」之彙，傅謂「彙，古偉字，美也。」賁，傅謂「古斑字，文章貌。」皆言古今字以為訓注也。又萃初六「一握為笑」之握，傅云「當作渥」，其義頗善，焦循《易章句》從其說。

二十八、北魏盧氏《周易注》

隋志有《周易》一帙十卷，盧氏注。盧氏者，盧景裕也。所注《易》，《正義》引其二條，《集解》引其十九條。大抵以義為重，每以《易》注《易》，貫通全經；或用他經意，以發易旨。且有義近王弼；而孔氏《正義》，伊川《易傳》亦有與之合者。偶採消息、卦變、互體立說。然說消息，純本剝象辭；說卦變，限於三陰三陽之卦；說互體，限於二至四、三至五爻各互一體。與荀爽、虞翻、蜀才務於穿鑿，輾轉相益者大異其趣。

肆．結語

綜觀魏晉南北朝易注佚文，所用底本皆為費氏本。唯王肅易注多異文；董遇、干寶、桓玄偶採孟本以訂費本。蓋費易經鄭玄、王弼作注，已得獨尊矣。於易象也：干寶猶有互體、消息、卦氣、八宮世應遊歸、世卦起月、八卦休王、爻體、爻等、卦身、納甲、納支（及納支應時納支應情）等例，爲京氏學。伏曼容言旁通往來，姚規言互體，皆虞氏學。盧景裕亦言卦變、消息、互體，然其例至簡，不出鄭玄範圍。王肅、向秀、王廙限於本卦而言象，其餘各家皆不言象數。於易義也：王肅、干寶、沈驎士、劉瓛、伏曼容、褚仲都、盧景裕好以經解經。干寶、張譏並好以史證《易》。於先賢之說，大抵出入鄭、王，北朝宗鄭玄而兼習王弼注，南朝宗王弼而兼採鄭玄注。而與鄭王並異，自抒己見者，亦多有之。蓋師法破壞，勝見競出，爲此時代學風一大特色。楊乂撰文，嘗以《易》爲品物之原、刑禮之本；蕭衍著論，亦依《易》而言政理天象。是又以易道爲人生宇宙之本體矣。就佚文考察，魏晉南北朝之易學可知者如此。

（原刊於一九七二年十月幼獅文化事業公司出版的《魏晉南北朝易學書考佚》。）

滄海叢刊書目㈠

國學類

書名	作者
中國學術思想史論叢㈠～㈧	錢　穆 著
現代中國學術論衡	錢　穆 著
兩漢經學今古文平義	錢　穆 著
宋代理學三書隨劄	錢　穆 著
論語體認	姚式川 著
西漢經學源流	王葆玹 著
文字聲韻論叢	陳新雄 著
楚辭綜論	徐志嘯 著

哲學類

書名	作者
國父道德言論類輯	陳立夫 著
文化哲學講錄㈠～㈤	鄔昆如 著
哲學與思想	王曉波 著
內心悅樂之源泉	吳經熊 著
知識、理性與生命	孫寶琛 著
語言哲學	劉福增 著
哲學演講錄	吳　怡 著
後設倫理學之基本問題	黃慧英 著
日本近代哲學思想史	江日新 譯
比較哲學與文化㈠㈡	吳　森 著
從西方哲學到禪佛教 — 哲學與宗教一集	傅偉勳 著
批判的繼承與創造的發展 — 哲學與宗教二集	傅偉勳 著
「文化中國」與中國文化 — 哲學與宗教三集	傅偉勳 著
從創造的詮釋學到大乘佛學 — 哲學與宗教四集	傅偉勳 著
中國哲學與懷德海	東海大學哲學研究所主編
人生十論	錢　穆 著
湖上閒思錄	錢　穆 著
晚學盲言（上)(下)	錢　穆 著
愛的哲學	蘇昌美 著
是與非	張身華 譯
邁向未來的哲學思考	項退結 著
逍遙的莊子	吳　怡 著

莊子新注（內篇）　陳冠學 著
莊子的生命哲學　葉海煙 著
墨子的哲學方法　鍾友聯 著
韓非子析論　謝雲飛 著
韓非子的哲學　王邦雄 著
法家哲學　姚蒸民 著
中國法家哲學　王讚源 著
二程學管見　張永儁 著
王陽明——中國十六世紀的唯心主義哲學家　張君勱著、江日新譯
王船山人性史哲學之研究　林安梧 著
西洋百位哲學家　鄔昆如 著
西洋哲學十二講　鄔昆如 著
希臘哲學趣談　鄔昆如 著
中世哲學趣談　鄔昆如 著
近代哲學趣談　鄔昆如 著
現代哲學趣談　鄔昆如 著
現代哲學述評㈠　傅佩榮 編譯
中國十九世紀思想史（上）(下)　韋政通 著
存有·意識與實踐——熊十力體用哲學之詮釋與重建　林安梧 著
先秦諸子論叢　唐端正 著
先秦諸子論叢（續編）　唐端正 著
周易與儒道墨　張立文 著
孔學漫談　余家菊 著
中國近代新學的展開　張立文 著
哲學與思想——胡秋原選集第二卷　胡秋原 著
從哲學的觀點看　關子尹 著
中國死亡智慧　鄭曉江 著
道德之關懷　黃慧英 著

宗教類

天人之際　李杏邨 著
佛學研究　周中一 著
佛學思想新論　楊惠南 著
現代佛學原理　鄭金德 著

絕對與圓融 —— 佛教思想論集　霍韜晦 著
佛學研究指南　關世謙 譯
當代學人談佛教　楊惠南 編著
從傳統到現代 —— 佛教倫理與現代社會　傅偉勳 主編
簡明佛學概論　于凌波 著
修多羅頌歌　陳慧劍 譯註
禪話　周中一 著
佛家哲理通析　陳沛然 著
唯識三論今詮　于凌波 著

自然科學類

異時空裡的知識追逐
—— 科學史與科學哲學論文集　傅大為 著

應用科學類

壽而康講座　胡佩鏘 著

社會科學類

中國古代游藝史
—— 樂舞百戲與社會生活之研究　李建民 著
憲法論叢　鄭彥棻 著
憲法論集　林紀東 著
國家論　薩孟武 譯
中國歷代政治得失　錢穆 著
先秦政治思想史　梁啓超原著、賈馥茗標點
當代中國與民主　周陽山 著
釣魚政治學　鄭赤琰 著
政治與文化　吳俊才 著
世界局勢與中國文化　錢穆 著
海峽兩岸社會之比較　蔡文輝 著
印度文化十八篇　糜文開 著
美國的公民教育　陳光輝 譯
美國社會與美國華僑　蔡文輝 著
文化與教育　錢穆 著
開放社會的教育　葉學志 著
大眾傳播的挑戰　石永貴 著

傳播研究補白	彭家發 著
「時代」的經驗	汪 琪、彭家發 著
書法心理學	高尚仁 著
清代科舉	劉兆璸 著
排外與中國政治	廖光生 著
中國文化路向問題的新檢討	勞思光 著
立足臺灣，關懷大陸	韋政通 著
開放的多元化社會	楊國樞 著
臺灣人口與社會發展	李文朗 著
財經文存	王作榮 著
財經時論	楊道淮 著
宗教與社會	宋光宇 著

史地類

古史地理論叢	錢 穆 著
歷史與文化論叢	錢 穆 著
中國史學發微	錢 穆 著
中國歷史研究法	錢 穆 著
中國歷史精神	錢 穆 著
憂患與史學	杜維運 著
與西方史家論中國史學	杜維運 著
清代史學與史家	杜維運 著
中西古代史學比較	杜維運 著
歷史與人物	吳相湘 著
共產國際與中國革命	郭恒鈺 著
抗日戰史論集	劉鳳翰 著
盧溝橋事變	李雲漢 著
歷史講演集	張玉法 著
老臺灣	陳冠學 著
臺灣史與臺灣人	王曉波 著
變調的馬賽曲	蔡百銓 譯
黃　帝	錢 穆 著
孔子傳	錢 穆 著
宋儒風範	董金裕 著
增訂弘一大師年譜	林子青 著
精忠岳飛傳	李 安 著

張公難先之生平	李飛鵬 著
唐玄奘三藏傳史彙編	釋光中 編
一顆永不殞落的巨星	釋光中 著
新亞遺鐸	錢穆 著
困勉強狷八十年	陶百川 著
困強回憶又十年	陶百川 著
我的創造・倡建與服務	陳立夫 著
我生之旅	方治 著

語文類

文學與音律	謝雲飛 著
中國文字學	潘重規 著
中國聲韻學	潘重規、陳紹棠 著
詩經研讀指導	裴普賢 著
莊子及其文學	黄錦鋐 著
離騷九歌九章淺釋	繆天華 著
陶淵明評論	李辰冬 著
鍾嶸詩歌美學	羅立乾 著
杜甫作品繫年	李辰冬 著
唐宋詩詞選 — 詩選之部	巴壺天 編
唐宋詩詞選 — 詞選之部	巴壺天 編
清眞詞研究	王支洪 著
苕華詞與人間詞話述評	王宗樂 著
元曲六大家	應裕康、王忠林 著
四說論叢	羅盤 著
紅樓夢的文學價值	羅德湛 著
紅樓夢與中華文化	周汝昌 著
紅樓夢研究	王關仕 著
中國文學論叢	錢穆 著
牛李黨爭與唐代文學	傅錫壬 著
迦陵談詩二集	葉嘉瑩 著
西洋兒童文學史	葉詠琍 著
一九八四	George Orwell原著、劉紹銘 譯
文學原理	趙滋蕃 著
文學新論	李辰冬 著
分析文學	陳啓佑 著

解讀現代・後現代
　——文化空間與生活空間的思索　　葉維廉　著
學林尋幽——見南山居論學集　　黃慶萱　著
中西文學關係研究　　王潤華　著
魯迅小說新論　　王潤華　著
比較文學的墾拓在臺灣　　古添洪、陳慧樺主編
從比較神話到文學　　古添洪、陳慧樺主編
神話卽文學　　陳炳良等譯
現代文學評論　　亞菁　著
現代散文新風貌　　楊昌年　著
現代散文欣賞　　鄭明娳　著
實用文纂　　姜超嶽　著
增訂江皋集　　吳俊升　著
孟武自選文集　　薩孟武　著
藍天白雲集　　梁容若　著
野草詞　　韋瀚章　著
野草詞總集　　韋瀚章　著
李韶歌詞集　　李韶　著
石頭的研究　　戴天　著
留不住的航渡　　葉維廉　著
三十年詩　　葉維廉　著
寫作是藝術　　張秀亞　著
讀書與生活　　琦君　著
文開隨筆　　糜文開　著
印度文學歷代名著選（上）（下）　　糜文開編譯
城市筆記　　也斯　著
歐羅巴的蘆笛　　葉維廉　著
移向成熟的年齡——1987～1992詩　　葉維廉　著
一個中國的海　　葉維廉　著
尋索：藝術與人生　　葉維廉　著
山外有山　　李英豪　著
知識之劍　　陳鼎環　著
還鄉夢的幻滅　　賴景瑚　著
葫蘆・再見　　鄭明娳　著
大地之歌　　大地詩社　編
往日旋律　　幼柏　著

鼓瑟集　幼柏 著
耕心散文集　耕心 著
女兵自傳　謝冰瑩 著
抗戰日記　謝冰瑩 著
給青年朋友的信(上)(下)　謝冰瑩 著
冰瑩書柬　謝冰瑩 著
我在日本　謝冰瑩 著
大漢心聲　張起鈞 著
人生小語(一)～(六)　何秀煌 著
記憶裏有一個小窗　何秀煌 著
回首叫雲飛起　羊令野 著
康莊有待　向陽 著
湍流偶拾　繆天華 著
文學之旅　蕭傳文 著
文學邊緣　周玉山 著
文學徘徊　周玉山 著
種子落地　葉海煙 著
向未來交卷　葉海煙 著
不拿耳朵當眼睛　王讚源 著
古厝懷思　張文貫 著
材與不材之間　王邦雄 著
忘機隨筆 —— 卷一・卷二　王覺源 著
詩情畫意 —— 明代題畫詩的詩畫對應內涵　鄭文惠 著
文學與政治之間 —— 魯迅・新月・文學史　王宏志 著
洛夫與中國現代詩　費勇 著
詩與禪　孫昌武 著
禪境與詩情　李杏邨 著
文學與史地　任遵時 著
老舍小說新論　王潤華 著

美術類

音樂人生　黃友棣 著
樂圃長春　黃友棣 著
樂苑春回　黃友棣 著
樂風泱泱　黃友棣 著
樂境花開　黃友棣 著

樂浦珠還	黃友棣 著
音樂伴我遊	趙琴 著
談音論樂	林聲翕 著
戲劇編寫法	方寸 著
戲劇藝術之發展及其原理	趙如琳 譯著
與當代藝術家的對話	葉維廉 著
藝術的興味	吳道文 著
根源之美	莊申 著
扇子與中國文化	莊申 著
水彩技巧與創作	劉其偉 著
繪畫隨筆	陳景容 著
素描的技法	陳景容 著
建築鋼屋架結構設計	王萬雄 著
建築基本畫	陳榮美、楊麗黛 著
中國的建築藝術	張紹載 著
室內環境設計	李琬琬 著
雕塑技法	何恆雄 著
生命的倒影	侯淑姿 著
文物之美——與專業攝影技術	林傑人 著
從白紙到白銀	莊申 著

滄海美術叢書

儺(ㄋㄨㄛˊ)史——中國儺文化概論	林河 著
挫萬物於筆端——藝術史與藝術批評文集	郭繼生 著
貓。蝶。圖——黃智溶談藝錄	黃智溶 著
中國美術年表	曾堉 著
美的抗爭——高爾泰文選之一	高爾泰 著
萬曆帝后的衣櫥——明定陵絲織集錦	王岩 編撰